生

説
イタリア・ルネサンス
4
再び、ヴェネツィア

Nanami Shiono

Romanzo storico Rinascimento Italiano
4
Ritorno a Venezia

現代のヴェネツィ

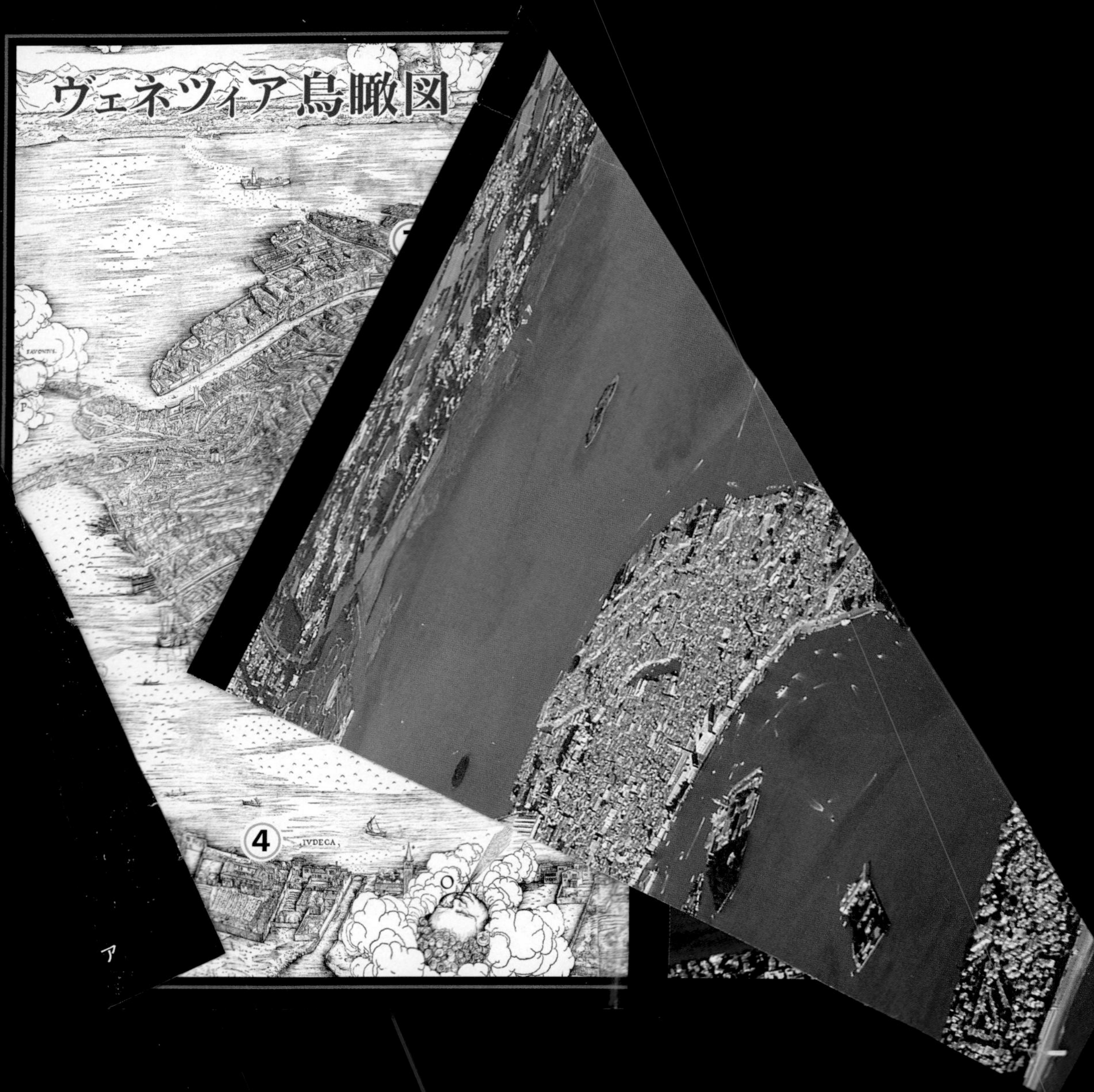
ヴェネツィア鳥瞰図
4
IVDECA

新潮文庫

小説 イタリア・ルネサンス 4

再び、ヴェネツィア

塩野七生著

新潮社版

11389

小説　イタリア・ルネサンス4　再び、ヴェネツィア＊目次

小説　イタリア・ルネサンス4　再び、ヴェネツィア

〈主人公、四十代から死まで〉

帰郷

　三十代は後《あと》にしてきた以上は感傷などからは卒業したと思っていたマルコだが、五年ぶりの祖国を前にしては、やはり胸が熱くなってくる。すべてが新しい体験だったフィレンツェやローマでは刺激に満ちた喜びを味わったが、反対にすべてが馴染《なじ》みのヴェネツィアでは、心身ともがごく自然に安らかになる気がしてくるのだ。

　大型商船が舳先《へさき》を並べて停泊しているスキアヴォーニ《リヴァ・デリ・スキアヴォーニ》の船着場に降り立ち、そんな想《おも》いにひたっていたマルコに、従僕が声をかけた。

「ゴンドラがお迎えに来ています」ゴンドラのための船着場は、大型船用の船着場が始まる手前にある。

ゴンドラにも二種類あって、タクシと呼ばれる客待ち用と自家用の二種。ちがいも一眼でわかる。タクシは前後二人の漕《こ》ぎ手で、自家用ゴンドラでは一人。漕ぎ手が二人なのは、速力を出すことで客の回転を早めるためだろう。マルコを迎えに来ていたのはダンドロ家、といっても今は伯父の自家用らしく、漕ぎ手もマルコの知らない男だった。

荷物も少ない身、ゴンドラに乗りかえるのも簡単に終る。漕ぎ手と従僕は荷物とともに船尾に、マルコだけは舳先近くに座を占める。誰にも邪魔されずに、久しぶりのヴェネツィアを満喫したかった。

滑り始めたゴンドラは、そのまま大運河《カナル・グランデ》に入っていく。元首官邸《パラッツォ・ドゥカーレ》を背後に税関《ドガーナ》の建物を左手に見ながら、グランデと呼ばれるにふさわしく両岸に華麗な屋敷が並び立つ大運河に乗り入れていくのは、大劇場の舞台に入っていくような気分になるのだった。

ちょうど日曜のこととて、ヴェネツィア中の教会の鐘が鳴りひびく。それも、教会ごとに音色が異なるので、風に乗って大運河に運ばれてくる頃は、壮麗な交響楽《シンフォニア》に変わっている。

これに加えて、ゴンドラでしか味わえない微妙なゆれ具合。ゴンドラの上では波のゆれも、背から腰にそして足にと直《じ》かに伝わってくるのだ。大運河《カナル・グランデ》を満たす交響楽《シンフォニア》を聴きゴンドラ特有のゆれに身をまかせていると、この感覚こそがヴェネツィアだという想いになるのだった。

ダンドロ本家の屋敷は、大きく蛇行する大運河を中ほどまで行き、木造のリアルト橋を遠望できる地点にある。三百年昔のダンドロ家の最盛期の面影が今なお残る、大運河沿いの他の建物に比べれば少々古風な建物だが、それでも職住同居のヴェネツィアの屋敷の伝統は踏襲している。

地上階《ピアノ・テッラ》と呼ばれる一階は運河から直接に荷あげでき荷を運び出したりもできるようになっており、その上の階のプリモ・ピアノは商談相手との応接用。さらにその上のセカンド・ピアノは主人一家の居住用、そして最上階は使用人たちのためだから、家全体が四階づくりになっている。これも、交易立国の必要に応じた様式になっている。

大運河《カナル・グランデ》に面する正面の装飾は、時代を経るにしたがって変った。大運河を往復するだけで、一三〇〇年代（トレチェント）、一四〇〇年代（クワットロチェント）、そして一五〇〇年代（チンクエチェント）と、時代による変容を一望のもとにできるほどだ。その中でマルコの屋敷は、一三〇〇年代様式。

五年ぶりの当主の帰宅とて、大運河に面してアーチの並ぶ地上階《ピアノ・テツラ》には、伯父から召使にいたるまでが笑顔で出迎えていた。これが眼に入ったとたんに、マルコはため息をつく。そのまま後部にいる従僕に視線を向けた。長年にわたってマルコに仕えてきただけに、従僕は主人の想いを完全に理解したようだ。ゴンドラの漕ぎ手に、一言二言、言った。

笑顔いっぱいで待つ人々の前をそのまま通り過ぎたゴンドラは、ダンドロ邸のすぐわきを大運河に流れこむ小運河《リオ》に乗り入れる。そこには小ぶりの広場《カンポ》があり、広場から小運河には石段が降りている。船着場とも言えない数段しかないそれを登れば、ダンドロ家の門まではすぐの距離。つまり、大運河《カナル・グランデ》に面した側が正面入口ならば、こちらのほうの門は裏門、という感じの出入口なのであった。

待っていたのに通り過ぎられて、出迎えの人々もいっせいに回れ右、であったろう。それでも伯父は機嫌を損ねた様子もなく、久しぶりに見る甥《おい》を暖かく抱擁した後で言った。「だいぶ大人びてきたようだね」

これには皆々同感であったのか、いっせいになごやかな笑いが起る。だがこうして、マルコの五年ぶりの帰郷は、彼の性格に合った、派手ではなくても穏やかな優しさのうちに終ったのである。「疲れているだろうから、ゆっくりと話を聴くのはまた別の機会に」と言っただけで帰っていった伯父に、マルコは感謝したいくらいだった。

ヴェネツィアでは、職と住が同居しているだけでなく、政治と経済も、一家の中に同居しているのである。マルコが政治を担当すれば、経済面は伯父が担当するという形で。

ヴェネツィアの「貴族《ノービレ》」は、他の国々の同類のように、広大な領地を持ち、そこで領民を働かせ、その領民からの地代を経済の基盤にしている人々ではない。他国との交易で財を築いたからといって、「ノービレ」になれるわけでもなかった。ただ単に、国政を担当する人を出す権利を持つ家系、でしかない。しかもそれが認められているのは、一家に一人だけ。その一人以外の男たちは、経済面を担当する。一家の一人が政治家で、その一人以外は経済人という分業システムになっている。だからこそ、これら経済人の仕事の一つに、政治を担当する者の資産の効率的な運用もあったのだ。ヴェネツィア共和国では政治担当者の全員は無給と決まっているので、その一人を経済的にささえるのも、一家の中の〝経済人〟の任務であったのだった。

この分業システムは大変に合理的ではあるが、合理的であれば何でも上手《うま》くいく、とはかぎらない。ヴェネツィア政府は、それへの事前の対処も忘れていなかった。国の政治を担当している者には、しかもその者が政府の中枢《ちゅうすう》にいればなおのこと、最新の情報が入ってくる。それを一家で囲む食卓で口にしようものなら、そこにいる経済人は、他の同業者よりも、早く情報を知ることになる。例えば、フランスとスペインの間で戦争が起りそうとか、オリエントでは、支配者のトルコ人に対して被支配者のペルシア人が反乱を起しそうとか。

それがわかれば、貴族一家に属す経済人は、他の同業者たちに対して有利に立つ。問題の起りそうな地からの輸入を増やしたり、その地での収益の回収を急がせたりできるのだから。

交易立国であるということは、経済立国であるということだ。

ということは、ヴェネツィア共和国内には、貴族一家に属していない経済人も多いということで、実際、ヴェネツィア共和国の第一階級である「貴族《ノービレ》」の下には、「市民《チツタデイーノ》」と総称される平民階級があり、その平民たちがもっぱらとしていた職業は、手工業であり商業であり海運業であった。

ヴェネツィア共和国は、これらの人々もまた、情報を得るにも平等であるべきと考えていた。そうでないと、情報面でさえも不公正になるのだから。

それで、一家の中の経済人に〝インサイド〟な情報を流した政治家には、すさまじいまでの厳罰を科すことを法律化していた。つまり、それに反すれば、待っているのは厳罰、ということ。

競争は熾烈《しれつ》であって当然だ。だが、それはあくまでも、スタートでは平等であったうえのことだという考えに立っての、法律化であったのだった。

マルコの伯父も、「ゆっくりと話を聴くのは別の機会に」と言ったのだから、久しぶりに会う甥と食卓を囲む約束は守るだろう。その席では、マルコが訪れたフィレンツェやローマに、伯父やその息子たちからの質問が集中するにちがいない。だがそれは、この二都市の名所旧跡とか住民たちの日常生活とかが話題にのぼるので、それ以外のマルコ個人の体験にまでおよぶことはない。

ましてや、マルコがなぜ今になって帰国したのか、単に望郷の念にかられてか、それとも政府からの呼び出しに応じての帰国か、もしも後者ならば、そのマルコを待っている政府内の役職は何か、等々については、問いかけることもしないし、話題にも乗せてこないだろう。

これが、ヴェネツィア共和国の「貴族《ノービレ》」のマナーなのである。エリートであるからには欠くことは許されない、自己制御の精神《スピリト》なのであった。

このヴェネツィアに、マルコ・ダンドロは帰ってきたのである。

伯父一家が引きあげた後は、ダンドロの屋敷も以前のような、老夫婦とその甥にかしずかれた独り暮らしにもどる。

交易商人の伯父は、大型商船が発着する船着場に近いほうが好都合とスキアヴォーニの河岸《かし》ぞいの屋敷に住んでいるので、大運河《カナル・グランデ》に面したこの家はもはや、商館づくりにはなっていても商いの場としては使われていない。それゆえ人の出入りも少なく静かなので、マルコは気に入っていた。

一階《プリモ・ピアノ》の応接用の階は、というわけで、迎え入れるとしてもマルコの個人的な知り合いだけ。そこをお義理のようにひとめぐりした後で、マルコの居住空間であるその上の階に向う。寝室で身体《からだ》を洗った後は部屋着に着替え、夕食の用意が整うまでと書斎に向った。

寝室も以前のままだったが、書斎もまったく変っていない。机の上の書物の置き場所まで変っていない。五年前に、一挙にもどったようだった。

昔にもどった気分になったのは、書斎の壁にかかっている一幅の肖像画を見たからでもある。ヴェネツィア派の画家の一人が描いたもので、そこには三十歳になったばかりのマルコが描かれていた。

ヴェネツィア生れというその画家を連れてきて、描いてもらえと強引に勧めたのがアルヴィーゼであったのだ。

アルヴィーゼ・グリッティもその時期、肖像画を描いてもらっていた。それを描いたのは、当時は新進気鋭の画家として台頭いちじるしかったティツィアーノ。そのティツィアーノはすでにヴェネツィア政府からの依頼で元首《ドージェ》アンドレア・グリッティの肖像画を描いていたのだが、元首はその出来がたいそう気に入り、息子のアルヴィーゼの肖像も描くよう頼んだのである。

その肖像画は完成時にマルコも見たのだが、さすがに見事な作品に仕上っていた。父親の元首も満足したようで、私邸の居室にかけているという。だが、アルヴィーゼ自身は、親友のマルコにはこう言っていたのだ。

「指定されたポーズで立つオレを画家はしばらく眺めていたが、会ったのはその一回だけだった。もう一度立ってみてくれ、などとは一度も言わなかった。それでいて、一ヵ月も過ぎないうちに描きあげて届けてきた。それを見ながら言ったのだ。わたしはこんなに空《うつ》ろな眼をしているのか、と。

そうしたら、あの画家は言ったね。何もない空ろと、多くの想いがあふれそうになっている空ろはちがうのです、と」

そのアルヴィーゼに強引に勧められたからというわけではなくても、マルコも肖像画を描いてもらう気になったのである。他人は自分をどう見るのかを、知りたくなったからだった。

描いてもらえと勧めたアルヴィーゼが連れてきた画家は、ティツィアーノではなかった。画料が高いからだと言う。おれのときは父が払ったが、払うのはおまえだから、というのがその理由だが、腕ならばティツィアーノ並みだから心配するなと言い、画料の差は、技能だけでなく商売のしかたの優劣にあるのだと説明した。芸術家にそのようなことは無関係と思っていたマルコだが、無関係とも言えないのは後年になって知ることになる。

アルヴィーゼが連れてきた画家は、ロレンツォ・ロットという名の、四十代と思える年頃のヴェネツィア生れ。画家は、正面からマルコを見つめた後で言った。

「あなたは、ジェンティーレ・アスペットの人だ。そのあなたを描き出してみたい」

ジェンティーレ・アスペット（gentile aspetto）とは、ダンテが『神曲』の中で使って以来広まった言葉で、佇《たたず》まいの美しさ、をあらわす言い方である。

そう言った画家ロレンツォは、ティツィアーノとちがって、一度だけでは解放してくれなかった。マルコが坐《すわ》る場所も、光線の具合から書斎の窓ぎわと決める。マルコが前にする机も、それをおおう布地も、画家が決めた。その上に置く書物も、マルコの書棚から画家が選ぶ。しかも、書斎ではいつも何を着ているのかと問い、マルコの衣装戸棚から部屋着まで選んだのである。

その場にいたアルヴィーゼは、笑い出して言った。「書斎でのダンドロ家の当主ってわけだね。書物を脇《わき》にかかえて登庁する元老院議員なんて、おまえぐらいしかいないのだから」

画家はその笑いには同調せず、真剣な表情を崩さないで、指定されたポーズで坐ったマルコの前に、書斎に置かれてあった花びんからバラの花を一輪とり、花びらにして散らした。これがまた、アルヴィーゼの遠慮のない笑いを誘う。つられてマルコも、笑いそうになった。

ロレンツォ・ロットは、仕事ぶりも遅かった。完成までに、ティツィアーノの倍以上の日数がかかった。マルコのほうも公務が忙しくなる一方で、そうそうは画家の前に坐る時間がとれなかったこともある。完成したときは、アルヴィーゼ・グリッティはすでにトルコに発《た》った後だった。

画家自らが完成画を届けてきたとき、それを見たマルコの胸に浮んだのは、満足とか不満足とかいうよりも、他人の眼に映る自分はこうなのか、という想いだった。しかし、心からの礼を言い、画料も言われた額を払ったが、これだけは聞いたのだ。絵の右下に小さく描かれているとかげは何を意味するのか、と。画家は、まじめな表情を崩さずに答えた。

「バラの花ほどすぐではないが、人間の若さもいずれは消えていく。とかげは、それを想い起《おこ》させるためにあるのです」

その絵をマルコは、久しぶりに前にしているのである。今の自分は、あの頃の自分ではないと思いながら。

髪形も流行に合わせて長めだし、その髪もこめかみの辺りに白いものが混じりはじめている。あの頃にはなかったひげも、オリンピアの好むままに短く刈りこんであっても、今ではあごに沿ってはえている。内面の変化にいたっては、三十歳の頃には想像さえしていなかったほど変っているはずだった。

とはいえ、こんなふうに少しは変ったにしろ、マルコはやはり絵の中にいる、佇まいの美しい男、ではあった。アルヴィーゼが言っていたのが思い出される。

「芸術家の心眼とやらにさらされるのも良し悪《あ》しだね」

その後のアルヴィーゼ・グリッティの運命を知った今では、あのようなことになるとは誰一人思っていなかった時期にアルヴィーゼを描いたティツィアーノは、その心眼とやらの持主なのか。

そしてロレンツォ・ロットも、十年前にその心眼の力で自分を描いたとしたら、その後のマルコの人生まで見透した、ということでは同じなのか。

最初に会ったとき、画家は言った。あなたは佇まいの美しい人だ、と。佇まいが美しいとは、生き方が美しいことにつながる。

もしも画家のこの言葉がこれ以後の自分の後半生への予告でもあったとしたら、と考えながら立ちつくしていたマルコに、老夫婦の妻のほうが遠慮がちな声で、御夕食の準備ができましたと伝えた。

食堂のテーブルの上には、母がいた頃からの馴染みの料理が並んでいた。ムラーノの島で作られる繊細な模様入りのグラスには、香りだけでマルコにはそれとわかる、ダンドロ家がブラーノの島で作らせているマルヴァジア種の葡萄酒《ぶどうしゅ》がつがれる。古《いにしえ》のギリシア人たちが、「神々からの手紙」と呼んでいた酒である。それを口にふくんだとき、マルコは今度こそはっきりと、ヴェネツィアにもどってきた想いにひたることができたのであった。

職場復帰

翌日の朝、マルコの足は元首官邸《パラッツォ・ドゥカーレ》に向っていた。元老院の会議が開かれる日ではない。だが、共和国国会《マジョール・コンシーリオ》や元老院《セナート》とはちがって、会議が開かれる日が決まっていない、つまり必要とあれば連日でも召集される十人委員会《コンシーリオ・ディ・ディエチ》の委員にもどった以上、帰国早々でも登庁するのは当然と思われた。

少しばかりなつかしい想《おも》いで、元首官邸の広大な内庭をななめに突っきる。そこからは階段で「C・D・X」《コンシーリオ・ディ・ディエチ》の部屋のある三階まで登るのだが、ふと気がつくと、以前は一度に四、五段駆け登っていたのに、今はそれが二、三段になっている。あの頃からの歳月はこのようなことにも現われるのかと、思わず笑いがこみあげてきた。

十人委員会の部屋では、会議は開かれてはいなかったが委員たちは集まっていた。

その三分の二は、マルコの知らない顔だ。だが全員が、マルコが「C・D・X」の一員にもどったことを知っている。マルコはその同僚たちに、眼で挨拶《あいさつ》した。全員が、同じやり方で返してきた。

この人々の全員が、マルコ・ダンドロの五年の不在の理由を知っている。だがヴェネツィア共和国には、社会のあらゆる分野で、敗者復活のシステムが機能していたのである。

所有の船に買いこんだ物産を満載して出港したのはよいが、その船が嵐《あらし》に出会って沈没し、資産のほとんどを一時に失った人にも救済の道は開かれていた。政府内には中小企業対策と名づけてもよい委員会があり、そこからの資金援助に頼ることができ、また民間の金融機関も協力を惜しまなかった。いずれの場合も、担保も必要としないうえに低金利。

このように立派な理由がない場合でも、「恥じいる乞食《ポーヴェロ・ヴェルゴニヨーソ》」と名づけられ、再生したときには絶対にわからない全身黒ずくめの服装で、当座の生活費ぐらいは稼ぐ道もあったのだ。

失敗は誰でも犯すし、不幸は誰にも訪れる。この人々に再起の機会を与えてやるのは、ここヴェネツィアでは、政治の世界でも同様であった。

人々が海の上に国造りを始めた古代ローマ帝国の末期、この人々が持つことができた資源は、海水から採れる塩だけであった。他国人にはこの塩を売って彼らの産する物産を買い、それを別の国の人々に売ることでヴェネツィアは成長してきたのである。だがそのうちに、ヨーロッパの北では塩鉱が発見されてくる。海水から採る塩は美味だが手間がかかる。しかも塩だから、高くは売れない。ヴェネツィア産の食塩は、岩塩の登場で市場価値を失った。もはやヴェネツィアにとっての資源は、人間だけになったのである。

まして、建国から数えれば一千年は過ぎている十六世紀、ヴェネツィア共和国は、東にトルコ、西にはスペインやフランスという、人口だけにしてもヴェネツィアの十倍から二十倍はある君主国に囲まれている。しかもそのヴェネツィアの持つ資源は人間のみ。これら大国とちがって、失敗は許されなかったのだ。このヴェネツィアでは、市民権という名の国籍を持つ人の全員がイコール人材、と見なされたのも、高邁《こうまい》という ことになっている、イデオロギーによるのではない。少ない人口しかない国が人的被害に不感性でいられる大国に伍《ご》していくための、現実的で冷徹な戦略《ストラテジア》であった。

　このヴェネツィアにもどってきたマルコに、眼で挨拶を返した委員の中にも、敗者復活システムによって復帰した者もいるかもしれないのである。ヴェネツィア共和国では、政界でも経済界でも、減点主義は採らない。いつでも誰にでも、再スタートの機会は平等に与えられるのが当然と考えられていた。

「十人委員会」には、三人の委員長がいる。〝制服〟が赤の長衣なのでひとめでわかるのだが、マルコはその三人には自分のほうから挨拶に行った。

三人は、マルコの挨拶にもていねいに答えたが、その内の一人が言った。「仕事が待っている。事務局に行ってもらいたい」

　同じ階にある事務局の部屋には、すでに三人の男が待っていた。

一人は、「夜の紳士たち《シニョーリ・ディ・ノッテ》」と名だけは優雅な警察の、ユダヤ・ゲットーもふくむカナレジオ地区担当の警察署長。

もう一人は、ヴェネツィアの病院に勤めながら政府の仕事もしている、ユダヤ人の医師。

　最後の一人は、マルコも顔を覚えていた、十人委員会つきの秘書官。

まず秘書官が、マルコを呼んだ理由を話した。

二日前、ユダヤ人居留区《ゲットー》の運河で、水死体が発見されたこと。引きあげられた死体は当初は単なる溺死《できし》と判断され、警察もそれで処理しようとしていたのだが、死因の確認を求めた医師の所見は、殺されて運河に投げこまれたのだろう、というもの。

ここでユダヤ人の医師が口を開く。「海水に長くつかっていたのか水ぶくれがひどく、初めのうちは傷があることに気づかなかったのでしょう。だが注意してよく見れば、わき腹に二ヵ所、鋭利な刃物で刺した傷口が残っていた」

秘書官が再び口をはさむ。「単なる殺人事件ならば、犯罪担当の四十人委員会にまわすのでよかった。ところが警察が、死体の主が誰でどこに住んでいるかを調べたところ、被害者はジェノヴァ人で、しかも姓はドーリアだという」

「夜の紳士たち《シニョーリ・ディ・ノッテ》」の仕事には、担当する地区にある旅宿から提出されてくる宿泊客の姓名を記録に残すこともあったのだ。秘書官はつづける。

「被害者の姓がドーリアで、もしもあのドーリアと関係をもつ者であったとしたら、通常の犯罪事件として処理するわけにはいかなくなる。アンドレア・ドーリアとのかかわりがどの程度かによって、これは政治問題になりかねません」

ヴェネツィアの最高情報機関でもある「C・D・X」の一員であるマルコが呼ばれたのは、ここに理由があったのだ。

ジェノヴァの有力貴族アンドレア・ドーリアくらい、この時期のヴェネツィアで憎《ぞう》悪《お》の的になっていた人物もいなかった。

つい一ヵ月前にヴェネツィアは、ギリシアの沖合のプレヴェザで敗北を喫していた。そのときのヴェネツィア海軍は、イスラム勢力を結集したトルコ海軍撃破のために結成したばかりのキリスト教連合艦隊の一翼として参戦していたのだが、この連合艦隊の総司令官がアンドレア・ドーリアであったのだ。

しかもそのときの敗戦は、ドーリアが、突撃命令を出すどころか反対に撤退を命じたことに発していたのである。海軍力によって地中海の女王とさえ言われてきた三百年もの間、ヴェネツィア海軍が敵に背を向けたことは一度としてなかった。陸上では敗れても、海の上では敗れたことはなかったのである。

それが、初めて逃げたのだ。敗戦とするには、戦力面での損失はガレー船二隻《せき》にすぎない。だが、精神面での損失は大きかった。敵に背を見せたことのないヴェネツィア海軍が、初めて逃げたのだから。たとえそれが、総司令官の命令に服さざるをえなかったとしても、である。そして、ヴェネツィアの海の男たちを逃げざるをえなくさせた当の人が、アンドレア・ドーリアである。しかもそのドーリアは、ジェノヴァ人。いずれも海洋都市国家のヴェネツィアとジェノヴァは、今ではジェノヴァの力は衰えていても、歴史的にも伝統的にもライヴァルの関係にあった。

それにもましてアンドレア・ドーリアがヴェネツィアにとって要注意人物であったのは、今の彼がスペイン王のカルロスの、「海の傭兵隊長《ようへい》」になっていることにある。オーストリアもスペインも、海運国家であった歴史も伝統もない。この両国ともを支配下に置くハプスブルグ家の総帥《そうすい》カルロスは、自国の海軍力の強化を何によって実現しようとしたのか。

期せずして、トルコのスルタンもキリスト教国の皇帝カルロスも、同じことを考え、そして実行したのである。

トルコの場合は海賊たちを利用することだったが、スペインも、支配下に加えたジェノヴァ人を傭《やと》い入れることによって、海軍を編成したのである。

それをするにこれ以上の人はいないという、適任者もいた。かつてはヴェネツィアと地中海で覇《は》を競ったジェノヴァだけに、有能で経験も豊富な海将には不足しない。ただし彼らは、自国が独立を失ってからは、他国に傭われる傭兵隊長になっている。

アンドレア・ドーリアも、初めは法王庁で、次いではフランス王の下で働いていたのをカルロスに引き抜かれ、スペイン海軍をまかされる身になっていた。

事情がこれでは、ドーリアの機嫌を損じることは、カルロスの機嫌を損じることになりかねない。カルロスの気分しだいでは、キリスト教連合艦隊は二度と現実化できないかもしれないのだった。

十人委員会の一員に再びもどった自分が呼ばれた理由を、マルコはただちに理解した。そして、この任務を、ここにいる三人と共に行うことも決めた。集まる場所も、この「C・D・X」の事務局の一画。彼もふくめて四人なので机一つで足りたし、十人委員会の事務局くらい、秘密がもれる心配のない場所もない。マルコは、自分の協力者になったこの三人に、次々と具体的な任務を与えていった。

二十代後半と若い「夜の紳士たち《シニョーリ・ディ・ノッテ》」には、彼が担当するカナレジオ地区で、変死体があがった前後に何かを見た証人を探すよう命ずる。変死体があがったのはその地区の中でもユダヤ人の居留地域なので、証人探しにも慎重な配慮を要した。

マルコと同年輩と思われる医師には、水死体を見た経験も豊かということから、それら水死体があがるのがヴェネツィアのどの地域に多いのかを調べて、地図上で示してくれるよう頼む。網の日のように運河が通っているヴェネツィアでは、死体も、引きあげられた地の近くで殺され運河に投げこまれたとは断定できないのだ。「C・D・X」の秘書官を長くつづけているラムージオには、五十代のベテランにふさわしい微妙な任務を頼む。ジェノヴァにも張りめぐらせている情報提供者を総動員して、殺されて運河に投げこまれたドーリアが、アンドレア・ドーリアとどのような関係にあったのかを秘密裡《ひみつり》に探るのが仕事。これは、ヴェネツィアの諜報《ちようほう》機関である「十人委員会」での長年の経験があってこそ、当のアンドレア・ドーリアさえ気づかないうちにやらねばならない、重要極まりない仕事であった。

こうして、五年ぶりの職場復帰もマルコには、初日から忙しい日の連続になった。十人委員会だけでも、週に四、五回は召集される。マルコだけでなくヴェネツィア政府全体が、プレヴェザで受けた打撃を消化している暇もなかった。神聖ローマ帝国の皇帝であると同時にスペインの王でもあるカルロスから、そのカルロスが統治をまかせている弟のオーストリア公フェルディナンドから、また、カルロスとはヨーロッパの覇権をかけて対決中のフランス王のフランソワ一世からも、ヴェネツィアへの援軍要請が寄せられていたからである。

これらにどう対処するか。その対処に、共和国ヴェネツィアの独立がかかっているのだ。

それへの回答が公式な形になるのは、元老院《セナート》が決定したときになる。だが、その元老院に提案するのは、元首と元首補佐官六人と委員の十人で構成されている、十人委員会《C・D・X》である。二百人前後の議員で成る元老院が否決すればそれで終りだが、ほとんどの場合はC・D・Xの提案どおりで可決された。それだけに、十人委員会での審議は慎重にも慎重を期されたのだ。それだけで深夜におよぶのも、珍しくはなかった。高齢が常の元首には元首官邸内に専用のアパルタメントが常備されているのも、そのような場合のためである。

ただし、「十人委員会《コンシーリオ・デイ・デイエチ》」内部での審議は、元老院《セナート》での採決にかけられないかぎり、表面には出ない。つまり、共和国の政策として公式決定にならないかぎり、すべては極秘裡に成されるのである。大国の君主たちからの要請にどう対処するかも、「C・D・X」内で決めるのだった。

C・D・Xは、これらすべての要請に対して、「拒否」で行くと決める。平和主義だから、中立を選んだのではない。結果としては全方位外交になるが、それも、国益を考えれば必要であったからで、一方の要請を受け入れたために他方を敵にまわすのを、極力避けたかったからにすぎない。

とは言っても、相手は全員が大国の君主である。拒否するにも、細心の配慮が欠かせない。連日の討議は、結論は拒否と決まっても、どのようなやり方で拒否するか、に費やされた。

ドイツを中心にした神聖ローマ帝国の皇帝であるだけでなくスペインの王でもあるカルロスからの要請は、北アフリカ侵攻軍への援護射撃として、ヴェネツィア海軍を派遣してほしい、というものである。

これにヴェネツィアは、わが国の海軍が再度アンドレア・ドーリアの指揮下に入るのを受け入れようものなら、ヴェネツィアでも庶民までが怒り狂うであろうから、そのような要請は受け入れることは絶対にできない、と答えることにする。

もちろん、スペイン海軍がアンドレア・ドーリア無しでは成り立たないのを知っていての回答だ。カルロスは結局、ヴェネツィア海軍無しで北アフリカに侵攻し、その結果は、惨《みじ》めな戦果の後の撤退に終わることになる。

そのカルロスがオーストリアの統治をまかせている弟のフェルディナンドからの要請は、トルコ軍にウィーンまで迫られている中で応戦に苦労しているオーストリア軍への参戦を求めてきたものだ。これにはC・D・Xは、ヴェネツィアの経済力を盾にする。

ヴェネツィアの都心には、昔からドイツ商館《フォンダコ・デイ・テデスキ》がある。ドイツ商館と呼ばれてはいても、ドイツからの商人のためだけの施設ではない。名はドイツ商館でも、アルプスの北のすべての国々からの人々が、経済の中心であるヴェネツィアに来て経済活動を行うための拠点になって、すでに三百年が過ぎている。

専制君主でも、戦争には資金が必要だ。そしてこのための資金は、当時では最も手っとり早いやり方、つまり銀行からの借金、でまかなう。オーストリア公フェルディナンドも例外ではなかった。

この専制君主からの援軍派遣の要請に対して、ヴェネツィアの十人委員会は、それを受けようものならアルプスを越えて北上する軍勢によって、そのアルプスを越えて南下してくるドイツの商人たちの往来に支障をきたす怖《おそ》れがある、という理由をあげて拒否したのである。オーストリア公とて、戦費調達に欠かせない自国の経済人の不満までは無視できないことを、見越したうえでの回答であったのはもちろんだ。それでも、この時点でのオーストリア問題は解決した。

フランスの王フランソワ一世からの要請にいたっては、ある意味で同情にさえ値しない次元の問題だった。スペイン王カルロスが北アフリカ侵攻軍を自ら率いると知ったらしく、このライヴァルが不在の間のスペインに攻め入るつもりなので、海軍による援護射撃を頼みたい、というものであったのだから。

十人委員会はこのフランソワに対しては、留守を知っていながら押し入るまねはヴェネツィアはしないと、言ってみればにべもない回答を送っただけであった。

外交とは、血を流さないで闘う戦争なのだ。「外交《ディプロマツィア》」ではなく、「外政《ポリティカ・エステラ》」と認識すべきと思うほどに。

ヴェネツィアは、これらの大国に比べれば、領する土地の広さでも住む人間の数でも、絶対的としてもよいほどの小国であった。しかし、十六世紀当時のヴェネツィアは、海軍力と経済力ならば大国だった。

ヴェネツィア海軍が参戦しなければ、これら大国といえども勝つことはできない。

ヴェネツィア人の経済能力無しでは、これら大国も経済の向上は望めなかった。

ヴェネツィアの十人委員会は、この二枚のカードを、相手に応じて使い分ける、つまりは活用する、ことだけを頭に効果が見込める道を選ぶ。マルコ・ダンドロも、それを行う一人にもどったのだ。

というわけで帰国直後から忙しかったのだが、それでも元首グリッティには、再登庁の二日後には会いにいった。十人委員会では毎回顔を合わせているのだが、わざわざローマまで私信を送ってくれた人である。それに何よりも、今は亡《な》き友の父親だった。

元首官邸内にある元首用のアパルタメントに迎えてくれたグリッティは、八十三歳とはとても思えない。息子アルヴィーゼを襲った悲運に打ちひしがれていた頃からは立ち直ったというよりも、乱世に生きるのに慣れたこの老政治家は、プレヴェザでの敗走を知って胸に火が点《つ》いたマルコと同じに、このヴェネツィアの不幸にかえってふるい立ったのかもしれなかった。それでも二人の話は、自然にアルヴィーゼに向っていた。

「アルヴィーゼには、心から愛した婦人がいました」

「知っている」

驚いて老元首を見たマルコに、グリッティは言った。

「あの恋が始まった当初から知っていた。あるときアルヴィーゼが、秘密にしなければばならないのはわかっているが、誰も知らないというのではあまりにも哀《かな》しい、と言って打ち明けてくれたのだ。

ただわたしは、アルヴィーゼが話すのを聴いていることしかできなかった。それでも、父親としては嬉《うれ》しかった。死は誰にでも訪れるが、真実の愛には誰もが恵まれるわけではない。あの女人のことを話すときのアルヴィーゼは、幸せそのものだった」

しかし、ここまではグリッティも普通の父親だが、アンドレア・グリッティは父親だけの男ではない。非業《ひごう》の死を遂げた息子に想いを馳《は》せるかのように見えたすぐ後で、茶目っ気たっぷりの眼に変って言った。

「相手の女人がプリウリの奥方と告げられたときは、正直言って、愉快でなくもなかったね。元老院でのわたしへのプリウリの攻撃が、執拗《しつよう》をきわめていた時期でもあったから。

わたしもプリウリも、共和国ヴェネツィアの独立を何にも増して重要と考える点では一致している。だが、皇帝カルロスの傘下《さんか》に入っても独立は保てると主張するプリウリに対して、わたしはそうは思わない。君主国が傘下の国に共和政の保持を認めるなど、絶対にありえない。フィレンツェも、君主政に変えられた。ヴェネツィアの独立は、共和政なくしてはありえない。わが国にとっての共和政は、建国以来の長い歴史の中で、身体《からだ》中に張りめぐらされた、血管網のようになっているのだから」

何となく息子に対する父親の口調になっていた元首グリッティに引きずられたのか、マルコも遠慮のない口調で聞いた。

「プリウリ殿の批判を聴きながら、その奥方を思い出していたのですか」

元首グリッティは、それには厳しい口調にもどって言う。

「そのような卑《いや》しいことを考える習慣は、わたしにはない」

だが、すぐに親しい口調にもどって言う。

「ただ、彼の意見に反論するうえでの、冷静で論理的な説得力を保つのに役立ったのは確かだった」そして、退去するマルコに言った。

「次はムラーノの島にあるわたしの別荘に来なさい。あそこなら、太陽を浴びながら話せる」

まったく、元首官邸《パラッツオ・ドゥカーレ》はいかに壮麗に飾られていようと、所詮《しょせん》は仕事の場なのだ。できるかぎり早くうかがいます、と答えたマルコだが、その足が向ったのは、もう一階上の「夜の紳士たち《シニョーリ・ディ・ノッテ》」の詰め所。容疑者を待たせてある、という知らせを受けていたからだった。

ユダヤ人居留区《ユダヤ・ゲットー》

容疑者とされた人物が待つ部屋に入る前に、尋問に同席するマルコに署長が説明した。

「ユダヤ・ゲットー内で探し出した二人の証言によれば、死体があがる二日前の夜、居留区内の広場で、被害者のドーリアと容疑者の間で言い争いがあったそうです。その際に容疑者の口から、ふれようものなら殺す、という言葉が吐かれたそうで。証人二人はその場に偶然に居合わせただけなので、なぜ口論になったかまでは知らないと言っていました」

尋問の部屋に入っていくと、そこには若い男がいた。二十代の半ばかと思われるその若者の名はダヴィデ。その名だけでユダヤ人とわかるが、当時のイタリアではそれだけで排斥の理由にはならない。フィレンツェの中央広場には、今では大家のミケランジェロが若い頃に制作したダヴィデの美しい大理石像が、周囲を圧して立っている。

容疑者として連行されていながら、眼の前に坐《すわ》っているヴェネツィアのダヴィデにも、臆《おく》する気配はまったく見えなかった。

尋問するのは、「夜の紳士たち《シニョーリ・ディ・ノッテ》」の一人が行う。マルコはその脇《わき》に坐って、尋問に答える若者を観察していた。

ユダヤ人の若者は、口論したことも、ふれようものなら殺す、と言ったことも、はっきりと認めた。口論になったのは酔払いがからんできたからで、殺すと言ったのは、その酔払いが自分の楽器に手をかけたからだ、と言った。

相手がジェノヴァ人であるのは知っていたのかという問いには、言葉からヴェネツィア人でないのはわかったが、ジェノヴァ人とは知らなかった、と答える。そして、殺すなどという穏やかでない言葉をなぜ発したかの問いに対しては、それまで椅子《いす》に立てかけてあった楽器入れを机の上にのせ開いてまでして、くわしく説明したのである。

それは、彼が特別に自分のためにクレモナの職人に注文して作らせた弦楽器で、自分にとっては命と同じだから手許《てもと》からは絶対に離さないし、もちろん他人にはさわることも許さない、と答える。

楽器とはオリンピアのところでしか見たことはなかったマルコにも初めて見る弦楽器だが、ヴィオラよりは小型だから、小さなヴィオラの意味で「ヴィオリーノ」と呼ばれているのだろうと思う。それが命と同じくらいに大切なものならば、ふれようものなら殺す、と言った若者の気持もわかるような気がした。

その夜は酔払いを振りきって帰宅しそのまま眠った、という若者の言葉は信用するとして、尋問は、その後の二日間のアリバイの解明に移った。そこでも若者の答えぶりにも、少しのよどみも見られなかった。

二年前からジュデッカの尼僧院《にそういん》に預けられている少女たちに音楽を教えに行っているのだが、午後から始まるそれに集中しているうちにユダヤ人居留区の門が閉じられる時刻も過ぎてしまい、尼僧院長のはからいで尼僧院の門番の老人の家に泊めてもらったので、翌日の朝まではジュデッカにいた、と言ったのである。そしてその次の日は一日中、ユダヤ人居留区の自分の家で、少年たちに音楽を教えていた、と。

こちらのほうの裏をとるのは簡単だった。「夜の紳士たち《シニョーリ・ディ・ノッテ》」の命令一下、警官たちは、若いのにすでに「マエストロ」と呼ばれているダヴィデの教え子たちの証言を集めるのに散っていった。

若者が少女たちに音楽を教えに通っているという尼僧院の名は、マルコには初耳ではなかった。少女リヴィアが暮らす尼僧院で、そこの院長はダンドロ家の遠縁にあたる人である。このほうの裏をとるのは自分がする、とマルコは決めた。

その間、ダヴィデは拘留される。拘留と言ってもヴェネツィアでは、元首官邸とは橋で結ばれている牢獄《ろうごく》の一室に入れられてしまう。何となくユダヤの若者に好感を持ち始めていたマルコは、「裏をとる」作業を早く終えてあげたい気分になっていた。

次の日、昨日の尋問役を同道してジュデッカに向う。

迎えた尼僧院長は、柔和な表情は以前と変わらなかったが、その日は尼僧院の責任者としての態度で終始した。

マエストロ・ダヴィデは月に一度、少女たちに音楽を教えに来ていること。教え方は熱心で、少女たちの技能も眼に見えて向上し、そのためか尼僧院全体の雰囲気までが明るくなった、と言った。

指導は午後遅くにも及ぶことがあるのかという質問には、ふと笑顔を見せ、ついついそうなってしまう日も多く、尼僧院に泊まらせるわけにはいかないので、門番の老人の家に泊まってもらっている、と答える。

ヴェネツィアの司法制度では、いかに高位の人でも証人は一人では充分とは思われていない。「夜の紳士たち《シニョーリ・ディ・ノッテ》」の一人とマルコも、尼僧院の実際面を取りしきっている尼僧にも話を聞く。この尼僧は、音楽を教える部屋にも案内してくれた。だが、天気の良い午後だと、その部屋の前の回廊が音楽室になることも少なくない、と言う。ここでもダヴィデの評判は上々で、カトリックの尼なのにユダヤ人の若者を、「マエストロ」の敬称付きで呼ぶのに何の抵抗もないようだった。

門番の老人も、居留区の門限に遅れたマエストロを泊めたことは幾度もあった、と言う。そして、豚肉入りの煮込み料理でも平然と食べる、変なユダヤ人だと言って笑った。

元首官邸にもどってきた二人には、やるべきことははっきりしていた。容疑者と目されていた若者の、即釈放である。だが、時刻はすでに日没。ユダヤ人居留区《ゲットー》の門限には間に合わない。それで、ユダヤ人のヴァイオリニストのダヴィデは、もう一晩牢獄で過ごすことになってしまう。だがその若者にマルコは、明日の朝の釈放は告げてやった。

ユダヤ人ということでは同じでも、こちらは医師のダニエルとの仕事も終りに近づいていた。

医師はマルコの前に、ヴェネツィアの市街図を広げる。そのところどころに、赤い印がついた地点がある。この一年間に水死体が引きあげられた地点だという。そして、説明が始まった。

まず、水死体のほとんどは、酔払って運河に落ちた人であること。それがあがるのが夏期には少なく冬期に多いことが、酔払って起きた事故であることを実証していること。なぜなら、葡萄酒《ぶどうしゅ》ぐらいでは酔払わなくても北のほうの本土《テッラ・フェルマ》で産する蒸留酒は強いので、ヴェネツィアでの酔払いはそれを飲む冬に集中する傾向があること。しかも、冬に強い酒を飲んで運河に落ちるのは、ヴェネツィアっ子よりも土地カンのない他国の人に多い、とも言った。

赤い点が散る市街図を見るだけで、どこで殺されて運河に投げこまれたかの実証などはとうてい不可能、と思うしかない。そのうえ医師は、こうも言う。

「冬には海からの風が強くなるので、いきおい波も高くなる。水死体もそれに流されるのか、市街地の北側で多くあがる。海の上に建てられた都市で運河も網の眼のようにめぐっているのに、ここヴェネツィアではイタリアの他の都市よりも、水死体は早くあがるのです」

その理由は、医師に説明されなくてもマルコにはわかる。

海の都ヴェネツィアの運河は、船の航行のためだけでなく、衛生上の理由でも、広い運河《カナーレ》も狭い運河《リオ》も、水の通りを良く保つための整備を怠ることは許されない。これ専門の委員会もあるほどで、この委員会の責任者には、職務怠慢と認められるや死刑が待っていた。

上水は雨水を濾過《ろか》して使っているヴェネツィアだが、下水はそのまま運河に流している。市街地だけでも十万は軽く越える人口のヴェネツィアでは、水の流れをスムーズにしておくのは、衛生上の問題でもあった。

治水、つまり「水」を「治める」ことは、海の上に住むからには忘れてはならない第一のことであったのだ。

これでは水死体も、海水につかっている時間が他の地方よりは短くなるのも当然である。

しかし、ヴェネツィアならではのこの特別な事情も、死体の捜査をする側にとっては迷宮入りになりかねない。

それに、十人委員会がわざわざ乗り出してきた問題のほうも、まだ解決していない。だがこれも、二日後に、秘書官ラムージオがもたらした報告で、ようやく解決への道が開けてきたようであった。

「十人委員会」がその諜報網《ちょうほうもう》を全開にして調べあげただけに、ラムージオの報告は完《かん》璧《ぺき》だった。

まず、水死体であがった男の姓がドーリアであるのは確かだったが、ジェノヴァのドーリア家といえば数百年にわたって続く名門である。ジェノヴァにかぎらずイタリアのどの都市でも有力家門となれば、長い間に親族が増え、もはや一門の男と言えないくらいに社会の各階層に散っているのが普通になっている。フィレンツェでも、メディチという姓を持つ人は多いし、ヴェネツィアでも、ダンドロ一門の総帥《そうすい》のマルコが会ったこともない、姓だけはダンドロの人も少なくない。ジェノヴァきっての有力家門のドーリアに、この一門の総帥アンドレアが知らないドーリアがいても不思議ではは少しもないのだ。

しかし、問題を起したいと考える人にとっては、どんな些細《ささい》なことでも材料になりえる。神聖ローマ帝国皇帝でスペイン王でもあるカルロスの信頼厚い海軍総司令官のアンドレア・ドーリアが、この事件をどう受けとめているかはまだわからなかった。

それで、「十人委員会」の秘書官のキャリアが長いラムージオだけに、ジェノヴァ駐在のヴェネツィア大使を通して脇から探ることにしたのである。つい先日起ったプレヴェザの海戦に対する、アンドレア・ドーリアの想《おも》いを探《さぐ》るためだった。

その結果判明したのは、海将ドーリアは、話題がプレヴェザに及ぶやひどく不機嫌になるという事実である。それは、相手がヴェネツィア大使だからというのではなく、相手が誰であっても不機嫌を露《あら》わに話を切ってしまうという。その辺りのドーリアの心情を推察してくれた側近によれば、次のようなものであるとのことだった。

アンドレア・ドーリアは、十六世紀前半のこの時期、地中海世界では最も有名な海将だった。海洋都市国家ジェノヴァの生れだが、もはや外国の勢力下に入っているジェノヴァの国益を最優先する海将ではない。傭兵《ようへい》隊長として、傭《やと》ってくれる人の下で働くのを職業にしている。フランス王フランソワからスペイン王カルロスに乗り換えたのも、集めた仲間たちを率いて傭ってくれる人の下で働く傭兵隊長だからこそやれることだった。決めるのは、少しの政治的条件と多くの経済的条件。彼が大国の君主の下で働くことで、母国ジェノヴァは少なくとも内政面での自治は維持できたのだから。

プレヴェザの海上で、スペイン・ヴェネツィア・法王庁の連合艦隊を率いていたのは、このアンドレア・ドーリアである。しかも、あのときのキリスト教連合艦隊が結成された目的は、西地中海まで脅《おびや》かし始めたトルコ艦隊に打撃を与えることにあった。しかし、戦場になるプレヴェザは、ギリシアの西岸に位置している。この海域で闘って勝利できたとしても、利益を得るのは東地中海を主な市場とするヴェネツィア共和国になる。一方、ローマ法王の熱心さに負けて連合艦隊は結成したものの、カルロスの真意はそれを、自分が狙《ねら》っている西地中海で使うことのほうにあった。

事情がこうである以上、プレヴェザの海上に到着した時点でドーリアがカルロスから受けた密命が、ヴェネツィアに利する海戦はやるな、になったのも当然だ。そして、傭われの身のドーリアが傭い主の命令に服したのも、当然の成行きでしかない。それでドーリアはどう行動したのか。

連合艦隊すべてで対戦していたらほぼ確実に勝てた海戦を、奇妙な動きをしながら逃げたのである。連合艦隊の総司令官であるドーリアが直接の指揮下にあるスペイン艦隊を率いて逃げれば、副将格のヴェネツィアの提督カペッロも後を追うしかない。

　こうして、一度たりとも敵に背を見せたことのなかったヴェネツィア海軍が、プレヴェザでは初めて、背を見せるという屈辱を味わわされたのである。軍事上の被害は、ガレー軍船二隻《せき》を失っただけだから、さしたる損失ではなかった。真の被害は、初めて海上で、しかも長年にわたってヴェネツィアの誇りであった海軍が逃げた、ということにある。ヴェネツィア人が庶民の端に至るまで、アンドレア・ドーリア憎しで一致していたのも当然であり、以後ヴェネツィア政府がドーリアを信用しなくなったのも当然であった。

　ところが、プレヴェザの一件は、アンドレア・ドーリア自身も傷つけていたのだ。海将としての誇りが傷つけられたからである。

　七十代に入ったとはいえ、それまでのドーリアは、相手がイスラムと見れば襲いかかる「海の狼《おおかみ》」と賞讃《しょうさん》され、かつての海洋都市国家の雄ジェノヴァの男たちの自尊心を体現する存在になっていた。それが、傭い主の命令があったとはいえ敵の前から逃げたことで、「海の狼」としての評価を台無しにしてしまったのである。プレヴェザに話がおよぶやとたんに不機嫌になるのも、「海の狼」の名声に汚点がつけられた想いであったのかもしれない。

秘書官ラムージオが持ってきたジェノヴァ駐在ヴェネツィア大使からの報告を読んだマルコ・ダンドロは、それを手に十人委員会の部屋に向った。

大使の報告を読みあげた後でマルコは、アンドレア・ドーリア殿はヴェネツィアでの水死体にふれることさえもないと思います、と言った。元首を始めとする十七人の委員全員も、それに同意した。ユダヤ・ゲットーであがった水死体も、これで十人委員会を離れ、「夜の紳士たち」の管轄《かんかつ》にもどり、通常の犯罪事件としてあつかわれることになる。いつの日か真犯人が見つかるかもしれないが、それはもう、国家の最高機密をあつかう「C・D・X」が乗り出す問題ではなくなった。

だがこれで、この一件で交《つ》き合うようになった、医師のダニエルや秘書官ラムージオとの関係が切れたわけではない。なぜかマルコは、この二人に、二人とも別々の意味ながら、親しみを感じるようになっていたのである。

医師、ダニエル

　ユダヤ人の医師は、ヴェネツィアの生れではない。生れたのはナポリで、年の頃は四十代半ば。普通教育を終えるや、サレルノにある医学校で学び始めたという。「スクオーラ・サレルニターナ」とは、キリスト教一色であった中世ヨーロッパでは異色の、色とりどりの花が咲く一画、と言ってもよい「学びの場《スクオーラ》」であったところだが、創立がいつかははっきりしていない。それでも他の学校《スクオーラ》とは異色であったのは、次のいくつかの特色によった。

　第一に、当時はこれこそが大勢であった、修道院やその他の宗教団体とは無関係であったこと。

　第二は、創立後ほどなく、アマルフィの交易商人たちから、経済面の助成を受けるようになっていたこと。

現代では美しい南欧の観光地でしかなくなったアマルフィだが、一千年も昔の地中海世界では海外雄飛の精神にあふれた海洋都市国家で、ピサ、ジェノヴァ、ヴェネツィアと並んで、地中海をまたにかけて活躍した交易立国であったのだ。オリエントとの交易では、ファースト・ランナーであったとしてもよい。

ちなみに現代のイタリアの海軍旗は、この四海洋都市国家の紋章を並べたものである。

その商人の国アマルフィが、なぜ医者を養成する学校《スクオーラ》を援助するようになったのか。

長い航海の間には、嵐《あらし》や海賊に襲われるなどで事故は避けられない。商船でも、船医が乗船していれば、乗組員全員が安心する。「サレルノの医学校」を助成するのは、アマルフィの経済人たちにとっては理にかなっていたのだろう。アマルフィとサレルノの間は、距離的にも近かった。

この「医学校」を特色づけた第三だが、交易によって物産が交流すれば、それにつれて人も、またその人々の考え方も、交流するのは自然の流れである。それが「サレルノの医学校《スクオーラ・サレルニターナ》」を、キリスト教世界とイスラム世界の境界を超越する存在にした。

おそらく中世前期には、医学もふくめた学問一般では先進国であった、ペルシアやアラブのイスラム世界とは距離的にも近かったからだろう。地中海世界は、古代のギリシアやローマにまでさかのぼらなくても、ヨーロッパとオリエントに厳然と分かれていたわけではなかったのだ。

この医学校で使われていた言語も、ギリシア語、ラテン語、ヘブライ語、アラビア語の四言語。教授陣も、そして学生たちも、地中海世界の全域から来ている。この医学校が、古代の医学から近世の医学への橋渡しをするようになるのも、これでは当然の帰結。

それに、アマルフィの人々とてキリスト教徒ではある。ヨーロッパから遠路もいとわず聖地に訪れる巡礼のためにイェルサレムの町中に病院を建てたのも、アマルフィのビジネスマンたちであった。この病院に勤務する医師の確保も、医学校助成の理由の一つであったかもしれない。

ちなみに、「聖ヨハネ病院」で始まったこの病院《ホスピタル》は、十字軍時代には「聖ヨハネ病院騎士団」と名が変り、現代では創立時の目的にもどって、僻地《へきち》での医療に献身する、通称「マルタ騎士団」の名で活動をつづけている。今ではローマに本部があるこの医療奉仕団の旗は、だから、一千年昔の海洋国家であったアマルフィの紋章。

いずれも交易商人たちによる共和政体を採用していたということでも共通していたイタリアの海洋都市国家四つのうちで、アマルフィが最初に脱落したのは、経済人による共和政が機能しなくなったからではない。北部フランスから流れて来たノルマン人に征服されたからである。交易は、相手側との対等な関係があってこそ成立する。だが、ノルマン王朝には、交易による富の獲得、ではなく、領土征服による富の獲得、の概念しかなかった。こうして、アマルフィという最良のスポンサーを失ったサレルノの医学校も、色とりどりの花を咲かせることができない時代に入って行った。

この「スクオーラ・サレルニターナ」が再び蘇《よみがえ》ったのは、南伊一帯が、ノルマン王朝を継承したフリードリッヒ二世の治政下に入ってからである。

キリスト教世界を守るのが役割の神聖ローマ帝国の皇帝でありながら、政教分離を考えそれゆえにローマ法王とはことごとく衝突していたこの人は、法王庁側からは「キリストの敵」と断罪され、反対に志を同じくする人々からは「世界の驚異」と賞《しょう》讃《さん》された人だが、この男が壊滅寸前にあったサレルノの医学校に眼をつけたのだった。

父方はドイツ人なのでドイツ語では「フリードリッヒ二世」となるこの人物は、ヨーロッパ最古ではあっても法王庁が背後に控えるボローニャ大学に対抗して、宗教色のまったくない大学をナポリに創設する。そして、大学の医学部として、「サレルノ医学校《スクオーラ・サレルニターナ》」を再興したのである。医学校はそのままサレルノに置きつづけるのだから、ナポリにある大学の分校という感じになった。

ちなみに、現代ではイタリアの国立大学になっているナポリ大学の正式名は、フリードリッヒをイタリア語読みにした、「フェデリーコ二世大学」。宗教とは一線を画した創立時の伝統に忠実に、宗教改革や反動宗教改革がしのぎを削るようになっていた十六世紀前半でも、異教徒でも入学を認める数少ない教育機関として残っていた。ユダヤ人のダニエルも、このフェデリーコ二世大学の医学部で、医学を学んだのである。

五年して卒業した後のインターンは、ローマでやったという。その病院は法王庁《ヴァティカン》経営なので、この男相手には遠慮する必要はないとわかっているマルコは、率直な疑問をぶつけた。ユダヤ人の医者でも受け入れたのか、と。それに医師は、笑いながら答える。医者はどこでも必要だから、自らの宗教の布教に執着しないかぎり、カトリック教の本山のあるローマでさえも問題にならないのだという。それでローマの病院でも、看護婦役のカトリックの尼僧《にそう》たちとともに働きながら治療の実際を学ぶ日々を送ったのだそう。

こうして名実ともに一人前の医師になったユダヤ人の若者は、今度は中部イタリアのボローニャに移る。ヨーロッパ最古のこの大学にも、ルネサンスの波は押し寄せていた。それまでは主流であった神学部と並んで医学部も、ヨーロッパ最古の大学にふさわしい水準に達しつつあったのだ。

でも、とユダヤ人の医師は笑いながら言う。サレルノで学び始めてボローニャとは、他流派の道場をまわりながら技《わざ》を磨《みが》くようなものだったけれど、と。そして、なぜボローニャの後はパドヴァに来たのか、というマルコの質問に答えて言った。「パドヴァ大学のほうが、解剖を堂々とさせてくれるからですよ」

キリスト教徒にとっては、死んだ人ではあっても人体の解剖は、忌《い》み嫌う想《おも》いなしては受け入れる気持にはなれないものなのだろう。この一般的な風潮がキリスト教の教えと合体して、ヨーロッパ中世における解剖学の発展を阻害してきた。人間の復興を宣言したルネサンス時代でも、人体の解剖に手をつける人は、相当な勇気が必要であったのだ。

このボローニャに次いで二番目に古い大学とされるパドヴァ大学だが、共和国領になって以来ヴェネツィアは、この大学を自国内の最高学府として盛り立てると決める。しかもヴェネツィアには、伝統的にローマの法王庁とは距離を置いてきたという伝統がすでにある。パドヴァ大学の医学部では解剖学が、堂々と教科の一つになっているのも、このような歴史的背景があったからだろう。とはいえユダヤ人を正式な教授、つまり共和国から給料をもらう身分、にはしていない。ユダヤ人のダニエルには、生活費を他に求めるしかなかった。

それで、ヴェネツィアの病院で働くことにしたのだ。こうして、ヴェネツィアとは連絡船一本で往《ゆ》き来《き》できるパドヴァでは死体と過ごし、ヴェネツィアでは、まだ生きている患者を治療し、そのうえヴェネツィア政府の法医学者も兼ねるという日々を送っているうちに四十歳を越えてしまったのだと、ユダヤ人の医師は笑いながら言った。

とはいってもユダヤ人ではある以上、ここヴェネツィアでは、ユダヤ人居留区に住むのが決まりになっている。日没から夜明けまでは門が閉められてしまう居留区《ゲットー》暮らしは不自由ではないのかというマルコの質問に、このときだけは医師はまじめな口調で答えた。

「結論を先に言ってしまえば、気になるほどの不自由はない。

まず、生活習慣が似ている者同士が集まって住むのは人間にとっては自然な心情だから、居留区《ゲットー》のような形は昔から存在した。料理法一つとったって、民族ごとにちがう。誰だって、隣り近所を気にしないで料理したいし、それを食べたいではないですか。服装もちがうし、信ずる神もちがえば祈り方だってちがう。民族ごとにまとまって住むほうが気が楽なのは人間の情というもので、ローマにもユダヤ人居留区《ゲットー》はあるが、フランス人が集まって住む界隈《かいわい》もスペイン人の界隈も、彼らが日曜ごとに向う教会を中心にして昔からありましたよ。

ただし、ヴェネツィアのユダヤ人居留区《ゲットー》は、これらとはちがう。ヴェネツィア政府の明確な方針によって作られたところがちがう。傍目《はため》には宗教的で人種的な差別に見えるが、ヴェネツィア政府の真意はそこにはない。ユダヤ人の持つ資本力の導入にあったからです。

そして、それをすることによってわれわれユダヤ人が得るのは、絶対的な身の安全。ヨーロッパに住むユダヤ人にとっての最大の恐怖は、狂信的なキリスト教徒に襲われ殺され焼き打ちになることだから、この恐怖を忘れていられる利点は大きい。

なにしろ居留区《ゲットー》をどこに置くかも、そこでは日没から夜明けまでは閉門と定めたのもヴェネツィア政府です。こうなれば、その内部に住む人々の安全の保証も、政府の責任ということになる。

あなた方ヴェネツィア人だって、イスラム教徒の国々に置かれた商館《フォンダコ》では、狂信的なイスラム教徒の襲撃を避けるために、金曜の夜は外出禁止と決めているではないですか。このような予防策をとるしかないのも、滞在先のイスラム国が安全を保証してくれないから自分たちで防衛せざるをえないからだが、ここヴェネツィアでは政府が保証してくれているのです。

しかも、夜明けから日没までの間の経済活動にはいっさい制限はない。唯一《ゆいいつ》の制限は、ユダヤ人の金融業者は居留区《ゲットー》内でさえも、ヴェネツィア政府の定めた以上の利率では金は貸せない、ということだけ。だがこれも、ヴェネツィア人の銀行でも同じだから、差別にはならない。

要するに、外資や外国人の経済能力の導入も、政府の完全なコントロール下で行うとした考え方の具体例が、ヴェネツィアのゲットーということですよ」

マルコは、心底感心した。何ごとも視点を変えれば見え方も変ってくるのだと、同時代の一般人の見方に慣れていた自分を反省する。それでまたも、素直な想いを口にした。

「でも、日没時には居留区にもどらねばならないのは、やはり不自由ではないのかな」

ユダヤ人の医師は、再び笑い声にもどって答える。

「われわれ医療関係者にとっては、不自由でも不便でもない。患者から往診の依頼があれば深夜でも門は開けてくれるし、診療が日没までに終らなくても、病院長は証明書を出してくれる。医師には、門限なんて有って無きが如《ごと》し、なんですよ」

これにはマルコも噴きだしてしまい、ついつい軽口までたたく。

「あなたと一晩中食事をともにしながら話したくなったら、仮病でも使うことにするかな」

「そう、その方法もある。だけどわたしも忙しい身だから、仮病になる日はあらかじめ調整しておく必要があるけれど」

マルコは、仮病を使うことをまじめに考える気になっていた。元首官邸では、彼が担当している任務の性質からも、知ってはいても口には出せない事柄が少なくない。だが、自分とは同世代のこのユダヤ人の医師とは、そのような配慮はしないで話し合える気がした。

何よりもこの医師の、バランスのとれた見方が好ましい。ヴェネツィアにもどってきて得た最初の友がユダヤ人かと苦笑しながら、医師ダニエルとの間で仮病になる日取りを打ち合わせるのだった。

女の香り

朝の聖《サン》マルコ広場では、急ぎ足で元首官邸に向う貴族の姿を多く見かける。ヴェネツィアの「貴族《ノービレ》」に課された仕事の第一が国の政治に関与することだが、ゆえに会議に遅刻しようものなら、莫大《ばくだい》な額の罰金が課される。誰もそんな金は払いたくないから、急ぎ足になるのは、定刻には元首官邸内の会議室に着いているためでしかない。元首官邸《パラッツォ・ドゥカーレ》こそが、ヴェネツィア共和国の頭脳なのである。

だがこのヴェネツィア共和国にはもう一つ名称があり、そのほうが歴史上でも多く使われたし、一般にも広く通用していた。

それは、「セレニッシマ（Serenissima）」。晴朗を意味するラテン語の「セレヌス」が語源であったのか、「晴れわたる国」とでもいう意味である。「セレニッシマ」というだけで、当時ではヨーロッパのどの国でも、ヴェネツィア共和国のことであるのは常識になっていた。

ところが、この「晴れわたる国《セレニッシマ》」も、皮を一枚めくれば真の姿が現われる。つまり、晴れわたる国にしておくためには現実を冷静に見きわめ、しかもそれを冷徹に実行することを恥としない、という考え方である。

国政を一任されている「貴族《ノービレ》」たちにも、その責務を自覚して会議には必ず出席せよという倫理には訴えない。その代わり、遅刻したり確たる理由もなく欠席した者に対しては、庶民の二年分の生活費に相当するほどの罰金を課すのがヴェネツィアだ。

また、外国を相手にする場合も、外交とは血を流さない戦争、と考えるのがヴェネツィアであった。美しい国とか晴れわたる国とか公言するのは勝手だが、それでありつづけるのは生半可な仕事ではない。そのことへの認識は、まだヴェネツィアにはあった。

こういう事情もあってヴェネツィアでは、登庁時間はあるが退庁時間はない。仕事が終れば退庁するのだから、任務によって異なってくる。元老院では昼どきに退庁できても、十人委員会では深夜になることも珍しくなかった。

マルコも、ユダヤ・ゲットーであがった水死体事件から解放された後ではじめて、陽の高い時刻に退庁できるようになっていた。それで、登庁時には最短距離をくるのが常であったマルコも、退庁時には寄り道をしながら家に帰ることにしたのだ。まわり道になるが、それはそれで気分の転換になりそうだった。

元首官邸《パラッツオ・ドウカーレ》を出た後は聖《サン》マルコ大聖堂の正面を右手に見ながら、聖《サン》マルコ広場に入っていく。ヴェネツィアでは最大の広場なので、この広場には多くの小路が、まるで大運河《カナル・グランデ》に数多くの小運河《リオ》がそそぎこむように通じている。ここヴェネツィアでは、広い運河は「カナーレ」と呼び小さな運河は「リオ」と呼ぶが、広場でも似ている。聖マルコ広場のように広大な広場は、イタリアの他の都市と同じに「ピアッツァ」、それ以外の小ぶりの広場は「カンポ」と呼ばれている。カンポとは、普通は教会の前に開いた空地で、昔はそこで野菜などを栽培していたので、その頃の呼び名が残ったにすぎない。だからヴェネツィアでは、人の通る路《みち》も水を通す運河に似ていて、聖《サン》マルコ広場を出るやすぐに小路に入るようにできている。

その日のマルコも、聖《サン》モイゼ教会に向う路《みち》に入っていった。だが教会に参るのが目的ではないので、この教会もちらりと見ただけで、その前の橋を渡りはじめる。聖《サン》モイゼの橋も、ヴェネツィアの多くの橋と同じに半月形の造りになっている。ヴェネツィアではどの橋もこの形になってしまうのは、風が強くなると波も高くなるヴェネツィアのこと、人が歩く路《みち》までが水びたしにならないための、昔からの知恵だった。これ以外に、舟で行くのにもぶつからない高さにする必要もあったのはもちろんだ。

こういう事情もあってヴェネツィアに住むということは、歩き、橋を登って降りてはまた歩き、のくり返しになる。それが嫌なら、ゴンドラしかない。馬も馬車も使えないのだからしかたないが、それに加えて潮の満ち干にまで注意しなければならないのが、海の上の都ヴェネツィアに住むということなのだ。

聖《サン》モイゼの橋のたもとには、客待ちのゴンドラが常に幾隻《せき》かいる。だがその日のマルコは、船頭たちの呼び声には耳も貸さずにそのまま路に足を踏み入れる。だが、そこの小路を通りすぎるのはしなかった。遠まわりになりすぎるのだ。それで中ほどまで来たところで曲がり、別の、より狭い小路に入っていった。

この辺りはヴェネツィアの一等地と言ってもよい一帯なので、有名な店が集っている。だが土地に余裕のないヴェネツィアでは、その間を通る路《みち》も広くはとれない。おかげで、中央を歩きながらも左右に並ぶ店に眼を向けられるという利点がある。急いではいないマルコは漫然と、店の軒先にかけられた看板を眺めながら足を進めているうちに、またもタイコ橋が眼前に迫ってきた。

　半円形の石橋だから、こちらからは、反対側から来る人は、その人が登ってくるまではわからない。登ってきて橋の上ですれちがったときに、初めてわかるのだ。その婦人とすれちがった瞬間、マルコの足は止まってしまった。

　ちょうど風が大運河の方角から吹いていたらしく、その風に乗って婦人のつけていた香水の香りが、すれちがおうとしていたマルコの全身を包んだのだった。

　マルコは、いまだかつてやったことのない行動に出ていた。橋を渡って小路を去っていく婦人の後を追ったのだ。しかも、見も知らぬその婦人に、声をかけることまでしたのだった。

「奥様《マドンナ》、失礼はわかっていますが、今つけておられる香水はどこであつらえられたのか、教えていただけるでしょうか」

　婦人も未知の男に突然に声をかけられて驚いたようだったが、貴族の奥方でもあるかのようにマドンナと呼びかけられ、また呼びかけたマルコのていねいな口調と身なりのよさに警戒心も解かれたのか、穏やかな微笑とともに答えてくれた。

「香水に関心のある殿方とは珍しいですわね。このすぐ近くの香水屋で、いつもあつらえてもらっていますの」そして、そこまでの道筋まで教えてくれたのである。

マルコは、丁重に感謝の言葉はのべたが、その後は走りだしていた。橋も、走って渡る。教えてくれた小路も、まちがえないように注意はしたが早足で駆け抜けた。すぐ近くと言った婦人の言葉どおりに小ぶりの広場が開け、その一画に、「プロフメリア」という文字と小びんを彫った小さな板の看板をかけた店がある。香水屋とあるからにはここにちがいないと、一呼吸してから木の扉を押した。

とたんにあらゆる香りがマルコを包みこむ。それで立ちすくんでしまったマルコに、店内にいた女主人らしい女性が声をかけた。

「メッセール、わたしに何かお役に立てることがございますか」

そう言われて来訪の目的を告げねばならなくなったマルコだが、香水にくわしくない彼にはどう言ってよいかわからない。それで、つい先刻道ですれちがい、この店も教えてくれた婦人のつけていた香水が、ある女人が愛用していた香水に似ていたので、と苦しい言いわけになってしまう。それでも女主人は我慢強く、ならばこの香りかと、小びんの一つから数滴を紙にたらしてマルコにかがせてくれた。

マルコは、似てはいるがどこかちがう、と答えられたほうが困る答えをする。さすがに困惑気味の女主人を見て、マルコも、もはやこれまでという気分になり、思いきって言った。

「以前にこのヴェネツィアに住んでいた、オリンピアという名の女人《ひと》なのですが」

これで初めて女主人も、わかったという顔になって言う。

「あの方ならば、わたしどものお得意です。しかも特別の。なぜなら、他の婦人方は琥珀《アンブラ》とサフランを合わせたぐらいで満足なさるけれど、あの方だけは調合も人まかせにはせず、御自分で何度も試してからお決めになった。だから、調合に使った各種の香りの配分の記録もきちんと保存してあるのです。フィレンツェからもローマからも御注文いただき、そのたびに送り届けていましたから」

こう言った女主人は、オリンピア自製の香水のレシピを見せてくれ、説明までしてくれた。

「アンブラとサフランまでは定法どおりだけど、オリンピア様はそれに杉の香りも加えられた。レバノンの杉といえば地中海を象徴する樹木ですが、この香りまで加える女の方はほとんどいない。杉の葉の香りだけに、少しばかりにしても男っぽくなってしまうので」

マルコの頬に、その日初めての微笑が浮んだ。そのままの顔を、女主人に向けて言う。

「オリンピアが考えたとおりに、調合してくださいますか」

店の片すみで始まった調合の作業は、真剣そのものの雰囲気のうちに進んだ。それを見ながらマルコは、薬の調合をする薬剤師と似ていると思う。調合が終った後で、女主人は言った。

「これを入れる小びんはどうしましょう。オリンピア様はいつも、これまた御自分で選んだ、ムラーノの島で作る淡い紅《くれない》の地に濃い紅の線が幾本も走るガラスのびんに入れていらしたけれど」

マルコは、それでよいと答える。オリンピアの鏡台の上に、そのような感じのびんがあったのを思い出していた。

香水屋の女主人は、眼の前にいる紳士は、今はどこか別のところに住むオリンピアに送るのだと思ったらしい。フィレンツェやローマに送るときもこうしていたのだと言いながら、ていねいに包装してくれた。

ちょっとした額になる金を払い、その包みを持って店を出たマルコは、早足でわが家に急ぐ。左右の店を眺める気など、完全に失っていた。これまで胸の底深く押さえつけてきた女への想《おも》いが、せきを切ったように身体中《からだじゅう》をはいのぼり、まつわりついて離れなくなってしまっていたのである。

その夜のマルコは、頭脳の冴《さ》えなどは欲していなかった。いや、オリンピアと一緒にいる時間は常に、幾分かは頭にヴェールがかかっていたのを思い出していた。

寝室にもどって、香水屋の女主人がしてくれたていねいな包装を解く。薄紅色の小びんをしばらく眺めた後でふたを開け、中に入っている香水を一滴二滴、そっと手の平に落とした。香りが、ゆっくりとのぼってくる。それをかぎながら、ちょっとちがうと思ったが、すぐにオリンピアが言った言葉を思い出した。

「人にはみな、その人特有の匂《にお》いがあるのよ。だから男の人は、香水を使う必要はないのです」

「じゃあ、なぜ女は使うの」

「女だと、もともとある匂いに何か別の匂いを足してあげると、よりステキになるから」

というわけでマルコは、この年になるまで香水なるものをつけたことがなかったのだ。フィレンツェでは男用まで売られているのは知っていたが、権力を持てば持つほど地味に装《よそお》うのが当然と思われているヴェネツィアでは、男用の香水まではなかった。

これがヴェネツィアの男の常ならば、香水とは、それをつける人の肉体を経《へ》ることで独自の香りになることまで知っているわけがない。香りとは、つける人本来の匂いと合わさって初めてその人独自のものになるのも、オリンピアが教えてくれたことだった。

そのようなことをつらつら考えていたので、誤ってびんを落としてしまった。幸いにも落ちたのは寝台の上だったが、落ちたひょうしに口が開いたびんから、香水が枕《まくら》の上にこぼれ落ちる。とたんに大量の香りが、マルコの全身を包みこんだ。男の眼から、初めて涙があふれ出した。

オリンピアを失ってから、マルコは一度も泣いていなかった。涙が一滴も出ないのだ。胸の内は暗く沈んでいるのに、涙がにじんできたことさえもなかった。

それが今、奔流《ほんりゅう》になってあふれ出てきたのである。四十代という壮年期に入っているのに、深手を負った野獣が絶望の叫びをあげるように、マルコは声をあげて泣きつづけた。

号泣が一段落したのは、微笑をともなわないでは思い出せない、オリンピアとの会話が浮んできたときである。それも、愛を交わし合った後で言った言葉だった。

「あなたも三十歳の頃に比べれば、大人の肉体になったわね。女には、眼を閉じていても相手の男の年頃はわかるの。若者の頃は背中の肉は薄いのに、四十代に入ると厚味が出てくる。でも、老年期になると再び薄くなる。だから、背にまわした指のほうが覚えているので、眼でわかるのではないのです」

「それは残酷だ。薄かったのが厚くなり、それが再び薄くなるのだから」

「でも、薄いということでは同じでも、ふれ具合ならば同じではないの。若い男の背中はまだ肉づきが充分でないので薄いけれど、そこにまわした女の指をはじき返す弾力ならばある。反対に年老いてくると、薄くなっただけでなく、はじき返す力も衰えてくるのよ」

「それじゃあもっと残酷だ。手の指だけで判断されたんでは救われない」

「そんなことはないんです。男の真の魅力は、背骨を中にした背中の肉づきだけにあるのではないのだから」

「じゃあ、今のぼくは？」

「初めの頃より背に厚みができて、それでいて弾力もある」

女にこう言われた頃のマルコは、三十代の半ばに入った頃だった。

しかし、かつての愉《たの》しい想い出の数々も、その夜の涙の奔流を止めるまでには長い時間がかかった。マルコも、強《し》いて止めようとはしなかった。涙が流れるのもそのままにし、号泣になってもそのままに放置し、すべてを成るがままにまかせたのである。

ただ、オリンピアがどれほど彼にとって大切な存在であったかという想いだけは、男の胸の中でますます確かになっていたのだった。

あるとき、愛を交わしあった後で、マルコの手の指をもて遊びながら女は言った。

「あなたのこの指が滑《すべ》りはじめると、わたしは楽器に一変してしまうの」

だが今は、手を伸ばせばそこにあった楽器はもはやない。涙も乾ききった中で、マルコは手を差し伸ばしたまま、ほとんど死に近い深い眠りに落ちていった。

翌朝、外観ならばマルコは、完全にいつもの彼にもどっていた。朝食を給仕する老夫婦の妻のほうが、充分にお休みになられたようで、と言ったほど、晴れ晴れとした顔つきになっていたからである。

マルコはついに、頭のひとすみにはあっても先送りしつづけてきたことを、実行に移す気になったのだ。たしかにそれまでは、仕事で忙しかった。だが、先送りの理由はそれだけではなく、気持の整理が充分にできていなかったこともある。それが今、ようやくできたのだ。

明日の午後なら、会議の予定はない。いつもの若い従僕を呼び、明日の午後に訪問したいと書いた手紙を、ジュデッカにある尼僧院《にそういん》の院長に届けるよう頼む。

その後で家を出た。ダンドロ家の当主マルコにとっての職場は、何が起ろうと、元首官邸《パラッツオ・ドウカーレ》であったのだから。

その尼僧院は、大運河《カナル・グランデ》を出てジュデッカの運河に入ってすぐの船着場で降りた場所にある。神に一生を捧《ささ》げた尼僧たちのためにあるはずの尼僧院なのにこうも都心に近くあるのは、ヴェネツィアの良家の娘たちを結婚まで預かるのが主な目的であったからだ。院長も、マルコには遠縁にあたるダンドロ一門の出身だから、貴族の出。

しかし、ローマ法王からの正式な認可を得た尼僧院だけに、良家の娘だけを預かるわけではない。貧しい女が産み落とした子や、教会の前に捨てられた子も受け入れている。尼僧院長はこの娘たちを、預かり料の多少で区別するのではなく「親御さまからの預りもの」と「神さまからの預りもの」と考えていた。アルヴィーゼ・グリッティとプリウリの奥方だったリヴィアの間に生れた少女は、預かり料ならばアルヴィーゼが相当な額を払いこんでいたようだから、「神さまからの預りもの」ではない。だが、親は二人とも、すでに亡《な》き人なのであった。

尼僧院では男の訪問客は、他の人々も一緒の待合室のような部屋でしか会うことは許されていない。前回の訪問のときは院長の特別なはからいで中庭を囲む回廊で会うことができたが、今回もマルコは院長に、こみ入った話があるのでと、さらなる配慮を願っていた。院長は今度も親切に、執務室の隣りにある、院長専用の居間に通してくれた。そこでしばらく待つ。

扉を開けて入ってきた娘を見て、正直言ってマルコはひどく驚いた。以前のときのような少女ではなく、女に変容していたからだ。あのときの快活な少女から、淑《しと》やかな若い女に変わっていた。愉《たの》しさであふれそうだった眼も落ちついている。ただ、心の奥まで見透すような眼の力だけは、昔と変わらなかった。やはりアルヴィーゼの血を引いている、とマルコは思う。椅子《いす》に坐《すわ》って向い合ってすぐ、マルコは、自分の半分もない年頃の若い娘に向って口を開いた。最初に会ったときのように、きみは、とは呼びかけられなかった。

「あなたは」とマルコは言った。

「あなたは、もう立派に大人だ。だから、真実を知る能力もあるし権利もある。それで今日は、何もかも正直に話す」と言ったマルコは、ただちに本題に入った。

「あなたのほんとうの母は、あのプリウリの奥方だった」

それに娘は、口許《くちもと》に微笑を浮べながら答える。

「そうではないかと、ずっと思っていました」

そして、なぜというマルコの問いに先に答えるかのようにつづけた。

「あの方は、訪ねてくださった後でお帰りになるときに、わたしを強く長く抱きしめてくださっていたのです。母親でなければ、あのような抱きかたはしない。それでわたしも、人には言えない事情があって母親であることを表に出せないのだ、と思っていました。

でもわたしは、抱きしめられるたびに母親の愛情を強く感じていたので、お会いした後はいつも安らかな想《おも》いにひたれたのです」

「あなたの父親の名は、アルヴィーゼ・グリッティという。わたしとは、互いに幼い頃からの親友の仲だった。

元首アンドレア・グリッティの最愛の息子だったが、嫡出《ちゃくしゅつ》の子ではなく愛人から生れたので庶出の子ということになる。ヴェネツィアでは『貴族』に列することは、法律によって許されていない。貴族の出のリヴィアと愛し愛される仲になっても、正式の結婚はできなかった。ヴェネツィアでは貴族ともなると、結婚も家同士の話になる。あなたの母も親の決めたプリウリ殿に嫁ぐしかなく、アルヴィーゼもそれをどうすることもできなかった。生れたあなたも、尼僧院に預けるしかなかったのです」

その日、マルコは、すべてを正直に語った。

元首の息子であってもヴェネツィアにいては将来はないと、アルヴィーゼはトルコの首都のコンスタンティノープルを本拠にすると決めたこと。そこでは経済的には大成功したのだが、それでは足りずに公的な地位まで望むようになったこと。その結果、非業《ひごう》の死を遂げることになってしまったのだ、と。

それでもこのアルヴィーゼを心から愛していたリヴィアは、婚家も捨てて男の求めるままにコンスタンティノープルに行き、二人はあの地で初めてともに暮らすことができたのだが、それもアルヴィーゼの死で終ってしまう。その直後にヴェネツィアにもどる途中、エーゲ海まできたところで海に身を投げたのだ、と言ったのだ。そしてふところから、リヴィアが海に身を投げる前に残していった、手紙をとりだして娘に渡した。娘は、読み始めた。

「わたくしの帰るところは、アルヴィーゼのいるところにしかないのです。誰よりもあなたが、わかってくださることでしょう。

ダンドロ様、あなたのこれまでの御親切に甘えて、最後のお願いをします。これらの宝飾品はすべてアルヴィーゼが贈ってくれた品ですが、これを、ヴェネツィアの尼僧院に預けてあるわたくしどもの娘に渡していただけますか。まだ幼いので、あなたが良いと思われる年頃になったら渡してあげてください。

リヴィアは、幸せな女でございました。ダンドロ様にも、神の御加護が欠けませんように」

読み終えた娘の眼から、初めて涙があふれ落ちた。そして、涙でいっぱいになった眼をマルコに向けて言った。

「母はいつもどこか哀愁をたたえた人だったけれど、ほんとうの愛に包まれていたことがわかって嬉《うれ》しい」マルコも答える。

「あなたは、心から愛し合った二人から生れた子なのです」

そして、死ぬ前にリヴィアがマルコに託した宝飾品が入った小箱をとり出し、娘の前でふたを開けて言った。「これらは今では、すべてあなたのものだ」

とたんに娘の顔は、見事な宝飾品を眼の前にしたときの女の顔に変った。

「こんなに素晴らしい品を。しかも、こんなにたくさん。父はよほど母を愛していたんですね」そう言った娘の顔には、マルコが初めて会った少女の頃の晴れやかさがもどっていた。だが娘は、宝石箱をマルコのほうに押しもどしながら言う。

「でもこの品々は、預かっておいてくださいとお願いするしかありません。僧院の中では、置いておく場所さえもないので」

この一言がマルコに、最後の扉を開けさせたのである。

「あなたを一生、尼僧院の塀の中に閉じこめておくことはできない。アルヴィーゼも、彼が心から愛したあなたの母も、そこまでは望んでいなかったと確信している。

それであなたを尼僧院から最終的に出す方策を考えたのだが、このわたしの妻になるというのはどうだろう。ダンドロ家の奥方になるのだから、堂々と尼僧院を後にできる。そして、名は明かせなくてもほんとうの父と母であったあの二人の間に生れた娘にふさわしい、社会的な立場も得ることはできる」

一気にここまで話したマルコをさすがに驚いた顔で見つめる娘に、マルコは、もう何もかも正直に言うしかないと決めた。

「ただし、結婚とは言っても名ばかりの結婚になるのは許してほしい。わたしにも、心から愛した女人《ひと》がいた。だがその人は、もはやこの世にはいない。だが、亡き人になってしまった後でも、その人を常に身近に感じながら生きる人生もあるのです。このわたしの想いが自分勝手で、あなたに対してはとくに礼を失することであるのはわかっている。わかってはいるのだが、わたしの人生にとっての女はその人しかいない。思い出すまいと努めてきたが、それも無駄であるのを認めるしかなかった。だから結婚も、形だけになるしかないのです」

答えは急がないから考えるだけはしてほしいというマルコの願いを、娘は最後まで黙って聴いていた。

しかし、その娘よりは倍以上の年齢のマルコなのに、尼僧院から最終的に外に出る方法が、貴族の正妻に収まる以外にもありえるとまでは、考えが及ばなかったのである。

というより、十人委員会での職務のほうがにわかに忙しくなり、私的なことに想いを割く余裕がなくなっていた、という事情もあった。

「タルパ（もぐら）」

それは、トルコの首都コンスタンティノープルに駐在するヴェネツィア大使が送ってきた、暗号を用いた報告書から始まったのである。

報告書には、ヴェネツィア政府の内部で成されている秘密裡《ひみつり》の討議の内容が、トルコの宮廷に筒抜けになっている疑いが濃厚、と書かれてあった。トルコの宰相との会談中に、すでに相手側はこちらの手の内を相当な程度に読んでいる感じがする、というのである。

政府内部でも極秘で行われる討議の場となれば、「十人委員会《コンシーリオ・デイ・デイエチ》」しかない。「C・D・X」内の空気が、一変したのも当然であった。

当時のヨーロッパ諸国の中で最高の諜報力《ちようほうりよく》を持つとされているヴェネツィアの十人

委員会に、もぐらが潜入していたというのだから問題は深刻だ。しかもこの時期の十人委員会は、トルコとの間で極秘裡に、講和の交渉を進めていたのである。

プレヴェザでの屈辱的な敗走後にヴェネツィアは、プレヴェザの海では共同戦線を張っていたスペインを信用しなくなっていた。だがヴェネツィア一国では、海賊を引きこむことで海軍力の向上に成功したトルコに勝つことはできなくなっている。と言って、交易立国であるヴェネツィアにとって、トルコの支配下にあるオリエントの市場は重要だ。この想《おも》いが、キリスト教国ではあるヴェネツィアに、イスラム教国のトルコとの単独講和の道を探らせる気にしたのだった。

だが、そのための交渉は、あくまでも極秘裡に進める必要がある。まず、ローマ法王を怒らせてはならない。また、スペイン王を怒らせることも許されない。商売のために信仰さえもないがしろにした、と非難されるのは眼に見えていたからである。情報が誰から漏れたのかを探る作業さえも、極秘裡に進める必要があった。

「十人委員会《コンシーリオ・ディ・ディエチ》」と呼ばれてはいるが、実際は十七人で構成されている。元首と元首補佐官六人と委員が十人の計十七名。クロかシロかを洗い出す作業も、まずこの十七人が標的になる。自分たちのところでの不祥事は第三者で構成された別の委員会になどは委任せず、自分たちで解決すると決めたのだから当然だ。気の滅入《めい》る審査だったが、エリート集団であるだけに全員が甘受した。

その結果、この十七人の中からは、情報が外部に漏れた可能性はゼロと判明する。だがこの時点では、この委員会づきの秘書官や書記官の事務官僚クラスは、洗い出し作業の対象にはなっていなかった。

しかし、それによってもぐら探しは、出口無しの道に入ってしまう。だが、幸運は、ひょんなところから訪れるもの。投書箱に入っていた一通の手紙が、そのきっかけを与えてくれた。

元首官邸《パラッツォ・ドウカーレ》の最下層の階をめぐる円柱回廊の一画には、昔から、庶民の声を拾いあげるのを目的にした投書箱をそなえつけている。ただし、箱の部分は内側にあって、人の往来が激しい表側には、投書口と名づけたほうが適切な、投書を入れるだけの口が開いているだけ。

ヴェネツィア政府はその日の終りにはそれを集めるが、無記名の投書は無記名というだけで、通常は廃棄処分にされてきた。

だがこの時期、わらをもつかむ想いでいた十人委員会は、無記名であってもすべてに眼を通すと決める。C・D・Xの眼が光ったのは、そのうちの一通であったのだ。それには、次のように書かれてあった。

「わたしとは深い仲にある女が寝物語で語るには、その女の夫は、フランス公使の家に足しげく通っているとのことです」

「フランス？」「なぜフランス？」

スペインのカルロスかそれともトルコのスレイマンしか頭になかった十人委員会は、想像もしていなかったフランスの登場に総立ちになった。

だが、投書は無記名。投書口も、人々が頻繁《ひんぱん》に行き交う元首官邸の一階に開かれているので、投書した人物を特定することからして不可能。これでは、手がかりさえつかめない。

それで十人委員会は、ついぞやったことのない手段に訴えた。投書口のすぐ脇《わき》の壁面に、次の一文を張り出したのだ。

「他国との関連で伝えたいことがある者は、それが何であろうと、罪には問わないと保証するから出頭せよ。もしも自分から出頭しなくても、必ず探し出されると覚悟するように」

最後の一行が効いたのか、早くもその翌日、マタロージと名乗る男が出頭してきた。ただちに十人委員会の部屋で、委員たちからの質問を浴びる。ヴェネツィアに生れた人ならば、十人委員会の威力は知っている。マタロージも、すべてに正直に答えた。深い仲である女とは、アバンディオの妻であること。そのアバンディオは足しげく、フランス公使の家を訪ねていること。そして、アバンディオの妻が言うには、最近とみに夫の金まわりがよくなっているという。そしてこれ以上のことは、自分も女もまったく知らない、と言った。

十人委員会はただちに、委員二人をアバンディオの家に送った。ところが一足ちがいで、アバンディオはフランス公使の家に行っていたのだ。委員二人が元首官邸にもどってこの後の対策を決めるのに、少しにしろ時間が過ぎる。そのわずかな時間の中で、アバンディオは身に迫る危険を察知したようだ。フランス公使に、亡命の許可を求めたのだった。

ヴェネツィアはこれまでにも、亡命には寛容な国として知られてきた。メディチ家の当主だったコシモがフィレンツェから追放されたときも受け入れたし、そのメディチ家が一世紀後にスペイン王の軍事力を背にフィレンツェに復帰した際、このメディチの君主政に反対して反メディチで決起したストロッツィとその一党の亡命も、何の条件もつけずに受け入れてきたのである。

また、宗教上の亡命も認めてきた。異端裁判の被害者で幸運にも牢獄《ろうごく》から逃げることができた人は、いちように、ヴェネツィアに逃げよ、と忠告されたくらいである。

ゆえにヴェネツィアには、亡命の権利を認め外交官特権を尊重する伝統はあったのだ。しかし、今度の件だけは、ヴェネツィアの国益に害をおよぼす危険があった。この難問題の処理は、委員の一人であるマルコ・ダンドロに一任される。

C・D・X専用の黒塗りの舟で来たマルコを迎えて驚愕《きようがく》を隠せないでいるフランス公使に向って、マルコは前置きも無しに言った。

「ヴェネツィア共和国の市民である、アバンディオの身柄を引き渡してもらいたい。代わりに、一切は不問に付すとしたうえで、あなたのフランスまでの帰途の安全を保証する。だが、答えが否《いな》の場合は、この家を中にいる人もろとも焼きつくす」

フランス公使は、眼の前に立つマルコの厳しい態度と、窓の下の運河に停まっている黒塗りのC・D・Xの舟と、それに乗っている武装した兵士を見ただけでふるえあがった。だが、保証なるものの確認は求めた。それにマルコは、即答で答える。

「わたし自身が、あなたを国境まで警護していく武装兵の一隊を率いていくことにする」

事実上は国外追放になったフランス公使だが、その彼が怖《おそ》れたのは、ヴェネツィア領内を通過中に殺されることだった。それに即答で返しながら、マルコは胸の内では笑っていた。警護の責任者として同行する間に、この人物を通してフランス側に渡っていたヴェネツィアの極秘情報が、フランス内の誰に送られていたのかを探り出せる、と思ったからである。

フランス公使館に逃げこんでいた、アバンディオの身柄は引き渡された。一刻も早くヴェネツィアを後にしたい公使も、出発の準備を急ぐ。マルコも、準備成った公使をせき立てるように、C・D・Xの公用船にともに乗りこんだ。

本土《テッラ・フェルマ》に渡って陸地を行く間に、マルコの公使に対する態度は一変していた。それまでの厳しさはどこへやら、ヴェネツィアの名門貴族とはかくやと思われる、丁重で紳士的な態度に変っていたのである。フランス人は、護送されている身であることを忘れてしまったらしい。ヴェローナに着く頃には早くも、すべてを打ち明けていたのだった。

アバンディオが持ってくる情報は、公使からパリにいる大臣の一人に送られていたこと。大臣からはただちに王のフランソワに伝えられ、フランソワからはこれもただちに、海路でトルコのスルタンに送られていたこと。

これさえわかれば、フランス公使には用はない。以後の警護は隊長にまかせ、公使には父が急病だと嘘《うそ》を言って別れ、マルコは一路、ヴェネツィアに向けて馬を走らせた。

その間、十人委員会のほうも時間を無駄にしなかった。

公使の家からそのまま牢獄に連行されたアバンディオには、連日、尋問の矢を浴びせかける。情報提供者の名を言えと迫るのだが、拷問《ごうもん》にかける必要もなかった。アバンディオはフランス公使が、国外追放になっただけであったのを眼の前で見ている。深くも考えずにスパイ活動に関与したくらいだから、自分もその程度の罪で済むと思ったらしい。そして尋問する側の十人委員会も、その思いこみを、肯定もしなければ否定もしなかった。

こうして明らかになった情報提供者は、カヴァッツァ兄弟の二人。兄のニコラは元老院の書記で、弟のコスタンティーノは十人委員会づきの書記。事務官僚の中では、秘書官に次ぐ地位になる。ただし、秘書官となると政務全体に通じているが、書記は、会議の内容を逐一記録するのだけが仕事。それでも、極秘情報に接する立場にあることでは同じだ。兄弟二人もただちに連行され、先着のアバンディオを加えた三人は、別々の牢に入れられた。

もどってきたマルコを加えて、夜中というのに緊急の会議が開かれる。書記はもちろん秘書官さえも入室させない中で行われた審議が終ったのは、会議室の窓の外が白くなり始めた時刻になっていた。

それでも会議は解散しなかった。三人が連れてこられた。彼らの動機が、単なる金稼ぎにあったことも判明した。十人委員会の部屋がそのまま法廷になったからである。三人に言い渡された判決は、国家背任の罪による死刑。フランス公使は他国人でしかも外交官特権を享受《きょうじゅ》できる身だったが、三人はヴェネツィア共和国によって守られている、平民階級には属していても立派な「市民《チッタディーノ》」である。もしもこの三人が貴族《ノービレ》であったとしても、判決は変らなかったろう。

そして処刑も、牢の中で首を絞めるという、人眼につかないやり方で行われた。遺体も、家族にさえも渡されなかった。リドの港を出て外海にまで運ばれ、絶対に潮流によってヴェネツィアの潟《ラグーナ》内の運河に流れつく心配のない海域にまで運ばれ、そこに投げ捨てられた。すべては早急に、しかも秘密裡に終えることを最重要視したからである。

十人委員会の真意は、他国の情報を盗んでいたフランス王や、それを受けとっていたトルコのスルタンを糾弾することにはなかった。この二国との間には、これ以後も以前と変らずに外交関係はつづけられるだろう。だがこれからは、ヴェネツィアとの間ではとくに、「タルパ」を使うやり方は効果がないことを、この二国の君主ともが認識してくれれば充分であったのだから。

こう考えれば当然の帰結だが、スペイン王のカルロスも知らないほうが好都合になる。フランス王のフランソワとスペイン王のカルロスは互いを宿敵と見ていたので、そのカルロスが「もぐら」事件を知ろうものなら、異教徒のスレイマンと通じていたとしてフランソワ非難に使うのは眼に見えていたからだ。実際、「タルパ」の一件は、ローマ法王やカルロスに気づかれることなく、早急に秘《ひそ》かに処理されたのである。

「セレニッシマ（晴れわたる国）」でありつづけるには、「セレーナ（晴れやか）」なことばかりをやってはいられないのであった。

しかし、「もぐら」の処理は終ったが、なぜフランスの王ともあろう人が、「タルパ」を使ってまでヴェネツィアを不利な立場に置こうとしたのか、という疑問は残る。十人委員会のその後の数日は、この疑問の解明に費やされた。

フランスの王フランソワ一世は、焦《あせ》っていたのである。神聖ローマ帝国皇帝としてドイツと、実弟フェルディナンドにはオーストリア統治を、姉にはネーデルランド地方を、そして自身は王としてスペインを領有しているカルロスに、今にも侵攻されるのではないかという不安に押しつぶされる想いであったのだ。しかもこの大敵は、自分よりは六歳若い。早期の退場への望みすらもてないだけでなく、六歳の年齢差は、同世代でもある。

このフランソワの頭から離れなかったのが、どうやればカルロスの力を弱くすることができるか、の一事であった。フランソワ一世の対外政治は、カルロス憎しで一貫している。「タルパ」を使ってでもヴェネツィアの立場の悪化を策したのも、その戦略《ストラテジア》の中の戦術《タツテイカ》にすぎなかった。

トルコに対するヴェネツィアの力が弱くなれば、ヴェネツィアもトルコに対抗する必要上、スペインに協力する余裕がなくなり、スペインから離れる。そのスペインも、ヴェネツィア海軍無しには北アフリカの海賊相手にさえも劣勢になり、フランスに侵攻してくる余裕もなくなる、と考えたのだ。

そのフランスが、キリスト教国でありながらキリスト教連合艦隊への不参加を通したのには、次の理由があった。

第一に、カルロスとの間には、いかなる理由があろうと共闘関係を持ちたくないこと。第二は、トルコの強大化は、カルロスの勢力の弱体化につながること、である。

このフランスは、プレヴェザの海戦にも不参加であったし、その三十三年後に闘われることになる、レパントの海戦にも参加しない。

ライヴァル意識は、それ自体では非難さるべきことではない。だが、両者ともが問題の解決に持っていく能力に欠けている場合は、この二国だけでなく、ヨーロッパ中の不幸の要因になるのだ。なにしろこの二国は、十六世紀前半のヨーロッパの二大強国なのであった。

フランソワもカルロスも、政治的には英邁《えいまい》な君主ではある。だが、両人ともが持っていた欠点があった。二人とも、戦争下手《べた》であったことだ。

戦場での総司令官には、まず何よりも即決する能力が求められる。瞬発力としてもよい能力だが、二人にはまず、これが欠けていた。

しかも、それだけでなく、形勢が不利になった場合でもそれに耐えながら、続行する能力も必要になる。この二つともがないと、戦闘《バトル》であろうと戦争《ウォー》であろうと勝てない。

カルロスもフランソワも、もうここに至っては戦闘で解決するしかないと考えたのか、しばしば戦場には軍勢を率いている。ところが二人とも、なぜと問いたくなるほど、ここ一番というときに軍を退《ひ》いてしまう。その結果、再びだらだらとした敵対関係にもどるのが、フランスとスペインという、ヨーロッパの強大国の関係の「非生産性」であった。それでも総体的に優勢であったのは新興国のスペインのほうで、これがまた、ヨーロッパ一の強国と自認してきたフランス王をいら立たせることになる。十六世紀前半のヨーロッパ人は、実は、この二国による不安定な状況下で生きていたのである。

なにしろ「タルパ」を使ったのも、ヴェネツィア憎しからではなく、そのヴェネツィアをカルロスから離すためであったというのだから、その対象にされた国はたまったものではない。

ヨーロッパでの実態がこれでは、ヴェネツィアの十人委員会による「もぐら」の事後処理は、適切であったと言うしかない。フランス王にもトルコのスルタンにも、この種の策謀に期待することの無駄を悟らせはしたのだから。

しかもこれらすべては、他国の誰にも、自国の人々にさえも、いっさい知られない形で処理されたのである。

この一件が、フランス側から漏れる心配はなかった。失策を自分から明かす君主は、絶対にいない。

音楽会

この一件での緊張から解放されたある日、元首官邸から帰宅したマルコに、従僕が一通の封書を持ってきた。尼僧院《にそういん》の門番が届けてきたという。開くと、まだ幼さの残る文字で、音楽の集いに招待したいと書かれてあった。その最後に、わたくしも弾きます、と書きそえてある。日時は明後日の午後、場所はカナレジオ区の一二五〇番地。ユダヤ・ゲットー内の私宅で行われるらしい音楽の集いとやらに、マルコも行ってみる気になったのだった。

その日は早目に退庁し、帰路も近道を選んで家に帰る。官服のようになっている黒の長衣を脱ぎ、色はグレイと地味でも上質なビロード地の私服を身につけた。窓の下の小運河《リオ》には、頼んであった「タクシ」が待っている。音楽会の終了後はリヴィアをジュデッカにある尼僧院まで送りとどけねばならないだろうと、一人だけで漕《こ》ぐダンドロ家のゴンドラでなく、漕ぎ手は二人の「タクシ」を頼んでおいたのだ。

それに乗りこんで大運河《カナル・グランデ》をさかのぼり、リアルト橋の下を通ってカナレジオ区に向う。ユダヤ人居留区内に入ってすぐの運河で降り、漕ぎ手の二人にはそこで待つよう言った。その日のマルコは、従僕を連れてきていない。

機転の効く従僕を連れてこなかった不便に気づくには、さしたる時は必要でなかった。

土地に余裕のないヴェネツィアの市街では、軒をつらねる家々はいずれも高層で、その間を縫って走る道も狭い。だが、ユダヤ人居留区では、それが極端になる。七、八階にもなる家も珍しくなく、路《みち》も、途中で人に出会えばどちらかが道をゆずらねば通れない。この居留区《ゲットー》で番地だけで目的地に達するのは一苦労で、おかげでマルコは、その日の前座をつとめていたらしい少年たちの合唱は聴きのがしてしまう。

それでも探しあてることができたのは、一つだけ開いていた扉から歌声が聴こえていたからだ。歌声に導かれるようにその家に入り、急な階段を何階も登った。

登り着いたのはその家でも最も広い部屋らしかったが、それでも三十人も入ればいっぱいになる。部屋の半ば以上は椅子《いす》で占められており、遅れてきたマルコは最後列の一つにそっと坐《すわ》った。

少年たちの合唱が終った後に登場してきたその日の主役を見て、マルコは少し驚いた。ユダヤ・ゲットーでの殺人事件の容疑者とされ、その後に明らかになった完璧《かんぺき》なアリバイで釈放された、ユダヤ人の若者であったからだ。あのときも音楽家だと言っていたのだからと、最初の驚きはすぐに消えた。

それが驚嘆に変ったのは、若者の右手に持つ弦が、左手に持つ楽器の上を滑《すべ》り始めてからである。あの小さなヴィオリーノから、こうも繊細でありながら華麗で力強い世界が紡《つむ》ぎ出されるとは、信じられないくらいだった。「ヴィルトゥオーゾ（超絶技巧）」とはこのことかと、初めてわかった想《おも》いになる。三十人ほどの聴衆も、息をつめて聴き入るだけの時が過ぎていった。

演奏が終った後に起った拍手は、もはや熱狂だった。奏者ダヴィデも、若者らしい率直さでそれを受ける。彼が退場した後で、初めてマルコは、聴衆の半ば以上がユダヤ人ではなく、ヴェネツィア人であるのに気がついた。元老院で出会う顔も、二、三では済まない。

次いで登場したのは、ダヴィデとリヴィアの二人。ダヴィデはヴィオリーノ、リヴィアはヴィオラを手にしての二重奏が始まる。これにもマルコは驚嘆した。

ヴィオリーノが鳴り始めると、ヴィオラが後につづく。と思うや、ヴィオリーノが降りてきて、ヴィオラを優しく挑発する。まるで二羽の蝶《ちょう》が、互いに入り乱れながらデュエットを踊っているかのようで、二人の弾き手が紡ぎだす、二重奏の醍醐味《だいごみ》が部屋中を満たす。

それを満喫しながらも、マルコは思わず微笑した。ダンドロ家の正妻になってはという彼の申し出への、これがリヴィアの回答であるのに気づいたからであった。

ユダヤ人居留区での音楽の集いは、陽が落ちる前に終った。聴衆の半ば以上が居留区の外に住んでいる人なので、日没を境に橋が通行止めになる前に散会する必要があったのだ。

送っていくというマルコの申し出に、まだ興奮が醒《さ》めないらしいリヴィアも素直に従う。待たせてあるゴンドラのところまで、ダヴィデも送ってきた。ユダヤ人の若者は、リヴィアを送っていこうとしている人が誰であるかは思い出したらしい。だが、そのことにはふれなかったし、マルコのほうもふれない。ただ、優れた音楽家に対する態度で言った。

「超絶技巧《ヴィルトウオーゾ》が何かが、初めて理解できた想いです。お礼を言います」

これに、ダヴィデは答える。

「超絶技巧とは、それを持つ人には持っていることを忘れさせ、聴く人にもそれを忘れてもらうためにあるのに、わたしはまだその域には達していないということでしょう」

マルコは、このとき初めて、二十代の半ばにしか見えない若者の顔を、じっと見つめたのである。

二人を乗せたゴンドラは、前後に立つ漕ぎ手二人で漕ぐので舟足も早い。夕暮迫る大運河《カナル・グランデ》を快調に走る。リヴィアが、いかにも重大な決心をしたとでもいうように、マルコの眼に視線をあてながら言った。

「父が母に贈り、母がわたしに遺《のこ》してくれた宝飾品の一つを、売ってはいけないでしょうか」

それを売って得た金で、クレモナで作られているヴィオラを購入したいのだという。

「クレモナの職人が作る弦楽器が有名なのは、まだ樹木のうちから選んで、それを切り倒した後も充分に乾燥させ、しかも最も上質の部分だけを使って作るからなんですって。だから、一本の樹《き》からは一つの楽器しか作れないし、時間もかかるし、優秀な職人でなければできないしで、高価になってしまうのです」

マルコは笑いだしていた。そして、いいでしょう、あなたの父も母も、そういうことに使われるならば喜ぶにちがいない、と答える。

ジュデッカで降り、リヴィアを尼僧院に送りとどけた後で再びゴンドラで家に帰る道すがら、広い潟《ラグーナ》にたゆたう波に身をまかせながら考える。

自分もリヴィアも、いるのが最も自然な場所に、いつづけることに決めたのだ、と。

そのリヴィアをある人に会わせようという考えも、このときに浮んできたのだった。

祖父と孫娘

華麗な衣服に全身をつつんだアンドレア・グリッティが、共和国国会《マジョール・コンシーリオ》や元老院《セナート》の議長席に着くのを見た人には、この人が八十歳を越えているとはとても思えなかったにちがいない。

背高く堂々とした体軀《たいく》も威厳あたりを払う立居振舞も、四十代半ばの頃にトルコから送ってきた冷徹きわまる報告によって元老院中を感嘆させた頃と少しも変わっていない。あの時期に早くも、この人の政治認識への高い評価が定着した、と言ってよかった。

だが彼自身は、元首に選出される前も選出されて以後も変わりなく、アンドレア・グリッティであることでは一貫していたようである。他国の最高権力者たちとも常に互角に対し、「ヴェネツィアにアンドレア・グリッティあり」と言われていたくらいであったのだから。

八十代に入っても衰えが見えないのは、何よりもこの人自身が自分に課していた心がまえによる。その結果が、明晰《めいせき》な頭脳と、共和政を採用する国では唯一《ゆいいつ》の武器になる、言語を駆使しての説得力になっていた。

このグリッティの政治信条となれば、議会での彼の発言から、次のいくつかに要約できるだろう。
一、専制君主政を採る国の君主が、支配下に入った国に対して、共和政体の温存を認めるなど絶対にありえない。つい最近のフィレンツェ共和国が好例になる。ゆえにヴェネツィアも、カルロス傘下《さんか》に入っても共和政をつづけられるなどとは夢にも考えてはならない。
二、ヴェネツィアには、建国以来一千年以上にもわたってつづいてきた共和政体が、最も自然で最も適している。ゆえにこのヴェネツィアが共和政を捨てるときは、ヴェネツィアの死のときになる。
三、政治力に経済力と軍事力を加え、さらに文化文明力の合体である国力の繁栄とその継続は、民主政や共和政や帝政のような政体による結果ではない。国民の一人一人が、自由を享受《きょうじゅ》しているか、それともしていないか、によるのだ。民主政のアテネでも、帝政のローマでも、共和政のフィレンツェやヴェネツィアでも、国力は興隆し繁栄を享受した。これらの国々には、自由があったからである。自由とは、思考の自由であり行動の自由であり、ときには失敗する自由でもある。そして人間の活力は、この自由のないところには生れないし育ちもしないし、何よりも長つづきしない。

こうも常にはっきり言うので、グリッティには敵は多かった。だが、味方も少なくなかったのである。そして敵も、グリッティの政治信条に反対だからというのではなく、強いリーダーへの単なる反撥心《はんぱつしん》によるほうが多かった。

アンドレア・グリッティは、元首《ドージェ》に選出されて以後は、元首官邸の中にある元首用のアパルタメントに住んでいる。職住近接もよいところだが、緊急に召集される会議もあり、元首には高齢の人が選出されるのが常なので、必要に応じての職住近接であった。

だが、公務に余裕ができたときは、官邸を抜け出して私邸で過ごす。それでも、カステッロ区にある私邸にはほとんど足を向けない。元首官邸ほどではなくても石造りの建物であったからで、グリッティが好んだのは、ムラーノの島に持っている小さな別荘のほうだった。

潟《ラグーナ》内に数多くある島のうちでも、ムラーノはヴェネツィアの市街からは最も近い。緊急事態になっても、駆けつけるのは容易。そのうえ、主な産業はガラス工場だけなので、都心部とはちがって庭も広くとれる。さわやかな海風と降りそそぐ陽光に恵まれたその家は、厳しい公務の間のわずかな息抜きに適していたのだろう。

それまでにもマルコは、公務以外に元首と会うときは、グリッティに言われるままにこの家を訪れていたのである。リヴィアも、この家に連れていくことにした。

リヴィアのことは、元首にはすでに話してある。連れていく許しも得ていた。リヴィアも、それを告げたときは無言でうなずいただけで、口にしたのは、ヴィオラを持っていってよいかと聞いたときだけだった。

その日は、冬にしてはおだやかで晴れわたった一日だった。ムラーノの島に着いてゴンドラを降りた二人は、しばらくは畑の中の道を行く。元首の別荘にしては小ぶりな家だが、麦畑がつきた林の中にあった。

アンドレア・グリッティは、庭に置かれたゆったりとした椅子《いす》に身を預ける姿で待っていた。その前には、普通の造りの椅子が二脚置かれている。

マルコは老元首に、お話していたシニョリーナです、とだけ紹介した。リヴィアは、優雅に、しかし自然な物ごしで挨拶《あいさつ》する。元首グリッティはそのリヴィアに、無言のまましばらく視線を向けていたが、マルコに向って言った。

「シニョリーナに、居間にかかっている絵を見せてあげたいのだが。わたしはここで待っている」

居間には絵は、一つしかかかっていない。ティツィアーノの手になる、アルヴィーゼの肖像画である。

マルコはリヴィアを、そこに連れていった。そして、これが若い頃のアルヴィーゼ・グリッティを描いた絵であると告げた後で言った。

「見たいだけ見なさい。われわれは庭にいるから」

父親を描いた絵の前にリヴィアを一人で残してもどってきたマルコに、元首《ドージェ》は言う。

「遺言書にも明記しておいたから、わたしが死んだ後はきみがあの絵を持っていてほしい。グリッティ一門の誰も、持っていたいと望む者はいないと思うのだ」

マルコは、大切に保存します、と心からの想《おも》いで答える。そのうちに、リヴィアももどってきた。

若い娘は、白い眉《まゆ》の下から投げてこられる鋭い眼光にひるんだ様子もなく、老いた元首に向って言った。

「元首《ドージェ》様、楽を一曲奏《かな》でることをお許しいただけますか」アンドレア・グリッティは、無言のままうなずく。

ヴィオラから、楽の音が流れはじめた。低くおだやかで澄んだ音色は、海からの微風に乗りながら緑の野に優雅に舞う、大きな一羽の白い蝶《ちょう》のようだった。

リヴィアが奏でるのを聴くのは二度目になるマルコだが、ヴィオリーノはテノールで、ヴィオラはメッゾソプラノで、ヴィオロンチェロはバリトンにあたるのかと、勝手な想像を愉《たの》しむ。

その優しく深い奏楽が終ったとき、老いた元首は、初めてリヴィアに向って言った。

「すばらしい贈物だった。ほんとうにありがとう」

祖父と孫娘の出会いは、こうして終った。名乗りあうこともなく、それによる感傷的な場面などはいっさいないままに、始まって終ったのである。

元首グリッティを知っているマルコにはいかにも彼らしいと思ったが、胸のうちでは、若いリヴィアの自制力の強さには驚きさえ感じていたのだった。

それから何日か過ぎたある日、元首グリッティは歴史家のナヴァジェッロを呼びにいかせた。元首の葬式に弔辞を読むのは、当時はナヴァジェッロの仕事になっていたのである。急ぎ訪れた歴史家に向って、元首は、もう書いてあるのだろうからそれを読め、と言う。ナヴァジェッロも、まだ生きている人を前にして、その人の死後に読みあげる弔辞を読んでいく。

それを聴き終った後で元首は言った。

「まあ、そんなところだろう」

その二日後に、アンドレア・グリッティは死んだ。八十三歳だった。

十六世紀も半ばに近づいていたこの時代、ヨーロッパの各国が占める地位を端的に示す計器があった。その国のトップが臨席する場での、各国から派遣されている大使たちの席順である。

法王庁があるローマでは、まず先に、神聖ローマ帝国の皇帝の大使。次いでスペイン大使にフランス大使ときて、ヴェネツィア共和国の大使とつづく。これ以外の国々の大使の席は、その後にくる。

皇帝でありスペイン王でもあるカルロスの宮廷では、席順も次のようになる。法王庁大使、フランス大使、ヴェネツィア大使、その後で初めて、他の国々からの大使たち。

これは、フランス王の宮廷でも似ていて、各国からの大使も、次のようになる。法王庁大使、皇帝兼スペイン王からの大使ときて、ここでもヴェネツィア共和国の大使がそのすぐ後にくる。

この地位をヴェネツィアは、領土の広さならば百分の一以下、人口でも二十分の一以下でありながら堅持してきたのだった。

それも、元首に就任してからでも十五年、それ以前の活躍まで加えれば四十年、ヴェネツィアをリードしてきたアンドレア・グリッティの時代に成し遂げたのである。

このグリッティの死とともに、ヴェネツィア共和国にとっての一時代は終ったのであった。

その後を引き継ぐのは、マルコ・ダンドロの世代になる。ただし、引き継ぐといっても、根元的な考えを引き継ぐのであって、その実施に際しては、変りつつある時代に適応したやり方で成されねばならないのであった。

グリッティ死後の新元首の選出に、ヴェネツィア共和国の国政を担当している「貴族《ノービレ》」たちは、予期した以上の日数を費やしていた。元首の選出は、二千人はいる共和国国会《マジョール・コンシーリオ》で行われるのだが、有権者であるこの二千人の議員たちの意志が、かたまっていなかったからだ。アンドレア・グリッティは、十五年間も元首の地位にいたのである。しかもその間、「ヴェネツィアにアンドレア・グリッティあり」と言われるほどの強力なリーダーでありつづけた。

まずもって、強いリーダーが去った後には、人間のごく自然な心情からして空洞が生れる。また、強いリーダーそのものへの反撥心も、議員たちの心の中にはあった。それに、突出したスター的存在はもともと好まないという、ヴェネツィア人の伝統的心情も加わる。

一ヵ月以上も選挙をくり返した結果、ようやく新元首が誕生した。名は、ピエトロ・ランド。グリッティとは正反対という感じの温厚な性格の持主で、何よりも全員の総意を尊重する人である。

だが、元首ランドの登場は、強いリーダーへの反撥の結果、だけとは言えなかった。この人の元首就任は、ヴェネツィアを囲む大国の君主たちへの、ある種のメッセージでもあったのだ。これからのヴェネツィア共和国は、周辺の国々と協調する国になるだろうという意思表示で、これが、共和国国会の議員たちの多くが、ピエトロ・ランドに票を投じた真因なのであった。もはやヴェネツィアは一国だけでは勝てないという認識が、共和国国会の二千人にも共有されていたことを示している。ただしそれも、強力なリーダーのもとでなく、と。

しかしヴェネツィアは、経済人の国でもある。経済人はリスクは取っても、一方では必ずそれをヘッジする策を講ずる。

ヴェネツィアの顔である元首には性格円満な人物をすえても、その人を背後からささえるスタッフ陣営は強化したのだ。マルコ・ダンドロも、自分がたらいまわしの対象になったのに気づいていた。

〝たらいまわし〟とは、一年が任期の十人委員会の委員を務めた後は、元首補佐官に就任し、それも務めた後は六人委員会の委員にと、政府中枢《ちゆうすう》の重要部署を転々とまわされることである。

すべての公職が選挙で決まるヴェネツィア共和国なのにこれが可能なのは、候補者のリスト作りの段階から政府中枢部の意向を強く反映できるからであった。共和政の精神には反するやり方かもしれない。だが、それでもあえてする勇気を持つからこそ、共和政体は存続でき機能できるのである。

アンドレア・グリッティが死んだ後のヴェネツィア共和国は、三十年以上もこれで行く。その間に、七人の元首が就任しては死んだ。だが、これら共和国の「顔」をささえる人々は変らなかった。マルコもその一人だったが、その中には貴族ではない、「市民《チツタディーノ》」と呼ばれる、中産階級に属す人々もいたのである。

秘書官ラムージオ

十人委員会付きの秘書官であるこの人とは、マルコはこれまでにも公務では緊密な協力関係にあった。それが私的にも交《つ》き合うようになったのは、アルド出版社に関係する人々の集いに参加したときからだ。その席に、職務では旧知のラムージオも来ていたのである。

アルド・マヌツィオの創業によるアルド出版社は、この時期のヨーロッパでは、出版刊数でも販売の数でも、第二位のパリを大きく引き離していたヴェネツィアの出版界を代表する出版社だった。

印刷の技術自体は、ドイツ人のグーテンベルグの発明になる。だがその技術を、企業として営業的にも成功させたのは、イタリア人のアルド・マヌツィオである。

ラテン語を語源にしたイタリア語の「イノヴァツィオーネ」とは、ゼロから新しいことを創造することは意味していない。技術革新、それを現実化するための組織改革、新しい考えの導入による新制度、新考案、新製品開発、の意味のほうが強い。

アルド・マヌツィオも、グーテンベルグの発明をそのままで導入したのではなかった。書体を変え、書物の形体も変え、しかも目指す市場まで変えて導入したのである。

従来使われてきたゴシック書体ではなく、「イタリック」と名づけた書体を新しく創《つく》り出す。文字自体の美しさよりも、読みやすさを優先したからだ。

中でも、書物の形自体も変えたことは大きかった。書籍と言えば部厚で大型本であったのを、当時の呼び方ならば「タスカービレ」、つまり、ゆったりとしたシャツとぴったりと仕立てた胴着の間にはさめる小型で薄い本、今ならば文庫本、に変えて出版したのである。

そして、生れは中部イタリアなのにヴェネツィアに移住する。社会が安定しているのと、伝統的にキリスト教会とは距離を置いてきた歴史から言論の自由も保証されていることが、出版事業の本拠地をヴェネツィアに置くと決めた理由だった。

いや、理由はもう一つある。ヴェネツィアでは、他国よりは多くの読者人口が見こめたことだ。

まず、すぐ近くのパドヴァに、古さでも知的さでも最高水準を誇る大学があった。そのうえ、経済の中心であるヴェネツィアでは、そこを基点にヨーロッパとオリエントの間を行き来する交易商人も多い。学生とビジネスマンが、アルド社刊行の文庫本、印刷した紙を八枚に折って造本するところから「オーターヴォ（八つ折り）」と呼ばれる書物の、新しい顧客層になったのである。

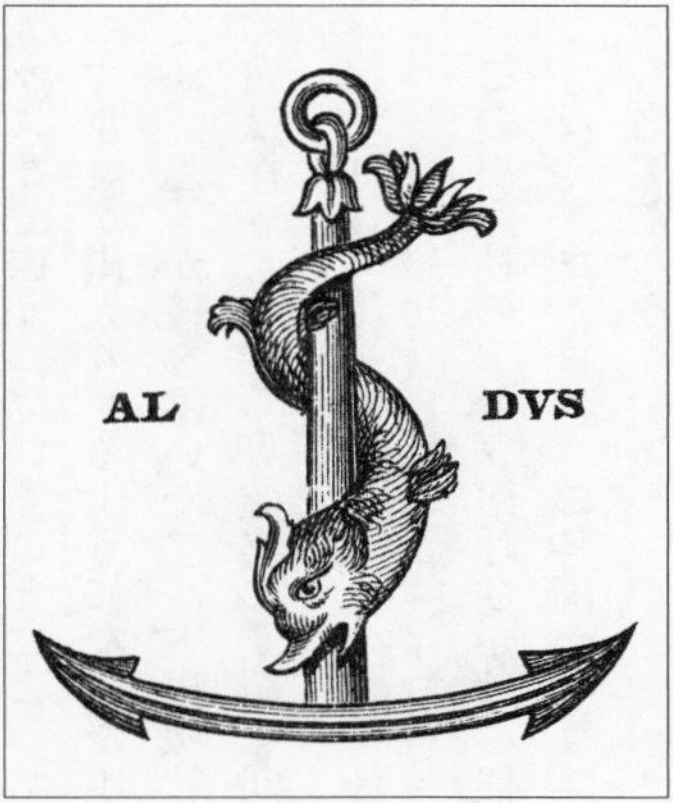

アルド出版社の商標

当然だ。内容の質は変らないのに安価。それでいて持ち運びも容易。

書物の世界の一大革新である。書斎に愛蔵しておくのが当り前と思われていた書物が、いっせいに外界にあふれ出たのだから。

こうして、出版の世界でも、ルネサンスが実現する。人間がいちいち書き写していた手写本から、機械で大量に印刷されたものになることによって。それまでは聖職者かごく少数の人々のものでしかなかった教養が、経済人までふくめた俗界の多くの人々にまで広がっていくことによって。
マルコが出入りするようになった頃は、創業者のアルドはこの世の人ではなかった。だが、息子が後を継いだアルド出版社は、創業者が定めた商標が示すように、出版物の質は保証しながらも確実に業績を向上させていたのである。つまり、営業的にも成功していたのだった。

この出版社のトップが呼びかける催しだ。ヴェネツィアだけでなく、イタリアだけでもなく、ヨーロッパの各国からヴェネツィアを訪れる教養人たちが喜んで集まったのも当然だろう。

イタリア語ではこの人々を、「ウマニスタ(umanista)」と呼んでいた。現代では「人文主義者」と訳す人は多いが、この呼び方が広く市民権を得ていたルネサンス時代では、文系理系を問わず広範な教養の持主、という意味で使われていた。

そこに、官僚ラムージオも来ていたのである。ただし彼も、共和国の最高機密に日夜ふれている十人委員会の秘書官としてではなく、「ウマニスタ」の一人として。

元首官邸での公務とはちがってこのような場所では、マルコは、自分から話題をリードすることはしない。ヴェネツィアでの出版事情に比べて、いまだ宗教界の影響が強いフランスの出版界の現状を嘆くフランス人の話を部屋のすみで聴いていたのだが、そこにラムージオが近づいてきた。

なにしろ公務では旧知の仲だから、初顔のマルコを一人で放って置く気にならなかったのかもしれない。ラムージオは、マルコよりは一世代は年長になる。話の口を切ったのも、ラムージオ。

「あなたもアルド社から、何か出版する計画でもあるのですか」

「いや、そのつもりはまったくありません」

「わたしにはある。今はまだ、準備中ですが」

会話は、そこで途切れた。その夜の集いも散会し始めていた。

アルド社主催の集いは、饗宴《きょうえん》と呼べるものではまったくない。提供される料理も質素で量も少なく、葡萄酒《ぶどうしゅ》に至っては水で薄めているのではないかと噂《うわさ》されるほどで、プラトン作の『シンポジオン』のような酔払いは一人も出ない。アルド社はケチだと笑うが、笑った人も、アルド社が、ヨーロッパからオリエントまで手写本を求めてまわり、それを買いあげるのにはカネを惜しまないのは知っていた。

というわけで、皆々頭脳が醒《さ》めている間に散会したのだが、出て行きながらラムージオが言った。

「一度わたしの家に来ませんか。準備中の仕事を見てもらいたいし、それについてのあなたの意見も聴いてみたい」マルコは快諾した。

ジャン・バッティスタ・ラムージオは、今風に言うならば、移民第二世代ということになる。彼自身はヴェネツィアで生れているが、父親はイタリア半島でも中部のマルケ地方の出身。当時のマルケ地方は戦乱がつづき、それを嫌ってヴェネツィアに移住してきたのだという。

ヴェネツィア政府はこの移民が、故郷では地方の行政官をしていたことを知り、本土《テッラ・フェルマ》のトレヴィーゾ地方の町の市長として送り出した。そこでの業績は上々で、この地方全体の行政にまで責任をもつ立場になる。その間に、市民権も取得していた。正式に、ヴェネツィア共和国の市民になったのである。

官僚としての地位を確かにした父親は、一人息子にも同じ道に進ませようと思ったのだろう。少年ラムージオは、地方の行政官僚ではなく中央政府の官僚になるために必要な学問を、徹底的にたたきこまれることになる。

教養人には必須《ひっす》のギリシア語からヨーロッパでは公用語のラテン語はもちろんのこと、フランス語にもスペイン語にもアラビア語にもトルコ語にも、ある程度は通じておかねばならない。これ以外にも歴史から地理から哲学まで学ぶのだから、ヴェネツィア市内にある官僚養成専門校で学ぶ内容は、パドヴァの大学よりも厳しいくらいだった。

ヴェネツィア共和国では、中央政府の公職のすべては選挙で決まる。しかも、現代の省庁にあたる各種の委員会に属そうものなら、その職に留まる期間は半年か一年にすぎない。それでいて、同じ委員会の委員への再選は、休職期間を置かないかぎりは許されていない。このヴェネツィアで終身の任期は、元首だけだった。

これでは、政策の継続性に問題が生じかねない。その欠陥をヴェネツィアは、官僚制度の確立でおぎなうとしたのである。国政を担当する「貴族《ノービレ》」は無給だが、それを助ける立場にある「市民《チッタディーノ》」は有給の終身雇用制にして、社会的地位と生活面も保証する、としたのだった。

ジャン・バッティスタ・ラムージオの官僚としてのキャリアは、二十歳の年から始まった。最初は、「共和国国会《マジョール・コンシーリオ》」の書記。次いでこの「国会」の秘書官。その後は「元老院《セナート》」の書記を経て、元老院付きの秘書官とつづき、四十四歳で「十人委員会《コンシーリオ・デイ・ディエチ》」

の筆頭秘書官にまで出世したのだから、エリート官僚と言ってよい。外国からの使節引見のような公式な場では、官僚の最高位の席には別の人物が坐《すわ》っていたが、その人は高齢で名誉職と言ってよく、実質上の最高位はラムージオであることは誰もが知っていた。

このラムージオが、これほどの評価を得ていたのには理由がある。この人の秘書官としての仕事ぶりが、他の同僚たちとはちがっていたからだ。

情報を上にあげるだけならば、誰でもやれる。だが、日々多くの情報に接していれば、それらを分析し統合する過程で、ごく自然に、それらを基にしての政策も浮んでくるものだ。

だが他の同僚たちは、「浮んでくる」前で頭の働きを止めてしまう。ヴェネツィア社会では、政策を考え決めるのは社会の第一階級である「貴族」の任務で、「市民」と呼ばれる彼らのような第二階級、いわゆる「平民」、の任務とはされていなかったからである。

ところがラムージオは、可能な政策の提示までやったのだ。ただし、自らの立場は完璧《かんぺき》にわきまえたうえで。

十人委員会でそれを行う場合、ラムージオは必ず、複数の選択肢を提示した。そしてそのそれぞれの、メリットとデメリットを明確に示す。しかも、そのメリットとデメリットの双方ともに、以前の例と将来の見通しまでつけ加えて。

もちろん、それらに基づいての討議と最終的な決定は、貴族《ノービレ》である委員たちの役割りだ。

しかし、そこまで下ごしらえをしたうえでの提示は、委員会が決定を下すまでに要する時間の大幅な短縮になるのだった。

合議で成り立っている共和政体を堅持しながら、一人が決めれば即実行が可能な君主政の大国に伍《ご》していかねばならない十六世紀、政策決定までの時間が短縮できる利点は大きい。

秘書官ラムージオのこのやり方を、越権行為だと非難した人はいなかった。それどころか、元首グリッティの最も信頼厚い官僚、とまで言われていたのである。マルコも、この評価に賛成だった。

だからこそマルコは、このラムージオが、個人的には何を準備しているのかに関心を刺激されたのだ。何を出版したいと考えているのか、と。

秘書官ラムージオの家は、都心部からはひどく離れたところにあった。マルコの屋敷からではまず、小路の右折左折をくり返しながら、大運河《カナル・グランデ》まで徒歩で行く。そこからは、大運河の両岸を結んでいる渡し舟に乗って対岸に渡る。そこで降りた後は小運河《リオ》ぞいに、「フォンダメンタ」と呼ばれる運河ぞいの河岸《かし》をひたすら歩くだけ。そのフォンダメンタも尽き広いジュデッカ運河が眼前に広がるところに、秘書官の家はあった。

その日マルコは、白と赤の二本の葡萄酒のびんを下げていた。自分所有の農園で産する葡萄酒をみやげにするのは、この時代では、品の良い贈物、ということになっている。

ラムージオは、元首官邸で会うのとはちがって、暖かい笑顔で迎えた。

「史料を並べ置くのに広い家が欲しかったのです。祖先からの家のあるあなたとはちがって、われわれでは都心部にこうも広い家を持つのはむずかしい」そしてつづけた。

「それでも元首官邸に駆けつけるには、思うほどは不便ではないんですよ。大運河《カナル・グランデ》までは早足で行って、そこからは渡し舟で対岸に渡り、その後も早足で聖マルコ広場を突っきれば着けるのだから」

マルコも笑ってしまった。この二人のようなヴェネツィア男は、早足に慣れた人種なのだ。小路でも河岸でも早足。橋を渡るのも広場を横切るのも早足。元首官邸内だって、階段を登ったり降りたりしているうちに一日が過ぎてしまう。

そのうちに二人の会話は、ヴェネツィア人全体に移っていく。そのテーマときたら、なぜヴェネツィアでは老人たちが元気なのか、というのだから、笑いでもしないかぎり話は進まない。ラムージオは例によって、明快に分析していく。

「ここでは誰もが、歩くしかないからです。馬で行くのは許されていない。輿《こし》など使えば、瀕死《ひんし》の病人と思われる。元首《ドージェ》でも、階段の登り降りから祝祭日の行列からすべて、自分の足で歩くしかない。これでは長生きするのも当然でしょう」

ヴェネツィアでは、地位の上下も資産の大小も関係なく、誰でも歩くしかないのである。アンドレア・グリッティも、死んだのは八十三歳の年。七十代の現役も珍しくなく、六十代で死ねば早死にと言われたくらいで、これもすべては、歩くしかない、からであった。

こんなふうで、訪れた四十代と迎えた五十代の会話は愉《たの》しく始まったのだが、マルコが持参した葡萄酒を見たラムージオは、嬉《うれ》しさを素直に顔に出す。

「マルヴァジア酒か。神々からの手紙、ですね。アンドロスから取り寄せたのですか」

「いや、三百年もつづいていたアンドロスの島とダンドロ家の関係は、もうほとんど残っていません。七十年前に近くのエウボエア半島がトルコの手に落ちてから、その近くにある島々からもほとんどのヴェネツィア人は引き揚げましたから」と言いながらもつづける。

「アンドロスの島は、良質な水に恵まれ陽光も強烈、葡萄酒を作るには、最適の地だった。だがヴェネツィア人は、撤退するにもタダでは撤退しない。ダンドロ家でも、エーゲ海の島で産するマルヴァジア酒を本国でも作れないかと試行錯誤を重ねる歳月がつづく。なにしろマルヴァジア酒は、ヴェネツィア共和国の輸出品の中でも重要な品目になっていたから、海外の領土を失ったから輸出も断念する、とは考えなかったのです。

そして、ついに成功したのですよ。潟《ラグーナ》の中にあるブラーノの島で。

葡萄酒は、太陽と水と土地が作る。人間が関与するのは、それらをどう組み合わせるかだけ。ただしそれによって、良酒とそれ以外の酒に分れるけれど。というわけで、葡萄の栽培に適した地質に良質の水と降りそそぐ太陽を恵んでくれる土地を探しまわった末に、トルチェッロに近いブラーノの島にこれらの条件を満たしてくれる土地が見つかったのです。

そこを購入し苗から育てていくのにも試行錯誤がつづいたが、ついにヴェネツィア産のマルヴァジア酒ができたのです。すでにヨーロッパの国々にも、輸出を始めています」

自分の家のこととてつい熱弁になったマルコを、ラムージオは年長者の余裕で微笑しながら聴いた後で言った。

「ギリシアの地酒でしかなかったマルヴァジア酒をヨーロッパの高級酒にまでしたのは、品種改良の労を惜しまなかったヴェネツィア人の功績です。それが今や、ヴェネツィアでも作れるようになったとは喜ばしい。

シリアのダマスカスの特産品でヴェネツィアが長く輸入していた高価な絹織物も、今ではヴェネツィアで製造できるようになり、ヴェネツィアの重要な輸出品目の一つにまでなっている。ただし、これまで買ってくれていた顧客が慣れ親しんできた、『ダマスカス織り』というブランド名は残しながら。

ヴェネツィア産のマルヴァジア酒の商標はどうなっているのですか」マルコもこれには笑いながら答える。

「お持ちしたのは自家用だから、びんには何も書いてありません。でも商品となれば、商標をつけて、それには、マルヴァジア酒の赤とか白とか記した下に、ヴェネツィアのブラーノ産と明記してあります」

「ヴェネツィア産のダマスカス織りに加えて、ヴェネツィア産のマルヴァジア葡萄酒か。もはやヴェネツィアもはっきりと、通商国家から産業国家に変りつつあるということですね」

こう言いながらラムージオは、マルコを別室に導いた。

マルコは初めて、ラムージオが広い家を欲していた理由がわかったのだ。

広間、と言ってもよいその広大な部屋の中は、書物や史料や地図であふれている。ただ、ラムージオの考えどおりに整理されているのか、乱雑な感じはしない。さすがに眼を丸くしているマルコに、五十代に入った実力秘書官は静かに言う。

「世界で初めての、旅行記全集の編纂《へんさん》を考えているのです。個別の旅行記ならば、これまでにも出版されている。だが、古代から十六世紀までの二千年を網羅したものはまだない。全六巻にはなると思うが、やってみたいのです。大航海時代とも言われる現在、自分では旅に出なくても、知っておくのは重要だと思うので」

そう言ったラムージオは、驚きで声も出なくなっていたマルコに、旅行者ごとにまとめた史料を説明していった。その山の一つの前で、ようやく声が出るようになったマルコが問いかける。

「ヴァスコ・ダ・ガマやアメリゴ・ヴェスプッチが取りあげられているのはわかります。つい数十年前の出来事ですからね。

でも、アレクサンダー大王の部下であったネアルコスのペルシア湾航海記や、カルタゴの海将アンノンのアフリカ西部の航海記までも加えているのはなぜですか」

「まず、昔の人の業績は、それだけでも敬意を払うに値する。また、時代はいつであろうと、未知の世界に乗り出して行ったのは人間です。しかも、一人ではできない。多くの人の協力なしにはできない。その人々をどうやって協力させることができたのかを知るだけでも、後の人々には役立つはずです」

別の史料の山は小さく、細かい文字で埋まったいくつかの手紙で成っていた。それに眼を止めたマルコに、ラムージオが説明する。

「これらは、極東でも布教活動をやり始めているイエズス会の宣教師たちが、本部に書き送ってきた報告書です。われわれヴェネツィア人はまだあの地までは行っていないが、スペイン人やイタリア人の宣教師たちは行っている。行ったことがないから知らない、では、単なる無知ということになりますからね」

と言った後で、実力秘書官はなおもつづける。

「未知の世界への旅も航海も、所詮は美術の世界と変りはないのです。マルコ・ポーロやコロンブスやヴァスコ・ダ・ガマやマゼランは、他を圧してそびえ立つ高峰だ。レオナルドやミケランジェロやラファエッロやティツィアーノが、美術の世界での高峰であるのに似て。

しかし、その高峰も、何もないところに突如現れたわけではない。その周辺には、豊かな裾野《すその》が広がっている。ヴァスコ・ダ・ガマによる偉業も、彼が希望峰をまわってインドに達する五十年も昔から、十人以上の先行者たちが少しずつ、アフリカ大陸の西岸ぞいに距離を伸ばしていった末に生れた結果です。

ジブラルタル海峡を通り抜けるところまでは同じでも、そこからは北大西洋に向うフランドル航路が商船路として確立したのも、一人のヴェネツィア船長の先行があったから。

乗っていた船が難破して北海まで行ってしまった人だが、北大西洋一帯の詳細な記録を書き残した人でもある。誰もが知る高峰にはならなくても、これらの先行者たちが切り開いていったから、大勢の人や船までが通ることのできる『道』になるのです。

わたしはこの旅行記全集で、歴史に名を遺《のこ》すほどの偉業を成しとげた『高峰』だけでなく、そこへの道を少しずつ開拓していった、『裾野』までも拾いあげていきたい。もちろん、『高峰』にはそれを『高峰』にした、当人の才能が大きく影響したことは知っている。だがそれは、彼らが遺した記録を読めば自然にわかる。またこれらの冒険の舞台も、海の上ばかりではなく陸の上もあるのですよ」

と言ったラムージオは、数奇な運命をたどった一人のヴェネツィア人の話をしてくれた。

「ジャンマリア・アンジョイエッロは、ヴェネツィアに近いヴィチェンツァの町の貴族の家に生れた。十七歳の年、ヴェネツィア軍の志願兵になってギリシアに向う。エーゲ海に面したエウボエア半島は当時はヴェネツィアの植民地だったが、そこにトルコが侵攻してきたからでした。

しかし、二年におよんだ壮絶な攻防戦もトルコ側の勝利に終ってしまう。十九歳の若者も、捕虜の一人としてトルコの首都コンスタンティノープルに連行された。捕虜の運命は、ガレー船の漕《こ》ぎ手かスルタンの宮殿での奴隷《どれい》。イスラム教に改宗すればこの運命を逃れられるが、十九歳はそれには応じなかった。若かったから、故郷に帰れる夢を捨てきれなかったのでしょう。一度イスラム教徒になってしまったら、キリスト教徒にもどるのは不可能だから。だが、改宗の推《すす》めに応じなかったがために、トプカピ宮殿での立場も奴隷のままでつづくことになる。だがそれだけに、スルタンにそば近く仕《つか》える日々もつづくことになった。立居振舞も優雅で聡明な若者だったので、マホメッド二世やその息子に気に入られたらしい。彼らに従って、ペルシアにまで行ったというのだから。

この生活が十二年つづいた後で、報償とでもいう意味か、奴隷の身分からは解放された。故郷にももどることができた。故郷を出たときは十代だった若者も、三十代に入っていた。もどってきたヴィチェンツァで、あの地の事情を記した一書を発表する。これが、ヴェネツィア政府の眼に止まったのです。

ヴェネツィアの本国政府はこの男に、領事の資格を与えてペルシアに送り出す。ペルシアでの生活は、三十年以上にもおよぶことになる。ヴェネツィアは対トルコ政策に、トルコもペルシアも熟知している人間が必要だったからです。

トルコ帝国は常に、帝国の東方に位置するペルシアの動向に気を使わざるをえなかった。軍事力ではトルコに征服されたが文明度では高いペルシア民族は、しばしば支配者に反乱を起すという、あつかいにくい被支配者たちであったから。

ヴェネツィアはそのペルシア民族を、対トルコの政策に使うことを考えていた。帝国の東方に住むペルシア民族に不穏な動きが見えようものなら、トルコも放ってはおけなくなる。そうなればトルコも、西方への、つまり対ヴェネツィアへの、攻勢だけに専念することは許されなくなる。

領事アンジョイエッロに託された任務は、このペルシア民族への裏工作、と言ってよい。トルコ政府には気づかれないようにしながら深く静かにペルシア人を扇動するのが、彼に託された真の任務であったから。まったく、ヴェネツィア政府の人材活用の徹底さには、舌を巻くしかないですね。

それでこれが、彼が任務中に送ってきた報告書をまとめた『ペルシア事情』です。もちろん、裏工作は少しも匂《にお》わせず、一領事の報告という建前で徹してはいるけれど。裾野と言って済ますにはもったいないくらいに、詳細で正確で内容も深い。全集に加える価値は、充分にあると思います」

マルコはもはや、驚嘆するばかりだった。驚嘆のあまり、彼の年齢には不似合いなことまで口にしていた。

「わたしにも手伝わせてください。手伝うには、読まなくてはならない。読めば自然に、学ぶようになる」

ラムージオによる『旅行記全集』が、単なるアンソロジーでないことがわかったのだ。それを手伝う理由は、マルコにも充分にあった。

ラムージオも優しく笑う。そして言った。

「今日はこのくらいにして、持ってこられた葡萄酒を開けましょう。われわれ二人のほんとうの意味での出会いは、『神々からの手紙』で祝うのが似合っている」

ラムージオの家を後に海風に吹かれながら帰る道、マルコは、いつになく充実した気分にひたっていた。自由に、対等に、余計な配慮もせずに話せわかり合える人を得たのが嬉しかったのだ。手伝いに行こう、そのときはいつも、自分の葡萄園で採れる「神々からの手紙」を持って。

そして、心に強く残ったもう一つのことも思い出していた。話の間にラムージオが、ふともらした言葉である。

「あなたはダンドロ家という、すでに四人もの元首を出している貴族《ノービレ》の生れだ。八百年以上も世襲でつづいてきた、名門の血をひく人ということです。

そのあなたと、父親の代までは他国民であったわたしが、職場では緊密に協力しあう関係にある。不思議ですよね。でもこの不思議こそが、ヴェネツィア共和国の真の強みでもあると思う」

ラムージオのこの言葉には、マルコも賛成だった。

だが、しかし、とは思ったのだ。しかし、ラムージオの視点はあくまでも、ヴェネツィア政府に活用されている、もと他国人の見方ではないか、と。

ヴェネツィアの矛盾

マルコ・ダンドロが職場に復帰してから、数年も過ぎないある年のことであった。元老院会議の席上で議員の一人のカペッロが、議員立法ということで一つの法案を提出したのである。カペッロも元老院議員だから、「ノービレ」と呼ばれていた貴族階級に属す。その彼が提案したのが、次の一事の国法化であった。

「正式の婚姻関係から生れた嫡子《ちゃくし》でなく庶子であっても、父親の同意さえあれば嫡出子と同等の立場を取得でき、『黄金の名簿』に名を連ねる資格も獲得できる」

「黄金の名簿《リーブロ・ドーロ》」に名を記されることは、貴族《ノービレ》であることの証明である。二十歳になれば共和国国会《マジョール・コンシーリオ》に議席を持つ身になり、また、属す一家を代表すると認められれば、一家に一人と決まっている元老院にも議席を持つ身になる。それはイコール、ヴェネツィア政府の要職は元老院議員から選出される以上、政府の中枢《ちゅうすう》に入ることさえも可能、ということになるのであった。

ゆえにカペッロ提出の法案を一言で言えば、ヴェネツィア共和国の統治階級に新しき血を導入する、になる。

しかも、国政への門戸開放を目指したこの提案は、外部の人によって成されたのではない。「黄金の名簿《リーブロ・ドーロ》」に名を連ねる一人、つまり内部の、言ってみれば同僚の一人によって成されたのである。それが、これまでの数多《あまた》の法案と異なる点であった。

このカペッロ案を突きつけられた元老院の二百人の議員のほとんどは、ただちに五年前の一件を思い出したにちがいない。現職の元首《ドージェ》の息子でありながら敵国トルコに走り、それゆえに非業《ひごう》の死をとげたアルヴィーゼ・グリッティの件を。

しかし、議員一人一人の胸中の想《おも》いは、二つに分れた。

前者は、だからこそ、庶出子たちにも国政参加への道は開かれるべき、と考えた人々。

後者は、だからこそ、いかに才能には恵まれていても庶出の出の者は排除するというこれまでの慣例は、今後とも維持されるべきと考えた人々。

元老院でも投票は無記名で行われる。投票の結果、カペッロ提出の法案は否決された。だが、票差はごくわずか。

これが、守旧派への危険信号になる。ただちにその派の一人が、カペッロの永久国外追放を求め、それへの票決を求めた。これもわずかの票差だったが、こちらのほうは可決。

罪は何ら犯していないカペッロなのに、永久国外追放に処した目的は、庶子への門戸開放を提案した彼に対してというよりも、それに賛成票を投じた議員たちへの警告にあったのはもちろんだ。実際、この種の提案は以後、二度と成されなくなる。

カペッロ自身は、当時は「北のヴェネツィア」と呼ばれていたオランダのアムステルダムに移り住み、交易商人として大成功する。その彼の家にはヴェネツィア人も多く出入りしていたが、それはもはや経済の世界のこと。ヴェネツィア本国の現状維持派にとっては、他国に住まいを移したカペッロが、本国にいて元老院での影響力を行使しないでくれさえすれば、それで充分であったのだから。

しかし、カペッロ案に賛成票を投じた一人であったマルコは、重い絶望感を味わっていた。

ヴェネツィア共和国は、法治国家ということで、「中世のローマ」と賞讃《しょうさん》されていたのである。何が中世のローマか、という苦い想いに、しばらくの間マルコは、苦しむというよりも怒っていた。

古代のローマは、紀元前四世紀、つまり一千九百年も昔にすでに、リキニウス法によって平民階級にも国政への道を開いていた。そして国体が帝政に移行して後もずっと、元老院《セナートウス》で成される演説は、次の一句で始められるのも通例になっていた。

「建国の父たちの血を引く人々よ、同時に、新たに加わった人々よ」

新しき血の導入は、必要が眼に見えるようになってからでは遅いのだ。あらゆる改革は、必要に迫られる前にやってこそ成功も望めるのである。

ヴェネツィア共和国は、宗教上でも思想的にも民族別でも閉鎖的であった同時代の他国に比べれば、驚くほどに開放的だった。移民だったアルドの創立した出版社はヴェネツィア一を越えてヨーロッパ一になり、移民第二世代のラムージオは官僚最高の地位にまで出世していた。そしてこれが、国の哲学にさえもなっていたのである。

にもかかわらず、国政への参加の権利となると、ヴェネツィア市民であるだけでは充分でなく、同じヴェネツィアの、しかも貴族の嫡出子でなければならないと決まっていたのだ。ローマの法王庁とは距離を保つのを伝統にしてきながら、神の前に誓った正式な結婚から生れた子ではないというだけで庶出子の排除をつづけ、カペッロの案を否決して以後も、そのままで今後とも行く、と決めたのである。

しかも世は、実力がモノを言うルネサンスの最盛期。他の分野では能力の存分な発揮を認めていながら、国政だけは「否《いな》」。この時代のヴェネツィアには、実力ある嫡出子に不足していなかったことは確かではあった、にしてもである。

血は、いつかは絶える。絶えなくても、薄くなる。そのときにはもはや、改革を断行する気概もそれを実行に移せる体力もなくなっているのにと、この想いがマルコの気持を暗くしたのだった。

親友アルヴィーゼの父だった元首グリッティがすでにこの世の人ではなく、カペッロの提案を否決しそのカペッロを永久国外追放に処した元老院の議場に居なかったことが、せめてもの慰めに思えたくらいに。

それでもまだ、ヴェネツィアは、風通しのよいことには不足しなかったのだが。

尼僧院《にそういん》脱出作戦

その日もいつもと同じに夜になってから帰宅したマルコに、従僕が一通の手紙を持ってきた。ジュデッカの尼僧院の門番が届けてきたという。リヴィアからの手紙で、とり入っての話があるので時間をつくってくださるように、と書いてあった。二日後の午後なら時間がとれそうだと考えたマルコは、すぐに二通の手紙を書き、従僕には、明朝早く尼僧院に届けるよう頼んだ。一通はリヴィアにあてて、会える日と時刻を指定し、大運河沿いのマルコの屋敷まで来るようにと書く。二通目は尼僧院の院長あての手紙で、その日のリヴィアの外出許可を願ったものだ。

会う時刻を午後にしたのは、若い娘を呼び出すのに夜というわけにはいかなかったからで、自邸にしたのも、とり入っての話とあるからには人目にふれない場所のほうがよいだろうと思ったからだ。

この時期のマルコの立場は、十人委員会の三人の委員長の一人で、任期は三ヵ月でしかなくても規則に従って、登庁時も退庁時も赤い長衣を身につけている。最高機密をにぎっている立場だけに、外部の誰かと接触してもすぐに人目につくのを狙《ねら》っての、現実的なヴェネツィア政府らしい規定の一つだった。委員長に就任したとたんに、長衣の色を黒から赤に換えねばならない。たとえそれが、三ヵ月の間だけにしても。

元首官邸から急ぎ帰宅したマルコが家の扉を開けたとき、そこにはすでにリヴィアが待っていた。マルコは、迎えに出た従僕に、シニョリーナを二階の客間に案内するようにと言い、自分はすぐに着換えに向う。長衣の赤の色は美しいのだが、いかに美しくてもマルコは落ちつかない。いつもの深いブルーの短衣にタイツという私服に着換えて、リヴィアの待つ客間に向った。そこで、とり入っての話なるものを聴こうと考えたのである。

待っていた間にリヴィアは、周囲を観察したらしい。若い娘らしく眼を輝かせながら、すばらしい御屋敷だけど古めかしいですね、と正直な感想を言う。それにマルコも、大運河《カナル・グランデ》に面する正面は幾度か補修されたが、なにしろ数百年も昔からの建物だ。

だがわたしには、この古めかしさが心地良い、と答える。二人の会話はこんなふうに始まったのだが、意外な邪魔が入るのまではマルコは予想していなかった。

かつてない若く美しい女の来訪に好奇心を押さえきれないのか、老夫婦の妻のほうが、ココアを持ってきたと思ったら小ぶりの菓子を盛った銀盆を持ってくるというふうで、二人だけにしてくれないのである。苦笑したマルコは、話は書斎で聴こうと言い、一階上の書斎にリヴィアを導いた。

書斎も、大運河《カナル・グランデ》に面しているので明るい。午後の陽光が、相当な広さの部屋のすみずみにまで射《さ》しこんでいる。入ってすぐ左側の壁には、縦は一メートル足らずだが横幅は一メートルを越える肖像画が、簡素な額ぶちに囲まれてかかっている。

それに眼をとめた娘は、しばらく眺めた後でマルコに眼を移し、愉《たの》しそうな笑顔になった。マルコも、恥ずかしい想《おも》いながら言う。

「きみの父親もわたしもまだ若かった頃、アルヴィーゼが一人の画家を連れてきて、強引にわたしを坐《すわ》らせて描かせたのだ。ロレンツォ・ロットという名の画家で、ティツィアーノほどは有名でないから画料も安いし、でも腕は立つというのが、アルヴィーゼの推薦の理由だった」

若い娘の胸には、ムラーノ島の元首グリッティの家で見た、ティツィアーノ描くアルヴィーゼ・グリッティの肖像画が浮んだのかはしらない。だが二人とも、その後は絵にはふれなかった。

書斎で向い合ってから、リヴィアは、もはやマルコには慣れている、正直で素直な話し方で口を切る。

「結婚しようと決めました。尼僧院から出るためではなく、その人と一生を共にしていくために」

相手の名を告げられたとき、マルコは、やはり、という想いになる。だが彼も、正直に率直に言った。

「充分に考えたうえでの決心なのだろうね。改宗は、そうは簡単なことではない」それにリヴィアも、正直に答える。

「長い間、考えました。ただ、尼僧院では相談できる人はいないので、一人でずっと考えていました」

キリスト教やユダヤ教やイスラム教に代表される一神教では、改宗した者の再改宗は絶対に許されていない。いったん改宗したら死ぬまで、いや死んだ後も、その宗教でつづけるしかない。

とくにキリスト教世界には、昨今とみに猛威をふるうようになった異端裁判所《インクイジツイオーネ》(Inquisizione)がある。その網にかかるや、もともとの信仰がほんものであったのか否《いな》か、それなのになぜ改宗したいのかまでが、徹底して調べられる。それを行う異端裁判官とは自分たちこそがキリスト教の信仰の守護者と認じているので、拷問《ごうもん》も平然と行う。そこで「有罪」と判断されれば、待つのは火あぶりの刑。火さえも、誤った信仰に走った罪を浄化する手段の一つと、彼らは考えていたからである。

この異端裁判所は、キリスト教の最高権威者とされるローマ法王の直接の監督下にある。修道院も尼僧院も、ローマ法王の管轄《かんかつ》下にあることでは同じだった。

その尼僧院で育った、ゆえにキリスト教徒であるリヴィアが、ユダヤ人と結婚するというのだ。ユダヤ教も他教徒との結婚は認めていないので、リヴィアはユダヤ教に改宗しなければ結婚はできない。

それを、異端裁判所の監視の網にかからないようにしながら実現するのは、政教分離を伝統にしてきたヴェネツィアでも、容易なことではなかった。

椅子《いす》に沈んでしまったマルコを見て心配になったのか、リヴィアは必死な面持ちになって言う。

「ダヴィデと一緒に弾いていると、わたしの持つ能力をはるかに超えた、一人で弾くのでは絶対に出ない、音楽が奏せる気になるのです。ダヴィデも、同じことを言ってくれます。わたしとだと、想像していた以上の楽が奏せると。わたしたち二人は、一緒になるしかないのです」

マルコは、坐り直して言った。

「だがきみは、考えたのだろうね。ユダヤ人と結婚するには彼らの宗教に改宗するだけでない。ここヴェネツィアでは、ユダヤ人居留区に移り住むことでもあるのは、わかっているのだろうね」

リヴィアは、それにもきっぱりと答える。

「わかっています。でもダヴィデの言うには、住むのはゲットーでも楽師には、門限はあっても無いも同然とのこと。宴会に招《よ》ばれることも多く、貴族の屋敷でのそれは夜遅くまでつづくので、そのままそこに泊まってゲットーに帰るのは朝になってから、になるのも珍しくはないとか」

マルコの注意を引いたのは、楽師には門限は無いも同然、という一句である。あっても無いも同然とは、医師も同じであるのを思い出したのだ。それで、眼の前で心配そうな顔をしているリヴィアに言った。

「やってみよう。必ずどこかに道があるはずだ」

そしてリヴィアに、暗くならないうちに帰りなさいと言い、従僕にも、送り届けるよう言った。だが従僕には、もう一つの用事も託したのだ。それは、娘を尼僧院に送り届けた後もそのままジュデッカの端にある病院に行き、勤務医のダニエルを呼び出し、主人が急病だから往診を願いたいと伝えさせることであった。公務での多忙はマルコを、時間を無駄にしない、言い換えれば決断の早い男に変えていた。

仮病を使ってにしろユダヤ人の医師と夜を過ごすのは、これまでにも幾度かやっていたのだ。医師を呼びに行く従僕も慣れていたし、マルコの身辺の世話をする老夫婦も、客がダニエルとわかると、夕食の皿を下げ客用の寝室の準備も終えれば、二人を残して引き下がるのが常になっている。その夜も、急病患者への往診にしてはニコニコ笑いながら、ユダヤ人の医師は現れた。

出された料理も芳醇《ほうじゅん》な香りのマルヴァジア酒も、病院で出される食事は健康的すぎて、などと言いながら平らげる。マルコも、昼食もしていなかったのを思い出しながら、負けず劣らずの食欲を発揮していた。

それも終り、マルヴァジア酒の中でも濃厚な食後用の酒になったとき、初めてマルコはリヴィアの件について口を開いたのだ。

「きみを見こんで、相談したいことがある」

何ごとかと、ユダヤ人の医師は、自分とは宗教も民族も社会的な立場もちがうのに親しい仲になったヴェネツィア貴族に、視線を向けながら無言で問う。マルコは話し始めた。

「結婚すると決めた若い男女の件なのだが、問題を複雑にしていることが一つある。娘は尼僧院で育ったキリスト教徒で、若者のほうはユダヤ人居留区の住民であることだ。

娘の両親はすでに亡《な》き人になっているので、今では孤児の身の上。死んだ父親とは親友の仲だったわたしが、何となく後見人のようになっている。

だがわたしは、今占めている立場からして動けない。きみのほうがその点では自由だし、男のほうとはユダヤ人居留区の住民同士でもあるしで、人目を引かないやり方で彼ら二人の望みをかなえてやれる道を見つけられるのではないかと思うのだ。わたし自身も心から、娘の切なる望みをかなえてやりたいと願っている」

医師は、少し考えさせてくれ、と言って考えこむ。その医師の持つグラスに、マルコも黙って、マルヴァジア酒を注ぎ足した。

しばらくして顔をあげた医師は、はっきりした口調で言った。

「わたしの患者の一人が、この問題の解決の糸口になれると思う」

「その人も仮病のくちかね」医師は噴き出す。

「いや、仮病ではなくてほんものの患者だが、他国との間で手広く商いをしていた人の未亡人で、もう高齢だから具合の悪いところも出てくる。そのたびに呼ばれて治療するだけの患者でしかないのだが、彼女への往診は苦になるどころか愉しいんだ。話が面白いだけでなく、その内容も深い。ユーモアもあるし、女にしては珍しく読書家でもある。最初の往診のときに驚いたのは、居間にも寝室にも書物が置いてあったことだった。夫が商用で他国に行っていた間の暇つぶしだと言っていたが、アルド社の出版目録まで持っていたのには感心したね。

夫も彼女もヴェネツィア暮らしは長いが、もともとは中部イタリアの町シエナの出身。若い頃にヴェネツィアで一旗あげようと移住してきたのだが、実際一旗あげた。子はいない。夫に死なれた後も、召使二人にかしずかれて、一人で広い家に住んでいる。裕福な未亡人、というところだね。

亡くなった夫ももとは移住者だし、ヴェネツィアでは商売に専念していたので、ヴェネツィアの国籍でもある市民権は取得していても、公職には就いたことはない。仕事の上でもなければ、貴族《ノービレ》たちとの交《つ》き合いもなかった。それも夫が死んだ後は、まったくない状態でつづいている。だから今では一介の平民身分の老婦人というわけだが、それでいておおらかで開けた考えの持主でもある」

そこでマルコは、口をはさんだ。

「理想的に見えるが、その婦人をこの計画に、どうやって巻きこむつもりかね。尼僧院で育った娘の実の父と母の名は、きみにも明かせないくらいだから、婦人にも打ち明けるわけにはいかない」

医師は、落ちつき払って答える。

「知らなくてもかまわない。『ダーマ・ディ・コンパニーア』と呼ばれる立場があるのは知っているでしょう。

王妃の宮廷ならば『女官』だが、普通の人の家になると、『お話し相手』。孤児の娘の身の振り先としても、珍しくはない。

老婦人には尼僧院に行ってもらって、『Dama di compagnia』を一人求めていると言ってもらう。預かっている娘たちの身の振り先を心配するのも院長の仕事の一つだから、喜んで承諾するはずだ。ただし、お話し相手になるのは孤児の娘にとっては理想的な転身の道だから、希望者は多いにちがいない。問題は、その多くの希望者の中からきみが後見人になっている娘を、どうやって選び出すかだ。わたしの患者の老婦人は、その娘を見たことがない。といって、きみが同行するわけにもいかない」

こう言われて、マルコは考えた。

「わたしの従僕を、婦人に同行させよう。彼なら、娘を尼僧院まで送って行ったことがあるから、娘を知っている」

「それはいい。老婦人の尼僧院行きにその従僕も同行させ、的《まと》はどの娘かを老婦人にそっと告げてもらえば、この問題も解決する。この役割を従僕に命ずるくらいは、きみだってやれるだろう」

マルコも、笑いながらうなずいて言う。

「まずは、ダーマ・ディ・コンパニーアにして、尼僧院から出すのだね」

「そう。そしてほとぼりの醒《さ》めるのを待って、ユダヤ男と結婚させる。ほとぼりが醒めるのを待つのはすこぶる重要だ。お話し相手になるという理由で尼僧院を出るのだから、そのキリスト教徒の婦人の家には、少なくとも二、三ヵ月は住む必要がある。でないと、異端裁判所の気狂い犬どもの眼が、光り始める危険がある」

マルコは、心底感心してしまった。これでは国家間の外交と、少しも変らないと思ったのだ。外交では、騙《だま》すのも、それも相手に気づかれることなく巧みに騙すのも、目的達成のための手段の一つなのである。だがマルコには、疑問はまだ一つ残っていた。

「老婦人が実に重要な協力者であることはわかったが、きみはどうやって彼女を説得するのかね」

医師は、愉しそうに笑い声をたてた後で答えた。

「わたしは彼女の主治医ですよ。彼女が全幅の信頼を寄せている主治医だ。薬を調合するだけでは主治医はやれない。生きる喜びや愉しさを患者に思い起させることも入る。医は仁、と言ったのはどこの誰だったかな」

その夜は、二人の男の笑い声で幕を閉じた。医師は、用意された客用の寝室に。マルコも、自分の寝室に引きとる。

眠る前に、いつもの慣例行事をする。枕《まくら》に数滴、オリンピアの香りと名づけた香水を落とすのだ。これをすると、どれほど疲れている夜でも、安らかな眠りに落ちていけるのだった。

それを終えた後で、リヴィアに短い手紙を書いた。手紙には、願いをかなえる道が見つかったこと。それがより具体的になったら連絡する、とだけ書いた。娘の心を占めているにちがいない心配を、少しでも早く軽くしてあげたかったのだ。

翌朝、朝食を共にした後で、男二人は家を出る。だが、出てすぐに右と左に分れた。マルコは、職場である元首官邸《パラッツオ・ドゥカーレ》に。医師ダニエルは、研究先のパドヴァ大学に向う。ヴェネツィアとパドヴァの間には、ブレンタ川を行く連絡船が通っている。連絡船の発着所は、元首官邸からは反対の方角になるリアルト橋のたもとにあった。

ローマ再訪

たらいまわしの制度によって政府の中枢《ちゅうすう》にありつづけるマルコだが、ヴェネツィアは共和政体を採る国である。しかもそれを厳密に実施しつづけることを、国是にまでしている国である。

ゆえにこのヴェネツィアでは国政の担当を任されている「貴族」となると、元首以外のあらゆる公職には一年ないし半年の任期があり、しかもその任期が切れた後も、任期と同期間の休職を経ないと再任も許されていない。

「たらいまわし」とは、任期が切れたら別の要職への就任が待っているということのくり返しであるからには、任期が一年ないし半年ということは、要職のすべてで任期切れが同時にくるわけではない、ということでもある。しかも他の要職への再任も、休職期間を経た後で、と決まっている。そうなると、「たらいまわし」の途中に空白期間がはさまってくる場合もしばしば起る。

まったく複雑でめんどうもいいところだ、とあきれるしかない想《おも》いになるが、共和政体を維持しながらそれを機能させていくとは、こうもめんどうなシステムでも嫌がらずにやりつづけていくことでもあるのだった。

マルコも、十人委員会で委員長まで務めた後にこの空白期間が訪れ、元老院の一議員にもどっていた。こうなると、週に一度の共和国国会《マジョール・コンシーリオ》と週に二度の元老院《セナート》の会議に出席すれば後は余暇、となるはずだが、「たらいまわし」システムに組みこまれた者にはそれさえも許されない。

「たらいまわし」にされるということは、他より能力が秀《ひい》でていると認められたことを意味する。政治でも経済的な発想をすることの多いヴェネツィアでは、そのような人材は徹底して活用されるのを覚悟するしかなかった。

その「活用」だが、一言で言ってしまえば、「目下は休職期間に入っている十人委員会の元委員の外国出張」になる。

ヴェネツィア共和国の国政を事実上リードしているのが十人委員会。つまり十人委員会が、ヴェネツィア政府の中枢ということになる。

その十人委員会でやってきたことを外国でもやれ、というわけだ。

ただし、他国の政府との交渉の前面に立つ、大使として派遣されるのではない。あくまでも随行員の一人としてであり、公的身分は一元老院議員でしかない。なぜなら、休職期間が過ぎれば、本国政府の中枢に再びもどってもらわねばならないからであり、ヴェネツィア政府の中枢にいる一人の一時的な外国出張なのだから、随行員の一人でいるくらいがちょうどよい立ち位置なのだ。相手側に紹介する必要もなく、ゆえに交渉中に発言する資格もない。相手側と交渉する大使の背後に控えていて、両者の間で交わされる話を聴きながら、相手側を観察する。相手に関する情報は事前にすべて知っていたとしても、実際に自分の眼で見ることで得られる情報は別なのである。

何を言ったか、だけでは充分ではない。どういう言い方でそれを言ったか、も加えることで初めて、真に役立つ情報になるのだから。

この種の随行員の任務は、交渉が終って大使館にもどってからも終らない。終らないどころか、ほんとうの仕事はここから始まるとしてもよいくらいで、大使と意見を交わしながら今後の交渉の方向を決めるのが、ヴェネツィア政府が求めている、「政府の中枢の外国出張」の真の任務なのであった。

十六世紀というこの時代、ヴェネツィアの外交交渉の相手国は、ほとんどが専制君主国になっている。

君主国の利点は、一人が決定し、それはただちに実行に移せることにある。

一方、共和国では、すべては合議で行われ、決定も投票で決まる。

この政体を厳密に守ろうとすれば、君主が要求してきたことへの回答も本国に指示を乞《こ》うてから回答します、でなければならない。だが実際は、そのようなことを言っていては、リーダーが一人の相手側との外交にならないのだ。

皇帝のいるドイツのアウグスブルグ、スペイン王のいるマドリード、フランス王の宮廷のあるパリ、トルコのスルタンのいるコンスタンティノープル等々とヴェネツィアの間は、指示を乞うてその答えが返ってくるまでに、最短にしても一ヵ月はかかった。この点でも、「中枢」の一人を現場に張りつけるメリットはあったのだ。そしてこのやり方も、専制君主の時代に入った十六世紀、共和政体を維持しながらも統治能力も向上させることを考えての、政略《ストラテジア》の一つでもあった。

中枢にいるということは、自分もその駒《こま》の一つになるということである。いや、ならないかぎり、この種の政略の成功は望めなかった。

マルコ・ダンドロにとってのローマ再訪も、新任の大使としてローマに発《た》つヴェネツィア大使に随行する一人として実現した。ローマでは法王が、パオロ三世からジュリオ三世に代わっていた。法王が代わると、側近の全員も代わる。新体制になったその法王庁ゆえになおのこと、観察と認識の力に秀でている人による、正確で洞察にも富んだ情報が欠かせなかったのである。

これがマルコのローマ再訪の公的な任務だったが、ここローマではぜひとも会いたい人がいた。その人に会うのはマルコにとって、亡《な》きオリンピアに会うことでもあった。

ファルネーゼ枢機卿《すうきけい》とは、ほとんど十年ぶりの再会になる。

訪れたマルコが待つ控えの間に現われた枢機卿は、少年と言ってもよかった以前の立派な青年に成長していた。だが、顔を合わせたとたんに、十年の空白も消えてしまう。二人の男の間には、オリンピアという、人には言えない秘密が介在しているからだ。

まだ三十歳になったばかりの年頃なのに、ファルネーゼ枢機卿がかもしだす雰囲気は、十年前にもあった静けさと少しも変っていない。にもかかわらずこの青年枢機卿は、数年前には父のピエール・ルイジを暗殺で失い、つい先頃は祖父の前法王パオロ三世を失って、後ろ盾になっていた祖父も父もいない身なのだ。それへのおくやみを短く述べたマルコに、枢機卿は静かに答えただけだった。まるで、強力な後ろ盾を失った今のほうが、自分らしく生きるのには適している、とでも思っているかのようである。この若き枢機卿には、静けさというよりも、静溢《せいいつ》という形容のほうが似合う、とマルコは感じていた。内部には溢《あふ》れるものがありながら外観はあくまでも静か、という意味で。

枢機卿はマルコを、この壮麗なファルネーゼ宮の中でも親しい人と会うのに使っているらしいサロンに導く。そこに入るやすぐ、マルコには、若き枢機卿がここに導いた想いがわかった。その部屋の正面の壁には、ファルネーゼ枢機卿の半身を描いた肖像画が飾ってあったのだ。思わず引き寄せられて眼が離せないまま、マルコは言った。

「すばらしい！　見事な肖像画です」

枢機卿はそれに、若者らしく自慢を隠さないで答える。

「ティツィアーノの作品です。祖父がまだ生きていた頃にローマを訪れたこのヴェネツィアの画家に、おまえも一人で描いてもらえと言われて実現した肖像画です。でも、やはり凄《すご》い。わたしとは、二度しか会っていない。それも、長くポーズしていたわけでもない。それなのに、ヴェネツィアから送ってこられた完成画を見て、誰よりもわたしが驚嘆した。あの画家は、会っただけで相手の心の奥底まで見透してしまう」

まったく、ティツィアーノ描くファルネーゼ枢機卿の半身像は、若い、それでいて静謐《せいいつ》な一人の男を眼前にする想いにさせる作品《オペラ》になっていた。

若き枢機卿は、年の差も越えてマルコに、告白するようにつづける。

「これを毎日見ることは、わたしにはとくに必要なのです。これからもずっと、このような感じで生きつづけていきたい、と日々自分に言い聴かせるためにも必要なのです」

それを聴いたマルコは直感した。この若者は、母を殺した父を持つ身という十字架を、一生背負って生きていくつもりなのだ、と。

昨日までの公務の間に得た数々の情報で、マルコはわかっていたのだ。この若き枢機卿が法王庁内では、有力なローマ法王候補と見られていること。今は若くても近いうちには、二番目のファルネーゼ家出身のローマ法王が誕生するというのが、ヴァテイカン内でのもっぱらの噂《うわさ》であったのだから。

だがマルコには、ファルネーゼ枢機卿には法王になる気がないと、断言できるような気がした。この若者は、母を殺した父を持つ身は、キリスト教徒を導くローマ法王にはなってはならないと、心に深く決めたのではないかと思ったからである。三十になったくらいの若さが、痛々しくさえ感じられた。

そのマルコの胸中の想いまでは知らない枢機卿は、一階上にある彼の寝室にマルコを導く。


さすがにローマ有数の宮殿《パラッツォ》のことはある。このファルネーゼ宮に比べれば、大運河《カナル・グランデ》に面しているとはいえダンドロの屋敷などは、どこにでもある家にしか思えない。寝室でさえも私用の部屋を越えた華麗さで、広くて立派な寝台があるから寝室、という感じ。そこに招じられても誰一人、困惑などはしない内装になっていた。

その寝室の壁に、しかも寝台から降りればすぐ眼に入る右側の壁に、女の肖像画が一つかかっている。

マルコはまたも、それから眼が離せなくなった。そこに描かれている女が身につけている首飾りに、眼が釘《くぎ》づけになってしまったのだ。

まぎれもなく、フィレンツェにいた頃にオリンピアに贈った首飾りだ。あのときオリンピアは、絵で見たことのあるのと同じ首飾りを作ってくれと、宝飾の細工師に注文したのだった。その絵がラファエッロの作とわかり、完成したその首飾りをオリンピアは、「ラファエッロの首飾り」と名づけて愛用していたのである。簡素でありながら華麗な首飾りは、だからマルコには、忘れようにも忘れられない品であったのだ。

このマルコの胸のうちの想いまでは、枢機卿は知らない。傑作を前にして感嘆しているのだと思ったらしい枢機卿は、そのマルコの背後から言う。

「ラファエッロの作品《オペラ》です。三十七歳で死んだのが、美を愛する人々全員にとっての不幸、と言うしかない芸術家でした」

すばらしい絵だがなぜ寝室に、と問いかけるマルコに、恥ずかしそうに答える。

「何となく、わたしが生れた頃の母のような気がするので」

ファルネーゼ枢機卿は、マルコの訪問の真の目的を察知している。ティツィアーノとラファエッロの傑作を賞《め》でた後で、枢機卿は何も言わずにマルコを外に誘う。二人の足は、歩いて行ける近くの教会に向った。

教会は、すでに美しく完成していた。オリンピアの遺体が収められている礼拝堂《カペッラ》も、若き枢機卿の美意識を映して、上品でいながら華やいだ一画になっている。

礼拝堂の壁面には、そこに埋葬されている人の名が記されるのが普通だが、オリンピアの眠るそこには名はない。その代わり、花の咲き乱れる野を薄衣《うすごろも》を風になびかせながら踊るように歩む、若い女を浮彫りで表わした、白い大理石板でおおわれている。十字架もなければ、ひざまずいて手を合わせる女の姿もない。枢機卿は、その前に立ちつくしているマルコの耳もとで、そっと言った。

「つい最近発掘された、古代ローマ時代の浮彫りをまねて作らせたのです」それにマルコも、小声で答える。

「このほうが、あの女人《ひと》にふさわしい。あの女人《ひと》に、実によく似合った居場所です」

二人の男にとってのオリンピアは、まだ生きているのである。若き枢機卿にとっては、名乗ることも許されなかった母として。マルコにとっては、心から愛したただ一人の女として。

教会を出ながら枢機卿は言った。

「明日の午後にでも時間がとれますか。『最後の審判』が完成しているので」マルコは快諾する。

約束の時刻にヴァティカンの門をくぐったマルコを迎えた枢機卿は、その日は緋色《ひいろ》の枢機卿衣を身につけていた。法王庁は、聖職者にとっては職場なのだ。それでも枢機卿は俗人の客を待たせることもなく、システィーナ礼拝堂に導く。

大壁面を埋めつくした『最後の審判』は、やはり圧倒的な迫力だった。描かれている人の全員が、画面から飛び出してくるような立体感がある。マルコが前回のローマ滞在中に知り合ったミケランジェロも悪魔的と言ってもよい印象があったが、あの気力のすべてをぶつけたのだろうと思ってしまう。圧倒される想いでいるマルコに、ファルネーゼ枢機卿は言った。

「ラファエッロも見て行かれますか。若くして世を去ったあの天才が、女を描くだけの画家ではなかったことを実感するためにも」

『ラファエッロの部屋《スタンツェ・ディ・ラファエッロ》』とは、システィーナ礼拝堂とはちがって居間程度の広さの部屋がいくつか連なった一画の呼び名になっている。その部屋部屋の壁面を埋めている壁画を見た後では、口から出たとたんに誰よりも先に自分が恥ずかしくなるような、知識をひけらかした月並な感想などは言いたくなくなってくる。傑作とは、それを見る人に沈黙を強いるものらしい。だがマルコは、若き枢機卿に、これだけは言った。

「どれほど大きな壁画でも、それがラファエッロの手にかかると、見ている人の心が自然に安らかになりますね」枢機卿もすぐに答える。

「同感です。芸術家の性格が、その人の作品に反映しないわけがない。生前のラファエッロは、すばらしい業績を遺《のこ》した先人たちへの尊敬の念を、素直に表わした人でもあったと聴いています」

こうして、マルコにとってのローマ再訪も終ったのである。大使はローマに残し、マルコだけは、ローマを発って北上する。ヴェネツィアでは、次の公務が待っているはずだ。なにしろ、たらいまわしシステムによる空白期間は、まだ終ってはいなかったのだから。

金角湾の夕陽

ヴェネツィアでは、嬉《うれ》しい知らせが待っていた。仮病を使って呼び出したわけでもないのに、医師のダニエルが、二人が共同で始めていた作戦の結果をマルコに知らせたいがために、この親友の帰国を待ちわびていたからだ。尼僧院《にそういん》脱出作戦は、成功したのである。

まず、アルヴィーゼとプリウリの奥方の間の隠し子のリヴィアを、裕福な未亡人の「お話し相手《ダーマ・デイ・コンパニーア》」として尼僧院から外に出す作戦の第一段階が成功した。それに次ぐ第二段階は、異端裁判所の監視を欺《あざむ》くために数ヵ月間を未亡人の家で過ごすことだが、これも成功する。それも単に成功しただけでなく、副産物まで産んだ。目的はほとほりを冷ますことにあったのだが、未亡人が娘リヴィアを気に入ってしまい、作戦の第三段階にまで関与することになったのだ。つまり、ほとぼりが冷めた後にくる、ユダヤ人居留区《ゲットー》内でのユダヤの若者との結婚式にまで、花嫁の介添として参列してくれることになったのである。

そして、ことは早目に既成事実にしておくべきという医師ダニエルの忠告を容《い》れて、楽師ダヴィデとリヴィアの結婚式も、ユダヤ人居留区内だからユダヤ式なやり方で、すでに終ったというのであった。

そのすべてを医師から告げられたときにマルコの胸を満たしたのは、安堵《あんど》というか何というか、心からの喜びであった。ユダヤ人の医師は、そのすべてを話し終った後に、リヴィアからの手紙も渡した。そこには、マルコに対する娘からの深い感謝の想《おも》いがつづられていた。

その翌日マルコがやったのは、まず初めに、自分が口座を持つヴェネツィアの銀行に行き、そこにリヴィア名義の口座を作り、その口座に相当な額の金額を振りこんだことである。親友アルヴィーゼの遺児の嫁入り資金、のつもりだった。

その足で香水屋に向う。女に香水を贈るのは、その女に花束を贈ることでもある。

香水屋の女主人は、もはや顧客になっているマルコを慣れた物腰で迎えたが、マルコの、若い女に似合う香水を調合してほしいという要望にはちょっとだけ変な顔をした。それでも、若い方ならばと言いながら、白百合《しらゆり》と紫色のすみれに少しだけアンブラをたらした香水を調合してくれる。マルコはそれを、ムラーノ産のクリスタルのびんにつめてもらう。だが同時に、彼が「オリンピアの香り」と名づけているいつもの香水も購入した。香水屋の女主人が抱いたらしい、オリンピアから誰か他の娘に心移りしたのかという疑念を、そのままにしておきたくなかったのだ。

その夜、今度も仮病を使って、医師のダニエルを呼び出した。

「きみにはまたも、大切なことを頼みたい。これは、リヴィア名義の口座名とそこに振りこんだ金額。彼女の好きなように使え、と言ってくれ。そしてこの香水も、花を贈る代わりだと言って渡してほしい」

医師が言うには、新郎新婦は結婚式をあげた数日後に早くも、フィレンツェへの演奏旅行に発《た》ったという。マルコの次の公務への出発は、三日後に迫っている。しかも次の公務から帰国するのは、いつになるかわからない。それで、二人がヴェネツィアにもどってきたときに、この二つを渡してくれと医師に頼んだのだ。医師は快諾した。ただし、花代わりに香水を贈るなんて、ヴェネツィア男はさすがに洒落《しやれ》ていると軽口は言いながら、ではあったが。

まったく、次の公務から帰るのはいつになるかわからない、というのは噓《うそ》ではなかった。今度の公務は、これまでの出張とは性質がちがっていたからである。

これまでにマルコが経験した外国出張は、ドイツにいる神聖ローマ皇帝でもパリにいるフランス王でもマドリードにいるスペイン王でも、相手の君主が求めるヴェネツィア海軍の参戦を、ヴェネツィアの国益を頭に置きながらいかに巧みに、つまり相手側に不快感を起させないように注意しながら、結局は拒否の回答をすることにあった。ところが今回はちがう。コンスタンティノープルに発つマルコに課された任務は、トルコのスルタンとの間で講和を結ぶことにあったのだ。トルコとの交渉が、他国とは段ちがいに複雑で困難なものになるのは覚悟するしかなかった。

まず、トルコとの講和は、トルコ側が望んだのではないことだ。ヴェネツィアが望んでする交渉になる。領土型の国家であるトルコは領土の拡大にしか関心はないが、交易で生きているヴェネツィアには市場と経済基地の確保が至上命題になる。

難事の第二は、交渉は極秘裡《ごくひり》で進める必要が絶対にあったこと。トルコはイスラム教の国だが、ヴェネツィアはキリスト教徒の国である。そのヴェネツィアが異教徒との間に友好条約を結ぼうものなら、キリスト教世界への裏切りと非難されるのは眼に見えていた。

フランスも、トルコとは同盟関係にある。だが、それには実利はほとんどない。なぜならフランスは領土イコール耕地のような国だから自給自足は充分に可能で、他国の存在が必要不可欠な交易立国ではない。フランスだってトルコと同盟しているではないか、と言われても、ヴェネツィアにはまねできることではなかった。フランスも、領土型の国という点では、トルコやスペインと変りはなかったのだから。

このような事情があって、トルコ側との交渉には、十人委員会は最良の人材を送ると決める。しかも極秘裡に進める必要から、政府の要職にある人物を送ろうものなら、フランスやスペインに知られる危険がある。たらいまわしの間にできた空白期間中のマルコにその任務がまわってきたのも、当時の彼の立場が元老院の一議員にすぎないことにあった。もちろん、この難事でもまかせることのできる、能力の持主との評価が定着していたこともある。トルコ駐在の大使には、ベテラン中のベテランを派遣するのが常のヴェネツィアだ。コンスタンティノープルにいる大使と密接に協力しながら交渉を進めるマルコの立場は、言ってみれば、ヴェネツィアの国政を実質的にリードしている十人委員会の一部を、その意味するところは隠しながら現場に張りつけるために送り出した、というようなものであった。

ゆえに、パスポートにあたる身分証明書にも、元老院議員、としか記されていない。ちなみに、十人委員会を構成するのは十七人だが、元老院には二百人以上の議員がいた。

コンスタンティノープルを訪れるのは、マルコにとって四度目になる。三回までは、アルヴィーゼがいた。四度目は、彼はもはやいない。それに、一元老院議員の訪問でしかない。港にも、大使館からの出迎えはなかった。でも、ヴェネツィア大使館はどこにあるかはわかっている。そこへの道を一人で行きながら、マルコの頭の中には、文書にはできない十人委員会の極秘決議が入っていた。

外交は駆け引きでもあるので、それを締結まで持っていくには、どこまでの譲歩ならば可能であるかを決めておく必要がある。マルコの頭の中に入っていたのは次の二事。

「もしもスルタンが、現在はヴェネツィアの領になっている地の割譲を要求した場合には、交渉の直接の担当者である貴下に十人委員会は、ナウプリオンかマルヴァジアのうちの一つの放棄を認める。
だが、もしもスルタンが、さらにそれ以外の地の割譲までしなければ講和の調印はしないと言った場合は、貴下にはこの二つともの放棄の自由は認める」
これで締結まで持っていけた場合でも、放棄する代わりに何を得るかは、マルコの腕しだいなのであった。

大使館に着いた後で行われた大使からの報告で、一年以上も極秘裡でつづけられてきた交渉は、暗礁《あんしょう》に乗りあげていることがわかる。この状態はヴェネツィアでもわかっていて、その打開に送られたのがマルコであり、マルコが頭の中にたたきこんできた、十人委員会が決めた最終的譲歩、であったのだった。翌日から、スルタンの代理役の宰相との会談が始まることも決まった。

一年以上も交渉してきながら同意に達せなかったくらいだから、マルコの到着で状況が一変するわけがない。なにしろ相手は、領土の拡大だけが関心事で、その領土の活用までは考えない国なのである。ナウプリオンもマルヴァジアも、ギリシアのペロポネソス半島の東側に位置する港町である。ヴェネツィアはこれまで、海軍の寄港地と経済活動の基地として使ってきた。この二つの地ともがトルコ領になっても、海運国でもなく交易商人の国でもないトルコが、今以上に活用できるはずはない。ほぼ確実に、ヴェネツィア領になる以前にもどって、漁村でしかなくなるだろう。

しかしマルコは、ここはもうトルコ人の領土欲を満足させるしかないと決める。大使も同意見だった。

講和は締結された。ナウプリオンとマルヴァジアの二つの港町を、放棄することによって締結にまでこぎつけたのである。

ただしマルコは、次の三つのこととの実現は強く要求し、その要求は、スルタンのスレイマンも受け入れた。

一、トルコ帝国全土における、ヴェネツィア人の経済活動の完全な自由と身の安全の保証。

二、放棄すると決まったナウプリオンとマルヴァジアにあったヴェネツィアの商館《フォンダコ》は、今後とも置かれつづけること。

三、今ではスルタンの臣下になっているイスラムの海賊たちによる、ヴェネツィア船への襲撃を禁止すること。

この三つ目の保証だけは、ヴェネツィアは楽観していなかった。結局はヴェネツィア海軍による、商船団の警護はつづけるしかないだろう、とは思っていたのである。それでも、一応にしろスルタンが禁じたことである以上は、襲撃してきた海賊を捕えた場合でも、スルタンの臣下としてではなく、単なる犯罪人として処刑できることにはなったのだった。

また、大帝と呼ばれていたスルタンのスレイマン一世は、中東から中近東に、さらに北アフリカにまで広がる大帝国の君主であり、その勢いにのってヨーロッパの東方にまで侵略を始めていた人である。すでにハンガリーは手中にし、オーストリア公国の首都ウィーンにまで迫っていた。ゆえに、領土型の国家の君主の典型と言ってよい。

領土型の国家の指導者にとって、領土を拡大するくらい、占めている地位を確かなものにすることもないのである。なぜなら、この種の国に住む人々自身が、領土を拡大するくらい指導者の能力を示す計器もないと信じており、それをやり遂げた指導者を強力に支持するようになるからだ。ゆえに、この種の国のリーダーが領土を放棄することはほとんどありえない。放棄したとたんに、国民の彼への支持が落ちるのは確実であったのだから。

スレイマンは、戦争もしないで二つの町を獲得できたことだけで満足した。その彼にとって、トルコ領になった二つの町にヴェネツィアが商館を置きつづけることなど、どうでもよい些事《さじ》でしかなかったのだ。

マルコの任務は、成功裡に終ったことになる。ただし相手に、領土欲を満足させることによって。イタリア語でも、名を捨てて実を取る、という言い方はあるのだった。

講和の交渉中は神経の休まる暇もなかったマルコだが、それもすべて終った最後の日、一人でベヨグルーを訪れた。

トルコ語では「君主の息子」の意味の「ベヨグルー」という地名は残っていた。だが、この名の由来になった、アルヴィーゼ・グリッティの広壮な屋敷は廃屋と化していた。

すべては略奪されていた。豪華だった家具も敷物も、わざわざヴェネツィアから取りよせた厚地の絹のカーテンも、天井に波のようにひだを作って張られていた薄いヴエールのような布地も、すべて奪い去られていた。

窓から見える金角湾の眺めだけは昔のままだったが、今では開いたままの窓から小鳥が行き来するだけ。この屋敷の中で生きているのは、風と鳥とあちこちにはびこった雑草のみ。広大な庭の中にある池のほとりに、柳の木だけは残っていた。

マルコは、その柳の下に立つ。この樹《き》の下に、非業《ひごう》の死をとげた愛する男の頭部を、プリウリの奥方だったリヴィアが、肩にかけていたレースに包んで埋めたのだった。その後残された女人はヴェネツィアにもどる船がエーゲ海まで南下したとき、わたくしが生きていくところはアルヴィーゼのいるところにしかないと書いた置き手紙を残して、ギリシアの海に身を投げたのである。

その柳の下に、マルコは、持ってきていた一通の手紙を埋めた。それは、愛を貫きとおした男と女の間に生れた娘が、無事に尼僧院を出て望みどおりにユダヤ人の楽師と結婚できたことを、マルコに伝えてきた手紙だった。

それを柳の下に埋めながら、マルコは心の中で、幼な友達だったアルヴィーゼに言っていた。

「まったく、きみの娘としか言いようがない。よりによって、ユダヤ人と結婚したいと決めて実行したんだからね」

出港は、風の都合で夕暮になった。夕陽の下の金角湾は、やはり美しかった。船上から船着き場を行き来するトルコ人を眺めていたマルコは、その中にアルヴィーゼの姿を見たような気がした。だが、すぐに首を振って打ち消す。ただもう、このトルコ帝国の首都には来たくない想いにはなる。廃墟《はいきょ》と化したベヨグルーの屋敷を、その中に一本だけ残っていた柳の樹を、もう一度眼にするのはあまりにも哀《かな》しかった。

夕陽を全身に浴びたコンスタンティノープルは、船の上に立ちつくしているマルコの視界から少しずつ遠ざかっていく。それを見ながら、マルコは考えていた。

今から三百年以上も昔になる一二〇四年、彼の先祖のエンリコ・ダンドロは、このコンスタンティノープルに勝利者として乗りこんだのだ。そしてあの時代から、ヴェネツィア共和国の黄金時代は始まったのである。ここを本拠にオリエント中に経済の拠点網を張りめぐらせ、地中海世界では敵無しと言われた海軍力を持ったヴェネツィアにとっての高度成長は、あの時代から始まったのであった。そして、当時は元首《ドージェ》だったエンリコ・ダンドロは、地中海の女王とまで言われた時代のヴェネツィアを象徴する存在であったのだ。

あれから三百五十年、ダンドロ家の血をひく自分に課された責務は何だろう、とマルコは自問自答する。

もはや最盛期は過ぎたヴェネツィア共和国を、それでもまだある経済力と海軍力を活用しながら、静かに穏やかに、それでいてヴェネツィアらしい華やかさは保ちながら、ゆっくりと衰退させていくことにあるのではないか、と。

人の能力は、持っているだけでは充分でない。それが、その人が生きる時代に役立つものになって初めて、発揮されたと言えるのである。

マルコが帰国したときには巻き起っているにちがいない、トルコとの単独講和へのヨーロッパ各国からの非難は、今は考えないことにした。一国ごとに巧妙な外交で非難をかわす能力は、ヴェネツィアにはまだある。国の方向の転換は、いまだ国力があるうちに手をつけなければ、成功は望めないのだった。

帰国したマルコを待っているのは、以前と同じ十人委員会の席のはずだ。慣れ親しんだその席に坐《すわ》りながら、かたまってきた政略をどうやれば実現にもっていけるかを、マルコは、ヴェネツィアに向う船旅の間に考えていた。

時代の変化

コンスタンティノープルに滞在していた一ヵ月余りは、講和の交渉にばかり費やされていたのではない。今は亡《な》き親友の旧居を訪れたのも、それをすべて終えた後の一日だけだ。それ以外のすべての時間を、マルコは、このトルコの首都の観察に費やしていたのである。そして大使館にもどるやトルコの事情に精通している大使と、情報なり意見なりを交わしあうことで、政略《ストラテジア》をかためていったのだった。

トルコ帝国は、伝統的に陸軍で持っている国である。それで今後もつづくならば、海が「道」になっているヴェネツィアの脅威になる度合いは少ない。いかにウィーンにまで迫る勢いでも、あくまでもそれは陸軍による陸伝いの侵攻なのだから。ところがトルコは、最近とみに、海へも手をのばし始めてきたのだった。

しかし、海運の伝統のない国には海軍は生れない。陸上では兵士を多く集めれば戦力になるが、海軍は技能集団でもあるので、一朝一夕にはできないのだ。スルタンのスレイマンはこの欠陥を認め、その欠陥を解消するのに、海賊を利用することを考えたのだった。

海賊の首領たちには、もはやトルコ帝国の一部になっているアルジェの太守とかチュニスの太守とかに任命することで公的な地位を与える。その代わり、海戦になれば彼らも召集して、トルコ海軍に組み入れるというやり方。このシステムは、まず、スルタンのトクになる。陸上戦力に比べて海上戦力はカネがかかるのだ。また、海賊たちにも利点はあった。海賊のままならば単なる無法者だが、太守になればトルコ帝国の公人に変るのである。

こうして、シェアする側もされる側もメリットのあるこのシステムは成功する。トルコ海軍の首脳陣のほとんどが、海賊の首領たちで占められるようになった。商人を装《よそお》いながらマルコが観察したコンスタンティノープルの港に停泊中の船員たちの交わす言語が、トルコ語よりも断じて高い割合でギリシア語やアラビア語であったのが、その現状を実証していた。海賊の多くは、トルコに征服されたギリシア人やアラブ人であったのだから。だがこれで、陸軍国でしかなかったトルコは、海軍国にもなりつつあったのである。

しかし、自力での向上が無理ならば他力を活用する方式で成功したのは、トルコだけではない。神聖ローマ帝国の皇帝でスペイン王でもあるカルロス五世も、この方式で行くことで、海軍のなかったスペインに一応にしろ海軍力を与えた人である。ただしこちらは、傘下《さんか》に加えたジェノヴァの男たちを傭《やと》い入れることによって。

地中海の中央に突き出ているのがイタリア半島だが、その北東部にあるのがヴェネツィアで、北西部に位置するのがジェノヴァ。ヴェネツィアが前にする海はまずはアドリア海だが、ジェノヴァの前に広がるのはただちに地中海につながるティレニア海。両国とも、中世後期からルネサンス前期に至るまでの間、地中海を股《また》にかけて活躍したイタリアの四大海洋都市国家の生き残りであった。アマルフィが退場し、ピサも脱落した後に、ジェノヴァとヴェネツィアが残ったのだ。

しかし、十六世紀に近づく頃になると、ジェノヴァの勢いが衰えてくる。原因は四大有力家門が二派に分れて争っていた国内事情にあるのだが、これもまた真の敵は自分自身、とする真理の好例になる。結果として、船乗りの技能ならばヴェネツィア人をしのぐとさえ言われていた、ジェノヴァの海の男たちは失業してしまう。また、ヴェネツィア人ほどの愛国心まではないジェノヴァ人には、他国の王の下で働くことへの抵抗感も少なかった。コロンブスもジェノヴァ人だが、スペインの女王イザベラの援助であの偉業を実現している。コロンブスと同時代の他のジェノヴァ人も、精神的には同じであった。大西洋に乗り出したのはコロンブスだが、アンドレア・ドーリアもスペイン王カルロスの下で、地中海最高の海将の名声を得ていたのである。

だが、これが当時のジェノヴァの海の男たちならば、カルロスがその彼らを、傭い入れることで活用しようと考えたのも当然である。

要するに、トルコは海賊に公的な地位を与えることで、スペインはジェノヴァ人を傭い入れることで、本来的には領土型国家であるこの二大強国ともが海上戦力の増強に成功したのが、十六世紀の地中海世界なのである。

しかしヴェネツィアは、この二国のまねはできない。海賊に公的な立場を与えることなどできず、他国人に自国の海軍を託すこともできない。

ヴェネツィア共和国の海軍は、もはや一国だけではトルコに勝てなくなっていた。それでもいまだに、地中海最強の海軍である。だが、このヴェネツィアの泣きどころは、領有する土地は狭く、そこに住む人間の数も少ないところにあった。
これがヴェネツィアの現実ならば、それをどうすれば打開できるか。

帰国するなり十人委員会で行ったマルコの、帰任報告とそれを基にした問題提起はこの点にあった。マルコはそれを、次の言葉で終える。

「これからのヴェネツィアは、勝つことはできなくても負けないことはできる、を目指すしかありません。その手段の一つが、可能なかぎり中立を保持し、可能なかぎり戦争に訴えないことです。

ヨーロッパの国々の間では戦いが多発し、これからもヨーロッパは、ますます、宗教を大義名分にした戦乱の地になっていくでしょう。その流れにヴェネツィアが飲みこまれないことが、われわれが目指す最高の目標にならざるをえない。なぜなら、それこそが『ヴェネツィア共和国《セレニッシマ》』の独立と繁栄を、今後とも維持していくための唯一《ゆいいつ》の方策であるからです。

そのためには、わが国の海軍力の増強は、つまり今後とも地中海世界最強の海軍を持ちつづけていくための努力は欠かせない。海軍は、ヴェネツィアの国益がかかった場合に効力を発揮する、最上のカードでもあるからです」

議長席に坐《すわ》っていた元首《ドージェ》のトレヴィザンが、珍しく発言した。

「他国が軽視しようにもできない海軍力を維持したうえでの、中立の堅持ということだね」

それにうなずいたのは、マルコ一人ではなかった。マルコが求めた「アルセナーレ」の強化策、アルセナーレという言葉だけで他国の人々にまで通じたヴェネツィアの「国営造船所」の強化策を、十人委員会は一致して採択したのである。国法にすることで、これは以後もつづく国の基本方針になったということであった。

こういうわけでマルコと、そのマルコとは緊密な協力関係にある秘書官ラムージオが討議するとなると、必ず二人の前にはアルセナーレの精密な地図が置かれるようになった。なにしろ強化策とは、まず初めに、すでにあるものの、つまりストックの、さらなる活用にあるのだから。それがマルコとラムージオの当面の仕事になる。

中世、ルネサンスの時代を通じてイタリア半島の東岸を洗うアドリア海は、地図上でも「ヴェネツィアの湾」(Golfo di Venezia)と記されていた。古代の呼び名であった「アドリア海」よりも、より知られた呼び名であったのだ。

また、この同じ時代、長靴を思わせるイタリア半島には、海岸線ともなれば数珠《じゅず》つなぎのように「サラセンの塔」と呼ばれる砦《とりで》が立ち並ぶのも見慣れた風景になっていた。だがそれも、アドリア海を北上していくにつれて見られなくなる。ヴェネツィア共和国の制海圏に入っていくからだった。

「サラセンの塔《トッレ・サラチェーノ》」の役割は、北アフリカから襲ってくるイスラムの海賊船を見るや住民たちに知らせ、彼らを山奥に逃がすためにある。イスラムの海賊は、財宝を奪うだけでなく人間も拉致《らち》する。イスラム教でも同信の徒の奴隷《どれい》化は禁じていたが、異教の徒の奴隷化は禁止されていなかった。キリスト教世界でも同じようなものだったから、どっちもどっち、ではあったのだが。人権尊重の精神の高まりを受けて、どの宗教を信じようと奴隷化はならぬ、と決めるのは、これより三百年後の話になる。異教徒を拉致し奴隷にできたこの時代の海軍とは、海の上で敵と闘うためだけにあるのではない。もともとは、自国の民の安全を保証するために生まれたのだった。

アドリア海に「サラセンの塔」がほとんどないのは、ヴェネツィアには、海賊などは寄せつけないくらいに強力な海軍があったからである。その力をさらに強化する。どのように、何を目的に。外交は他国の思惑を抜きにしては進められないが、安全保障は自力でやれる。具体的にはそれは、国営造船所《アルセナーレ》の再編成とその強化であった。

そしてこれは、ヴェネツィアの歴史であり伝統でもある以上、貴族階級内にひそむ守旧派とて反対はできない。彼らを黙らせながら中立堅持には不可欠な、海軍力の強化を実現していく。

とはいえそれは、ヴェネツィア一国だけでも勝てる戦力までの強化、ではない。マルコの考えは、もっと現実的なところにあった。ヴェネツィアが参戦するかしないかによって勝敗が分れる海軍を持つこと、にあったのだから。

ユダヤ人居留区でも周囲を壁で囲んでいないヴェネツィアの中で、「アルセナーレ」だけは高い石壁で囲まれていた。理由は簡単で、軍事施設でもあったからだ。当然、機密も詰まっている。

一辺が二キロ前後の土地を占めるのはすべて造船関係の建物で、この内部で働く技師や職工の数も、平時でも一万五千。戦時となると二万人に増える。帆の縫製のための女工たちも働いていた。

造船所の内部はすべて、今風に言うならばベルトコンベアー式に構成されており、船体が出来た後は隣のドックに引かれて、あらかじめ規格どおりに作られている部品を次々と設置していく工程に入る。

ガレー船の場合は櫂《かい》を積みこむ作業がそれにつづき、帆を積みこむのが終れば船体は完成する。

すべては流れ作業で一貫しているので、進水に至るまでの時間が短縮できるだけでなく、船そのものの「質」も維持でき、「数」のほうも増えるという製造方式になっていた。

これが、十三世紀にはダンテが感嘆し、十八世紀になってもゲーテが賞讃《しょうさん》を惜しまなかった、ヴェネツィアの「国営造船所《アルセナーレ》」である。こうも長い歳月、ヨーロッパでは最大の規模で、しかも最も効率的に運営された工場であった。

しかし、どれほど完璧《かんぺき》に作られた組織でも、長い間には不都合が出てくる。時折の修正が必要なのはそのためだが、マルコとラムージオが手がけたことの一つが、ガレー船と帆船の建造工程を別離することと、火器の使用がますます増えている時代、大砲と火薬を積みこむ工程を特別のドックに分けたことだった。

これによって、一ヵ月に百隻《せき》の船の進水も、理論的には可能、になる。それ以上の改革には、踏みこまなかった。ヴェネツィアにはヴェネツィアなりの、つまり人々が慣れ親しんでいる、伝統があるからだった。

「アルセナーレ」（造船所）とは呼ばれていても国営ではあるのだが、そこでは軍船ばかりを作っていたわけではない。

もともとからしてヴェネツィアでは、軍船と商船の区別ははっきりしていない。あったとしても、船荷を積んでいるかいないか、でしかなかった。

人的モーターのついた船、と言ってもよいガレー船ともなると全乗組員の半ばを越える漕《こ》ぎ手が必要なので、いきおい人件費は高くなる。それで、ガレー船を商船として使う場合は、積みこむ荷も、胡椒《こしょう》を始めとする香味料や高級織物や宝石などの、値の張る品を運ぶのに使われた。

一方、黒海沿岸からの小麦やイギリス産の原綿のように安価な品を運ぶ場合は、乗組員が少なくて済む帆船が使われる。

また、ヴェネツィアでは商船でも、ガレー船ならば十隻前後、帆船でも五隻で、船団を組んで航行する。そしてこの船団には、平時でも二隻の軍用ガレー船が護衛につくのも慣例になっていた。その理由は、海賊対策につきる。スルタンとは友好条約を結んでいても、その臣下であるはずのイスラムの海賊は、このようなことには配慮してくれなかったからである。

また、軍船と商船を同じ造船所で建造していたのには、ヴェネツィアならではの事情がもう一つあった。

商用の航行中でも、ヴェネツィア領の島が攻撃されているとなると、その海域担当の軍船団が駆けつけるのは当然だが、近くを航行中の商船までが召集されるのは珍しくなかった。船長以下の全員にはこれに従う義務があり、海上法にも明記されている。それでも苦情が出なかったのは、商用であろうとその安全はヴェネツィアの海軍力にかかっていることを、最下層の船員である漕ぎ手までが理解していたからだろう。

そして、商船でも軍用に転用される場合もありうるのがヴェネツィアの商船である以上、商船の乗組員の構成も政府が決める。これは軍船の場合でも同じだったが、一船あたりの乗船員の構成は次のようになった。

船長一人に副船長も兼ねる書記が一人。

舵取《かじと》りや帆の上げ下げを担当する船乗りが八人。

溶接工が二人に船大工も二人。

調理人が一人に、長い航海の場合は医師が一人。

石弓兵という名の戦闘要員が四十人。

そして、人的モーターであり海兵の役割も兼ねる漕ぎ手が、船の大小によって変ったが、百二十人から百八十人にもなる。これだけの人間を、長さは四十メートルはあっても幅は五メートルもない船に押しこむのだから、居住環境などは薬にしたくもない。だが、これだけの人員を乗せていなければ、ヴェネツィアでは「ガレー船」とは見なされなかった。これを、人的にしろモーターづきゆえ航行日程も予定できるという理由で商用にも使っていたのだから、高額の商品でも運ばないことにはワリに合わない話であったろう。

そのうえ船長でさえも、ヴェネツィアでは区別されなかった。軍船の船長のほとんどが、貴族であったことはわかる。率先してリスクを負うのがエリートの責務、であったのだから。

だがヴェネツィアでは、商船の船長でも貴族が珍しくなかった。いざとなれば軍船と協力してことに当る必要から生れた、長年にわたってつちかわれた知恵であったのかもしれない。商船の船長を長く務めた前歴のある、元首《ドージェ》もいた。もともとからしてヴェネツィアの言葉では、艦長と船長の区別はない。いずれも、「カピターノ」と呼ばれていた。

このように、ヴェネツィアならではの事情があって、マルコとラムージオの二人による海軍の改革は小規模で済んでいた。そして、必要になったら変える、の「必要」

は、まだ眼前には迫ってきてはいなかった。マルコには再び、いつもの日常がもどってきたのである。と言って、忙しいことでは変わりはなかったのだが。

いかに政府の要職にあるとは言っても、そこはルネサンス時代のヴェネツィアのこと。マルコも、いったん元首官邸を後にすれば、その日の残りをどう使うかは自由だった。

ヴェネツィアの芸術家《アルティスタ》　一

ティツィアーノ邸での宴会に行くことになったのは、アルド出版社主催の集いで知り合った、フィレンツェ人の歴史家ヴァルキに誘われたからである。この人も、メディチ家の下で君主国に変ったフィレンツェを嫌ってヴェネツィアに逃げてきていた反メディチ派の一人だった。ただし父から莫大《ばくだい》な遺産を相続していたので、亡命生活も不都合はなかったらしい。画料の高いことで知られていたティツィアーノに、肖像画を描いてもらったくらいだから。

マルコは、このフィレンツェ男に好感を持っていた。この人もまた「ウマニスタ」と呼ばれていた教養人に属すが、歴史家というだけあって観察力が豊か。それに加えて、ユーモアとアイロニーの持主でもある。ユーモアとアイロニーが合体すると、

「人が悪い」になる。「憎めないが人は悪い」は、フィレンツェっ子の特質でもあった。

ティツィアーノの家までの道を、同世代と言ってよい二人は話しながら歩く。

「ティツィアーノに描いてもらったとは豪勢だ。あの画家は、画料はずば抜けて高いというだけでなく、そうそう簡単に引き受けないとも聴いている」フィレンツェ男は笑いながら応じる。

「いや、実際はそれほどでもない。彼とて芸術家《アルティスタ》であって、商人《メルカンテ》ではない。と言ってもやはり、いかにもヴェネツィア的な芸術家ではあるけれど」と言った後でつづける。

「あなたも知っていますよね。ヨーロッパ最強の君主ということでは誰も異論のない皇帝カルロスが、わざわざアウグスブルグまでティツィアーノを招いて、マドリードに来て宮廷画家にならないかと要請したことを。

最高権力者の許《もと》での宮廷画家になれば、まず、経済的に安定する。それに、社会的地位も保証されるし、名声も高まる。にもかかわらずティツィアーノは、ヴェネツィアで仕事するのが自分には合っている、と言って断わった。カルロスはそれでもあきらめずに要請をくり返したそうだが、ティツィアーノの答えは変らなかったという。

それでいながらスペイン王室のティツィアーノ好きは、カルロスの後を継いだフェリペ二世にも伝染したのだからスペイン人もしつこい。宮廷画家は拒否されても、肖像画の依頼は以前と変りなかったというのだから。

というわけでティツィアーノはフリーの芸術家でありつづけることになったが、ティツィアーノもヴェネツィア男です。フリーでいながら作品の質を保証するには、財政基盤がしっかりしている必要は知っている。それで、画料を高くしたのだ」

マルコは、フィレンツェ人によるこの分析が面白くて笑い出してしまう。それに気を良くしたのか、ヴァルキはつづける。

「と言っても、すべての作品の値を均等に上げたのではない。格差をつけたのですよ。高く払わせる順からあげると、第一には新興成金がくる。成金になった理由が金貸しでも何でもかまわない。この人々は、皇帝や王や法王の肖像画を描くティツィアーノに自分も描いてもらいたい一心で依頼するのだから、高い画料でも喜んで払う。

第二は、その皇帝や王や法王たち。最も有効な宣伝になるのはこのクラスに属す人たちを描くことだが、この人々ともなると画料でも自分のふところから出るわけではない。ならば、高く要求されても痛くもかゆくもないわけだ。

次にくる第三の人々だが、具体的には枢機卿《すうきけい》や王の高官たちになる。ティツィアーノの才能をほんとうの意味で理解しているから描いてくれと依頼する人々なので、芸術家にとっては、おそらく最も嬉《うれ》しいクライアント。それにこの人々は、画料はポケットマネーで払う人でもある。だからティツィアーノも、この人々には画料も安くしてあげるわけです。

そして最後が、わたしのような人種。肖像画を描いたことがそのまま宣伝になるような、有名人ではない。だがわれわれには、ペンで書くことで宣伝する才能はある。典型は、辛辣《しんらつ》な評論家として知られるピエトロ・アレティーノですね。

というわけで、巨匠《マエストロ》はわれわれにはさらに安くしてくれる。わたしのときも、想像していたほどは高くはなかった」

しかし、とフィレンツェの歴史家はつづける。

「しかし、このティツィアーノのほんとうに偉いところは別にある。画料の多少にまったく関係なく、描くとなると全力を投入するところです。依頼主が金貸しでも、絶対に手を抜かない。新興成金でも皇帝でも、枢機卿でもわたしのようなウマニスタでも関係ない。眼の前にいるその人を最上の技能で描き出すことだけが、彼にとっては最も重要なことになる。つまりティツィアーノは、画料には格差をつけるけれど、芸術家としての意欲には、格差はつけないということだ。あなたならどう考えます」

マルコも、笑うのはやめてまじめに答えた。

「依頼者は、全員がその出来に満足する」

「そう。全員が満足するのです。だから全員が、言われた画料も喜んで払う」

愉快なおしゃべりを愉《たの》しんでいるうちに、二人はティツィアーノの家の前に着いていた。

ティツィアーノの住まいは、外から見るだけではヴェネツィアの中クラスの家と変らない。だが、扉を開けた向うに広がる内庭は相当に広く、その内庭を囲む建物の一辺は小運河《リオ》に面しているので、陽光も充分に入る。住み心地が良いだけでなく、画家のアトリエとしても適しているにちがいない。

しかもこの建物全体がティツィアーノの仕事場と住まいで占められており、ヴェネツィアの中心部でこれだけの広さの家を持てるのも、画家は、自らの才能一つで成し遂げたのであった。

このティツィアーノ邸での宴《フェスタ》は、アルド出版社のそれが教養人たちの「集い」であれば、こちらは完全な「パーティ」。何から何までが、多量で派手で豪華なのである。

料理も葡萄酒《ぶどうしゅ》も、ヴェネツィアで手に入るものの最上の品が並び、窓の外の運河からは、ゴンドラに分乗した楽師たちの奏する楽の音が、風に乗って入ってくる。場を華やかにするのが仕事の高級遊女《コルティジャーナ》たちはいずれも美しく、ヨーロッパの流行の発信地であるヴェネツィアの女にふさわしく、華麗な衣装でまるで花咲く園《その》のよう。

客たちも多種多様で、僧衣のすそを長くひく高位の聖職者もいれば、色とりどりの短衣《ジャケット》にぴたりと脚に吸いつくタイツという流行の先端をいく服で伊達者《だてもの》を気取る、詩人や建築家や画家や貴族の御曹司たち。そのうちの幾人かはアルド出版社の集いでも見かけた顔だったが、今夜の彼らは見ちがえるくらいに派手な服を着けている。地味な服が好みのマルコは、今夜も、白いレースが首もとと袖口《そでぐち》を飾るだけの濃紺の短衣と同色のタイツ姿だったが、そのほうが目立ってしまうくらいだった。

すべてが色彩の洪水という感じのこの宴《うたげ》全体が、もしも誰かが「止まれ」と命令してそこで静止したならば、それ自体で、ヴェネツィア派の画家たちが好んで描く、大画面いっぱいに描かれた絵画になったろう。

主人役のティツィアーノは、年の頃は七十歳近くか。その年になっても美男だが、多言の人ではない。話すのはもっぱら相手で、彼自身は話す相手の顔をじっと見ている。ヴァルキがマルコを「ダンドロ殿です」と紹介したときも無言でマルコを見ているだけなので、話を継ぐのもまたヴァルキになる。

「ダンドロ殿も、マエストロに肖像画を描いてもらってはどうですか」それをマルコが言い継ぐ。

「若い頃にロレンツォ・ロットに描いてもらったことがあるのです」ここで初めて、ティツィアーノは口を開いた。

「ロレンツォは、肖像画を描かせれば相当な腕の持主だ」

これがその夜、マルコとティツィアーノの間に交わされた唯一《ゆいいつ》の会話だった。マルコも、ティツィアーノが描いたアルヴィーゼ・グリッティの肖像画が、元首《ドージェ》グリッティから遺贈されて今では自分の家にあることも言わなかった。だが、ロレンツォ・ロットに描いてもらえと勧めたときに、アルヴィーゼが言った言葉は思い出したのだ。

「腕は立つんだが、商売のしかたが下手なんだ」

同じヴェネツィア派の画家でありながら、ロレンツォ・ロットとティツィアーノのちがいは、十年後に再び会ったときに思い出すことになる。

華やかなパーティを愉しんだ後、帰路もヴァルキと一緒になった。フィレンツェの良家に生れたベネデット・ヴァルキだ。連れてきたマルコを一人で帰すような礼を失する振舞いはしない。それで二人はともに帰路についたのだが、ああも豪華な宴会を催すのだから高い画料も当然だ、と言ったマルコに、フィレンツェの歴史家は、何やらティツィアーノの弁護人にでもなったような口調で話し出す。

「ティツィアーノは、稼いだカネを貯《た》めこんだり、あんなふうに派手に使ったりしているだけではない。建築家のサンソヴィーノの一件は知っているでしょう」マルコはうなずく。

ヴェネツィア政府が聖マルコの船着場の一画を占める建物の改築を、フィレンツェ人の建築家のサンソヴィーノに依託したのだが、それが改築途中に崩れ落ちてしまった一件だ。政府はこれが、建築家の責任か否《いな》かを裁判で決めるとし、その間建築家は牢《ろう》に投げこまれてしまった。

これに声をあげたのがティツィアーノで、彼につづいた芸術家や知識人たちは政府に訴えた。裁判は別にして、それまでの間建築家を投獄しつづけるのは不当であると訴えたのだ。

ヴェネツィア政府も、それは聴き入れる。ただし、条件はつけた。その条件というのがいかにも経済人の国ヴェネツィアらしく、建築家は釈放するが、自費でもう一度建て直すこと、というのであった。

フィレンツェ出身のこの建築家は、他国でも仕事ができるくらいだから、建築家としても優秀で名声も高い。だが、芸術家の仕事だけで裕福になるのは、ごく少数にかぎられる。とくに彼の場合は、まず崩れ落ちた瓦礫《がれき》を処理し、新しい建材を買い入れ、それを使って建て直していく過程すべてを、自分の費用で成しとげなければならないのだ。そこまでする費用は、彼にはなかった。完成したときは契約どおりの支払いはすると政府は言うが、完成までに要する費用は彼にはない。それでも出獄したサンソヴィーノが工事を再開できたのは、ティツィアーノが貸したからである。

おそらく、いやほぼ確実に、建築家には全額の返済までは無理だろう。ティツィアーノはそれがわかっていて貸したのだ。実際上は、贈ったのだった。

サンソヴィーノとは同国人でもある歴史家ヴァルキは、断言するようにはっきりと言った。

「ティツィアーノは、芸術家同士だから、助けの手をさしのばしたのではない。ヤコポ・サンソヴィーノの建築家としての才能を認めていたから、自分にできる方法で救済したのです。なぜならそれをやることが、ヴェネツィアの街の中心に、フィレンツェ人の感覚による建築の傑作を登場させる機会になったであろうから」

マルコも、熱意ある弁護人の弁論を聴く、裁判長のような気分になっていた。


このティツィアーノと二度目に会ったのは、なおも十年近くが過ぎた頃であったろう。夜会に招《よ》ばれたのではなく、赴任したばかりのスペイン大使を連れていく役を命じられたからである。しかもそれは、単なる同行ではなかった。

まず、いまや超大国と言ってもよいスペイン王の大使への対応には、礼をつくして当る必要がある。それもとくに、赴任した最初の仕事が王フェリペからティツィアーノへの、絵の依頼というのではなおのこと。

そして同行役がマルコになったのは、十人委員会が諜報《ちようほう》機関でもある事情によった。何であろうと超大国の大使とのつながりは、情報大国への道をますます進みつつある、ヴェネツィア共和国にとってはなおざりにすることは許されなかったのだ。

スペイン大使には、同行するのがＣ・Ｄ・Ｘの一員であることは知らされていない。建国以来の名門貴族のダンドロを同行させる、とだけ告げられていた。ダンドロの名は外国にも知られていたから、大使は、満足よりも名誉に感じたようである。

ティツィアーノ「ダナエ」
カポ・ディ・モンテ美術館蔵（ナポリ）
1.2×1.7m

パオロ・ヴェロネーゼ
「カナの婚礼」
ルーヴル美術館蔵（パリ）
6.7×9.9m

ティツィアーノ
「自画像」
プラド美術館蔵（マドリード）

ティツィアーノ
「ヴィーナスとアドニス」

A.D. MDLXXIII

DIE. X X. APR.

S.P.Q.R

ティントレット
「キリストの磔刑」
スクオーラ・グランデ・ディ・サン・ロッコ蔵（ヴェネツィア）
5.3×13ｍ

パオロ・ヴェロネーゼ
「レヴィ家の饗宴」
アカデミア美術館蔵（ヴェネツィア）5.5×13m

ティントレット
「聖マルコの遺骸の移送」
アカデミア美術館蔵（ヴェネツィア）
4×3.1m

ティントレット
「白衣のキリスト」
スクオーラ・グランデ・ディ・サン・ロッコ蔵（ヴェネツィア）
5×3.8m

ティツィアーノの家に着いた二人が通されたのは、内庭から石の階段を登ったところから始まる一階《プリモ・ピアノ》だったが、客間ではなく仕事場。画家を訪問する人ならばそのほとんどが、あの見事な作品が制作される現場を見たいと思うらしい。それでティツィアーノも、客人の地位には関係なく、アトリエで迎えるのを常にしていた。

そこは、アトリエと呼ぶのがはばかられるほどの広い部屋だった。建物の一辺すべてを占める広さで、その広い空間のすべてに、完成した作品からその習作からまだ素描の段階にあるカルトーンまでが、適度な距離を置いて並んでいる。この部屋にいるだけで、画家は、彼が描いた作品のほぼすべてを一望できることを考えて、このように並べているのかもしれなかった。

迎えたマエストロは、七十代の半ばは過ぎているはずなのに、静かではあっても鋭い眼差《まなざ》しは少しも変っていない。多言でないところも、まったく変っていない。アトリエの中ほどにできた空間に置かれた椅子《いす》に、客人を導いた。

画家が坐《すわ》る椅子からは手がとどく近さの右方に、画架が二つ立っていて、そのそれぞれに、先王カルロスと現王のフェリペを描いた素描が置かれてある。この二人とはティツィアーノは一度会っているから、その折りにでも描かれたものだろう。

話すのはもっぱら大使で、画家はそれを黙って聴いている。それでもときには口を開く。だがそれも、晩年のカルロスや今では王のフェリペの、頬に刻まれたしわや髪の色やひげの様子をたずねるだけで、それへの大使の答えを聴きながら右方に立つ画架に手をのばし、素描用の筆でところどころに手を入れる。大使の右側に坐っていたマルコはそれを正面から見ることになったが、驚嘆の想《おも》いで胸の中があふれそうだった。

ほんの少し手を加えただけなのに、二人の顔に年齢による変化を出すのに成功していたからだ。

スペイン大使は、緊張していたのだろう。主君である王が敬愛してやまない芸術家を前にして、王からの依頼をどう切りだしてよいかわからず、あせっていたのかもしれない。

それでつい立ちあがって話をつづけていたのだが、それが突如止まったのだ。一幅の絵に釘《くぎ》づけになったままで。その絵は、このアトリエに入ってきたときからマルコも気づいていた絵であった。

一応にしろ題名はついている。テーマはギリシア神話からとっているので『ヴィーナスとアドニス』。

しかし、これを一度でも見た人ならばただちにわかったろう。この絵は、愛を交わした後の男と女を描いた作品であることが。だからこの絵も、内実を正直に映したタイトルにするとしたら、『愛を交わした後で立ち去ろうとする男にとりすがる女』とするしかない。

なにしろヴィーナスは、他人には恋をさせながらも、また自らは浮気はたびたびしても、本心からの恋はしなかった「愛の女神」なのである。それが、アドニスには恋してしまう。おかげで美青年アドニスは、女神の浮気の相手であった男神マルスに殺されてしまうのだが、ティツィアーノの描く『ヴィーナスとアドニス』は、マルスの嫉妬《しっと》もわからないではない、という想いにさせてしまう構図の妙。

この絵を見ながら、マルコは、ローマを再訪した折りにファルネーゼ宮で見た、『ダナエ』を思い出していた。

縦は一メートル以上、横は二メートルもある大画面いっぱいに、全裸の女が描かれている。右の端に描かれた小さな天使以外は、『ヌード』と名づけてもよいくらいの裸身の女のみ。

あれを見たときにマルコが驚嘆したのは、何よりも、描かれている女の肌の色だった。

もうこれ以上は待てなく、あとは男を受けいれるしかないという瞬間になってはじめて表われる、燃えたつような女の肌の色であったのだ。

男は描かれていない。だが、見た人は誰でもわかる。この絵も題材はギリシア神話からとられているので、主神ゼウスが美女ダナエへの熱い想いをとげようと、黄金の雨に変身して降りそそぐ一瞬が描かれている。

だから、描かれているのは、降りそそぐ黄金の雨と、それを受けようとしている全裸の女だけ。それだけで表現された、エロティック絵画の傑作！

あのときも、その絵を前にして足が止まってしまったマルコに、ファルネーゼ枢機卿は旧知の仲ゆえの親しさで、この絵を購入したいきさつも話してくれたのだった。

「この絵は、どうやらティツィアーノは、注文されたわけでもないのに描いた絵の一つであったようです。芸術家だから、何か刺激を受けるとそれが自然に創作意欲に結びつくのでしょう。ところがこれが、ヴェネツィアを訪れたわたしの友人の眼にとまり、その人がわたしに手紙で知らせてきたのです。

それを読んで、ただちに購入を決めた。あのマエストロの作品なら、見ないでも買う価値はあると思ったので。

ただ、送られてきた作品は想像していた以上の傑作だったけれど、やはり多くの人が訪れるサロンには飾れない。わたしの居間で我慢してもらっているのです」

この最後の一言には笑ったマルコだが、あのときも痛感したのだ。ローマ法王への道を自らの意志で断《た》ったファルネーゼ枢機卿は、以後の道を芸術作品のコレクターとして生きることにしたのを感じとったのである。

ファルネーゼ枢機卿のコレクションは、ますます充実していくだろう。そして『ダナエ』は、その中の至宝になるだろう、と。

スペイン大使のティツィアーノ邸への初訪問は、一時間ほどで終った。ティツィアーノは王フェリペからの肖像画の依頼に、すぐとは約束できないがいずれ描《か》きましょう、と答えたので、大使もほっと安堵《あんど》したのである。

だが、大使とともに画家の家を後にしながら、マルコは確信していた。大使は必ず王に、『ヴィーナスとアドニス』を見たことを報告するにちがいない、と確信したのだ。

しかし、と考える。スペイン王はどうやって、あのエロティック絵画の傑作をわがものにするのだろうか、と。

世はまさに、ルターが打ちあげた宗教改革と、それに危機感をつのらせて始まった反動宗教改革の間で、火花を散らす時代に入っていた。国別に分ければ、ドイツ対スペインになる。

現に、北イタリアにあるトレントの町で、この両勢力の激突によるキリスト教世界の二分裂を回避しようとして、両派ともの宗教関係者たちを集めての公会議が開催中だった。

ただし、宗教上の考えでは真向からぶつかった感じのこの両勢力だが、ある一点においては一致していた。それは、ローマを本拠にして長いカトリック教会は堕落の極にある、とする一点では一致していたのだ。

父親のカルロスはスペインの王だけではなく、神聖ローマ帝国の皇帝でもあった。その息子のフェリペは、何よりもまずスペインの王である。反動宗教改革の本拠であることを自他ともに認め、その先兵でもある異端裁判所は、スペインでこそどこよりも猛威をふるっている。

そのスペインの王が、宗教画を依頼するのは当然の話。また自身の肖像画を依頼するのも、父王もやっていたことゆえ許容の範囲に入る。

しかし、エロティック絵画の購入はどう釈明するのだろう。どんなへ理屈を考えて、手に入れるのだろう。

なにしろ異端裁判の原動力は、キリスト教徒の信仰の清らかさを守り抜くのが自分たちに課された使命、と信じて疑わないドメニコ（神の犬）宗派の修道士たちなのだ。神の犬を自称しているあの男たちならば、いかに傑作でもエロティックな絵画は、「信仰の清らかさを守る障害になる」として断罪するにちがいない。それをスペイン王は、どうやってかわすのか。

それでもマルコは、確信していた。まだ若いフェリペ二世は『ヴィーナスとアドニス』を、いかなる手段を使ってにしろ、購入すると確信したのだ。王宮の広間にはかけられなくても、自室には飾っておくだろう。そしてティツィアーノも、そうなるのを見越して、わざとあの絵を大使が見つけやすいところに置いていたのではないか、と。

前法王を祖父にもつ枢機卿でも堂々と購入できるのがローマだが、そのローマを堕落の都と非難するスペインでは、王でさえも堂々とはやれないのだ。そのちがいが、ヴェネツィア男であるマルコには愉快だった。

ヴェネツィア人に、信仰心が薄いのではない。

あの狭いヴェネツィアなのに、教会は百を超える。そのすべてが日曜ともなれば、律義《りちぎ》な信者たちで埋まる。職業別にしろ相互援助が目的にしろ「スクオーラ」と呼ばれる組合は大小ふくめて多いが、そのすべての組合は自分たちの守護聖人を持っている。また、実際は何の骨かわからないものでも、「聖遺物」と称して参拝する。

このヴェネツィア共和国がローマとの間に距離を置くのを一種の哲学にまでしてきたのは、キリスト教そのものに対してではない。信仰以外のことにまで口出しする傾向の強い、聖職者階級に対してなのである。「聖遺物」ならば、いかに崇拝しようと害にはならない。木のかけらや骨の一片ならば、人間たちのやることにいちいち口出しすることはないのだから。

もう一つ、ティツィアーノ邸にスペイン大使を連れて行ったときに、マルコは初めて納得したことがあった。それは画家の仕事場で、習作段階でのカルロスとフェリペの肖像画を見たときに感じたのだ。

画家は、本作品にとりかかる前に習作を描く。完成した作品はすべてマドリードに送られていても、習作はアトリエに残っていた。それをマルコは、耳では大使の言葉を聴きながらも眼はそれを見ていたのだ。

カルロスは椅子に坐《すわ》った姿、息子のフェリペは立った姿で描かれている。この二人ともマルコは、外交団の一員として、一度ならば会ったことがある。

だが、肖像画に描かれた二人は、どこか、ほんの少しにしてもどこか、ちがっていた。

二人とも、理想化された姿、ではない。強いて言えば、この二人のスペインの王は、鏡に映った姿なのである。

人は、鏡の前ではごく自然に、だから無意識に、気取った姿勢になる。あごを引き、眼は相手を直視し、背筋は伸ばしている。つまり、鏡の前では、自分はこうありたい、と心中では願っている姿勢になる。

ティツィアーノは、この一瞬を描き出すのだ。だが、あくまでもそれは、「一瞬」でなければならない。虚と実の、ほんのわずかなすき間を描き出すのだから。

しかし、これでは真の姿ではないと、批判することもできない。

なぜなら人間とは面白い存在で、こうありたいと願っていた姿を現実でも維持したいと思うようになり、鏡を離れた後もその維持に努めるようになるからである。

こうして、秘めたる願望であったのも現実になる。現実の姿になってしまえば、もう理想化された姿ではなくなる。そして、単なる写実を超越した、真実の姿になる。ティツィアーノ描く彼ら自身の肖像画を見た後は、カルロスもフェリペも、肖像画に描かれたように振舞おうと努めるようになったろう。

これが、ティツィアーノ以外の画家には描いてもらいたくない、とさえ公言していたカルロスと、その父の想いを受け継いだフェリペが、このヴェネツィアの画家を愛した理由の最たるものではなかったか。

王たる身であることの意味を、常に意識しないではいられないのがこの二人であった。だからこそ、ティツィアーノによるちょっとした魔法の効用も正確に理解できたのではないか。

そして、この二人以外にもティツィアーノに肖像を描いてもらいたいと願う人は多かったが、その人々も、ただ単に大国の王を描いたと同じ画家による肖像画が欲しかっただけではなく、虚と実の微妙な間をとらえるティツィアーノの芸術《アルテ》の本質を、無意識にしろ感じとっていたのではないだろうか。

こうなると、依頼人と制作者の間には、ある種の共犯関係が生れてくる。そして、互いに口には出さないところで成り立つ共犯関係くらい、強くて長つづきする人間関係もない。


以前にローマで、そのティツィアーノが描いた自分の肖像画を見せながら、ファルネーゼ枢機卿がマルコに言った言葉が思い出された。

「これを毎日眼にすることは、わたしには必要なのです。これからもずっと、このような感じで生きていきたいと、自分に言って聴かせるためにも必要なのです」

マルコは、それを思い出しながら苦笑した。自分だって若い頃に肖像画を描いてもらった画家の言った、「あなたは佇《たたず》まいの美しい人だ」の言葉どおりに生きようとしているではないか、と思ったからであった。

ヴェネツィアの芸術家《アルティスタ》　一

それからしばらくして、マルコはもう一人の画家と知りあうことになる。今度もまた公用で、元首官邸を飾る壁画を誰に依頼するかを決めるのも、十人委員会の仕事の一つであったのだ。

その画家の名は、パオロ・ヴェロネーゼ。この画家が仕事の本拠にしているヴェネツィアでは、ヴェローナ生れのパオロ、の意味のパオロ・ヴェロネーゼの名で知られている画家である。

ティツィアーノとの年齢差は、ほぼ四十歳。だが、巨匠とのちがいは四十年という年齢差だけではなく、画風が完全にちがう。ヴェロネーゼの関心は、個々の人物よりも、人間たちの集団に向けられていた。

オペラが演じられる歌劇場での一幕、登場人物たちが一堂に会した一幕で、その全員が同時に静止した瞬間、それをそのまま切り取れば、パオロ・ヴェロネーゼ描く大画面になる。

色彩がまた、晴れ晴れしていてしかも美しい。これまで彼が描いた作品を見せられながら、マルコは思わず、そばに立つ画家に言った。

「あなたは、登場人物たちよりも彼らが身につけている衣装、それも布地に、ことのほか関心が強いようだ」

まだ若い画家は、打てば響くという感じで返してくる。

「よくぞ言ってくださった。わたしが入りびたっている場所にお連れしましょう」

連れていかれた先は、織物を製造している工場だった。整然と並ぶ機織《はたお》り機からは、リズミカルな音が軽快に響いてくる。ヴェネツィアに生れヴェネツィアで育ったマルコでも、この年になるまで知らなかった場所だった。

画家はそのマルコに、機織り機の一つ一つを説明していく。

「これは絹を、無地のカンジャンテ織りにしていく機械。その向うにあるのは、絹地でも柄物を織る機械。壁にそって並んでいるのは、ビロードの無地を織る機械で、その横の一列は、絹地にビロードの柄が浮びあがる布地を織る機械」

マルコも引きずられて、口をはさむ。

「カンジャンテとは、どういう意味かね」

画家は、まるで自分が織物職人でもあるかのように、自慢気に答える。

「カンジャンテ（cangiante）とは、光線の当り方によって色が変わって見える織り方のことです。ヨーロッパでは、ヴェネツィアでしか織られていない。だからヴェネツィア特産というわけで、以後このタイプの布地が、ヨーロッパ中を席巻することになるでしょう。ところが、この種の織物の効果に眼をつけたのは、画家のほうが先だった。レオナルドもミケランジェロもラファエッロも、そしてティツィアーノも、すでに描いている。ただその当時は織物としては完全ではなかったので、彼らはひだを描くうえで生れる陰影で表現していた。

しかし今では、実際に布地を見たり手でふれたりすることができるのです。そしてわたしは、カンジャンテ織りの美しさを描いていきたい。絵全体の与える印象が、一段と豊潤になるからです」

そう言いながら画家は、織りあがって巻物で置かれてある布地をとりあげ、それをぱあっと開いて自分の肩からかけて見せた。

「カンジャンテ（玉虫状）の布地の美しさは、量にある。大量に使ってこそ、カンジャンテの特質が活《い》きてくる。ビロードでもカンジャンテ織りにすると、立体感が断じてちがってくるでしょう」

そう言った画家は、そばにあった布地の中からビロードの一巻きをとり出して、それをマルコの肩に、仕立て屋でもあるかのようにはおらせた。

マルコが驚いたのは、そのしぐさではなく、肩から降りてくるそのビロードの色だった。ビロードは好きだがこの色では、と思ったのだ。それをいち早く察知したのか、画家は笑いながら言う。

「年を重ねた殿方《ジエンテイルウオーモ》には、かえって華やかな色が似合うのです」

そのビロード地の色は、イタリアではフクシアと呼ばれている色で、紅《くれない》と紫の中間の色。普通の絹地ならば派手なだけだが、カンジャンテのビロード織りになると落ちついた色に変わる。たしかに美しく、マルコも、肩からそれをはずすのをしばらくはためらったくらいだった。

画家は、政府のお偉方でもこのマルコには、お節介を焼くのは芸術家の特権とでも思ったらしい。

「ただし、使うならばケチケチしないで大量に使ってください。毛皮だって、その美は量にある。ヴェネツィア特産のカンジャンテ織りも、勝負は量が決めるのです」

マルコも、外に着ていくのはさすがに気がひけたが、部屋着に仕立てさせたら、とは思い始めていた。昔のままの古風なダンドロの屋敷に、一点の火を灯《とも》す愉《たの》しみにはなるかもしれない。そして、このまだ若い画家の、織物と色彩に対する並々でない情熱も感じていたのだった。

しかし、こうも正直な会話を交わしながらも、パオロ・ヴェロネーゼはマルコに、元首官邸の天井画や壁画を自分に描かせてくれとは一言も言わなかった。マルコが、描いてみたいかと問うたときも、ほがらかに笑っただけだった。

だがその笑いには、わたしに描かせないでソンをするのはあなた方のほうだ、とでもいう感じの高慢で不遜《ふそん》な気配が漂っていたが、それは不快ではなかった。

ヴェネツィアでは、自信のある芸術家ならば高慢で不遜でもあるのは当り前、と思われていたからである。パオロ・ヴェロネーゼとはそのうえさらに、とかく人の口の端《は》にのぼるエピソードまで提供してくれる芸術家でもあった。

彼の描く大画面の多くは、新約聖書に題材をとっているのだが、そのうちの一つ、『カナの婚礼』と題された絵が、異端裁判所の監視網に引っかかったときの話である。

大画面の中央には、イエス・キリストが描かれている。金色の後光つきだから誰でもわかるのだが、何となく申しわけに描いておいたという感じで、イエス以外の人々は豪華な祝宴に招待された人々とまったく変わりなく、その人々の中でのイエスの存在感はすこぶる薄い。

しかも、そのイエスの前で演奏している楽師たちにはパオロ・ヴェロネーゼは、自分とは同業の仲の画家たちを描いているのだ。ヴェロネーゼはヴァイオリンを弾き、コントラバスを手にしているのはティツィアーノで、他の画家たちもそれぞれ楽器を持ち、その画家たちこそが祝宴の大騒ぎの張本人でもあるかのよう。高齢のティツィアーノが楽器を手にポーズするはずはないので、豪華な衣装をまとって宴に参加している人の全員が、画家のファンタジアの所産であるのは明らか。さぞかし異端裁判所も、苦い顔をしただろう。このときは苦い顔で済んだらしいが、次の絵では画家は、召喚状を突きつけられることになる。

その絵にも中央には、後光つきでイエス・キリストが描かれてはいるのだが、それぐらいではパスさせてくれなかった。出頭してきた画家に向って、異端裁判官は言った。

「聖書に対する尊敬を欠いている。描かれている人々の服も、派手で豪華すぎる。そのうえ犬がうろついていたり道化まで描かれていて、宗教的な雰囲気は薬にしたくもない。

しかも、左中央に大きく描かれているのは、おまえ自身ではないか。すべてが世俗色に満ち満ちており、われわれとしては看過することは絶対にできない」

自分自身を制作中の絵の中に登場させた画家は、それまでもいた。いや、全員が自身をどこかに登場させた、と言ってもよいくらいに多かった。だが、パオロ・ヴェロネーゼの自己顕示欲は抜きんでていたのだろう。なにしろこの絵の中で最も眼を引くのは、緑色のカンジャンテ織りの華麗な服に身をつつんだ、彼自身であったのだから。

しかし、ルネサンス時代のヴェネツィア人は、絵を、何が描かれているかよりも、どう描かれているかで評価する。とはいえ、宗教裁判所となるとこの逆になる。そのうえこの種の裁判では弁護人は認められていないので、パオロ・ヴェロネーゼとて自分で自分を弁護するしかない。それで、彼は言った。

「画家とて他の芸術家たちと同様に、狂人の部類に属す人種であります。狂人となれば罪に問われないのは、古代のローマからの伝統でもあります」

これには、もしも傍聴席でもあれば爆笑が巻き起ったろうが、宗教裁判には傍聴席はない。だが、異端裁判が猛威をふるっているスペインとはちがってヴェネツィアでは、巷《ちまた》の声という名の世論を無視するのも利口なやり方ではない。

と思ったのか裁判官も、穏当な処罰で一件落着にしようと考えたようである。パオロ・ヴェロネーゼへの判決は、彼自身の費用で全面的に絵を描き直す、であった。

しかし、大広間の壁全面を埋めるほど大きな絵を描き直すのは、時間的にも費用的にも莫大《ばくだい》なものになる。それで画家は、もっと簡単にことが済む方法を考えた。

『最後の晩餐』とするつもりでいた絵自体のタイトルを変えたのだ。『レヴィ家の饗宴』と。

これで、裁判所側も世論も収まったのだから、当時のヨーロッパではヴェネツィアが、最高の自由を享受《きようじゆ》していたとされていたのもうなずける。キリスト教世界の自由とは、何よりもまず、宗教からの自由であったのだから。

ヴェネツィアの芸術家《アルティスタ》　三

パオロ・ヴェロネーゼと知りあったとほぼ同じ時期、マルコは、もう一人の画家にも会っていた。

ティツィアーノもヴェロネーゼも、「本　土」《テッラ・フェルマ》と呼ばれるヴェネツィア共和国の属州の生れだが、ティントレットとなると生れも育ちもヴェネツィアという生粋のヴェネツィアっ子。父親が染色職人だったので、小さな染色職人という意味の「ティントレット」が、画家になってからの名に横すべりした人だった。

年齢は、ティツィアーノよりは三十歳若く、ヴェロネーゼよりは十歳の年長。

もちろん三人とも当時の他の画家と同じに、宗教画から世俗の大壁画から肖像画までの注文はすべてこなしていたが、しかもその多くが傑作であることでも似ていたが、画風となると三者三様であった。

ティントレットが描く絵は、一見するだけならば暗い。だが、単に暗いのではない。明と暗は明確には分れていなくても、全体としては統一されている。しかも筆の使い方に勢いがあるので、見る人に訴えかけてくる力は断じて強い。ぼんやりしているどころか、メリハリが効いている。

マルコはこの画家とも元首官邸の壁画依頼の候補画家として会ったので、画家はマルコを、完成したばかりの絵のある場所に案内した。

そこは、ヴェネツィアには六つある「スクオーラ」と呼ばれる組合の一つで、組合員の相互扶助が目的の団体の本部。ティントレットの最新作は、その建物の最も奥に位置する部屋の壁全体を埋めていた。

これらの「スクオーラ」は、元首官邸《パラッツォ・ドゥカーレ》が国政を取りしきる貴族《ノービレ》たちの牙城《がじょう》ならば、市民《チッタディーノ》と総称され、経済活動をもっぱらとする平民階級の牙城なのである。相互扶助が目的なので組合ごとに守護聖人を奉じていて、ティントレットが絵を描いているのは、聖《サン》ロッコ組合の本部の建物。

また、同じく天井画や壁画を描く仕事でも、それが元首官邸《パラッツォ・ドゥカーレ》ならば格が上で、組合《スクオーラ》だと格は下、ということにもなっていない。

六つを数える大組合ともなると組合費による収入も多額になり、しかも経済人たちの牙城でもあるところから、有名画家に依頼するのも経済的に可能だし、またそれが当然と思われていたのである。これがヴェネツィア社会の現状である以上、元首官邸に描いてもらうかもしれない画家の絵を見るのに、組合の本部に足を運んだというわけだった。


画家はマルコを、足早に奥まで連れていった。その部屋の扉が左右に開かれ、内部に二、三歩足を踏み入れたところで、マルコの足は止まってしまった。

正面の壁面いっぱいに、キリストの磔刑図《たっけいず》が描かれている。中央に描かれているのは十字架にはりつけになった姿のキリストだが、そこから発する光が、その前後左右に描かれている群衆に流れ、それがまた中央のキリストにもどってきて一体となり、それら全体が絵を見る人に迫ってくるのだから、思わず足が止まる迫力になる。

キリストを除く全体の色調が暗いのは、一天にわかにかき曇り、と聖書にあるのだから当り前。知力も体力も最高潮に達した四十代の男が全力を投入した作品であることは、言われなくても誰にもわかる。

用意された椅子《いす》にも気づかず立ちつくすマルコに、背後にいた画家がささやいた。

「何年かかろうと、この建物全体をわたしの作品で埋めつくしてみせます。パドヴァのスクロヴェーニ礼拝堂は、ジョットーで埋まっている。ローマのシスティーナ礼拝堂は、ミケランジェロで埋まっている。そして、ヴェネツィアの聖《サン》ロッコを埋めつくすのはティントレット、このわたしです」

マルコは、自分よりは二十歳は若いこのヴェネツィアの画家の気の強さに、苦笑はしたが共感もしたのだ。

芸術家にとって、「埋めつくす」ということは、野望をともなった夢であるのか、と思いながら。

ティントレットと別れて元首官邸にもどる道すがら考えた。

ジョヴァンニとジェンティーレのベッリーニ兄弟、カルパッチョ、ジョルジョーネ、そしてティツィアーノ、とつづいてきたのがヴェネツィア派の絵画の流れであった。そのティツィアーノの後を継いでヴェネツィア絵画を、これ以上はないくらいに満開にするのは、ヴェロネーゼとティントレットの世代になるのか、と。その結果は、ヴェネツィアの街全体が一大芸術館になることで実を結ぶ。なにしろまだ、これらの芸術家たちに制作を依頼することで彼らの才能を活《い》かし助ける経済力は、ヴェネツィアには充分にあるのだから。

しかし、彼ら芸術家たちとちがってマルコの仕事は、常に隠れたところで進められる。その任務をマルコは、すでに長年にわたってつづけてきた。その間に元首《ドージェ》は六人代わったが、権力の中枢《ちゅうすう》というマルコの立場は変っていない。

とはいえ、カンヴァスに全力をぶつけることができ、その成果が誰にも見える画家たちが、うらやましいという想《おも》いはときには感じる。そのような想いになったときに足が向うのは、やはりラムージオの家だった。

ちなみに、二十一世紀の今なお、元首官邸《パラッツォ・ドゥカーレ》は、パオロ・ヴェロネーゼとティントレットの作品で埋まっている。

対話の醍醐味《だいごみ》

ヴェネツィア共和国では、公職でも、停年がない。無給で政治を行う貴族《ノービレ》も、有給でそれをささえる官僚も、ある年齢に達したら退職する、という決まりはない。

だが、いずれの場合でも、「退《ひ》きどき」というものはあった。

それでこの「退きどき」だが、確たる理由もなく会議に欠席しようものなら莫大《ばくだい》な額の罰金を課すほど個人の良識に信を置いていないヴェネツィア人にしては珍しく、各人の自覚と良識に依存していたのである。と言って、退きどきが来たから引退します、で放り出すことは許されない。要職になればなるほど、後を託す人を推選した後で引退もできる。後任者の可否は選挙で決まるので、あくまでも推選でしかなかったが、それでも必要なこととされていた。

しかし、ヴェネツィア人とは、政界でも経済界でも、リスクヘッジの名人と思うしかない民族でもある。不適切な人材の登用というリスクに対するヘッジも、あらかじめ用意されていた。それは、人材の登用を誤った場合、それが誰の推選によったということまで人々の眼に明らかになることだ。四十年もの苦労への評価が、たった一事でフイになるのを喜ぶ人はない。だから、職務の終わりを飾る後任者の推選には、ほとんどの人がまじめに取りくむようになる。これが、ヴェネツィア式の「ヘッジ」であった。

マルコ・ダンドロとは、公私ともに親密な間柄でつづいてきた秘書官ラムージオは、数年前から健康の衰えを理由に引退していた。もちろん後任への、継承を果した後の引退だ。後を継いだのは実の息子だが、正式に「十人委員会」の秘書官になった息子は縁故人事とは誰にも言わせない勤労ぶりで、マルコも満足していたからこの面では問題はない。だが、ラムージオとの私的な関係がマルコにとって大切な時間であることは変わらなかった。なにしろラムージオとは、真の意味の対話が交わせたからである。

「対話（伊ディアーロゴ、英ダイアローグ）」とは、情報や知識の交換ではない。情報の交換だけならば文書のやりとりで済むし、知識を得ることならば、書物を読めばよい。だが、真の意味の対話をしたいならば、会って顔を見ながら話す、がまず先決条件になる。なぜなら、顔を見ながら話すことで対話も生きてくるから、今まで考えもしなかったことまで考えるようになるからだ。刺激を与え合うことが、対話をすることで生れる真の果実なのであった。

いつものように、マルヴァジア酒のびんを二本持って渡し舟で大運河《カナル・グランデ》を渡った後は、小運河《リオ》に沿って走る河岸《フォンダメンタ》をひたすら歩き、ジュデッカとの間に開いた運河《カナーレ》に面したラムージオの家に向う。

秘書官時代のラムージオが情熱を傾けていた『旅行記全集』も、すでに六巻すべての編纂《へんさん》作業は終って刊行を待つばかり。大仕事を終えて安心したのか、健康がすぐれないと言っていたラムージオも、意外と元気にマルコを迎える。それで男同士のおしゃべりを愉《たの》しもうと思ったのか、マルコを、ジュデッカ運河に面した広いテラスに招じた。マルヴァジア酒を前に、海風に吹かれながらの静かな午後が過ぎていく。

その日のマルコは、地位では自分が上でも知力ならば先輩と思っているラムージオに、以前から考えていたことを聞いてみた。

それは、人材の流出はなぜ起り、反対に流入はなぜ起るのか、である。

十六世紀に入って以来、ヴェネツィア以外のイタリアの国々では、優秀な人ほど他国に出ていくのが流行にさえなっていた。フィレンツェでも芸術家の多くは他の都市で仕事しているし、ジェノヴァに至っては男のほとんどが、スペイン海軍に入って海の傭兵《ようへい》として働いている。フェラーラもマントヴァも、またナポリでさえも、領主が領民たちを部下にして、全員で傭兵化する傾向は強まるばかり。その結果、これらの都市は人口も減少していたのである。ヴェネツィアだけが、この傾向の例外にあった。

まず、ヴェネツィア市民で他国の傭兵になった者はいない。職人も、ルッカの織物職人のように、大挙してヴェネツィアに移住してきた例はあっても、流出した例はなかった。画家も、他国の君主の依頼に応じて作品は送っても、その作品はヴェネツィアで制作する。

つまり、ヴェネツィアには人は移り住んでも、他国には出ていかないのだ。なぜと思うか、が、マルコが投げた質問だった。

これにラムージオは、年長者らしい余裕は漂わせながらも、親しい仲ゆえの率直さで応ずる。

「答えは簡単だ。ヴェネツィアは住みやすいからですよ。

まず、移住者を差別しない。アルド出版社の創業者であるアルドは、わたしの父と同じ移民第一世代。その後を継いでヴェネツィアが出版王国でありつづけるのに貢献している現社長は、わたしと同じ移民第二世代。つい最近も、フィレンツェ最大の出版社のジュンティまでが、ヴェネツィアに支社を開設した。そしてわたしにも、『旅行記全集』をジュンティから出さないかと言ってきている。ヴェネツィアでの出版第一号として力を入れるというので、わたしも考えている。熱心な出版元から出すのが一番ですからね。

どうしてジュンティまでがヴェネツィアに移ってきたかって？　ヴェネツィアには自由があるからですよ。そのうえ政府が出版権の保護を法制化したりして、出版業の育成にも積極的だからでもあるが、同じ待遇はルッカの織物職人たちにも与えられた。なぜなら彼らが特殊な技術を持っていたからで、彼らへの援助も無駄ではなかった。ルッカの織物職人たちによって、ヴェネツィア産のビロードの質が飛躍的に向上したのだから。

わたしの例にかぎっても、共和国政府はこの移民第二世代を、元老院や十人委員会付きの秘書官という要職に就けてくれたが、わたしの息子にも後を継がせてくれている。あなたのような昔からの名門貴族と、ついこの間からのヴェネツィア市民であるわれわれ移民世代が、このヴェネツィアを愛する心情では変わらないのも当り前ではないですか」

マルコは笑いながらも、話の腰は折る。

「昔からの名門と言っても、その間にはいろいろなことがありましたよ」

「変化ならばあったでしょう。スキアヴォーニの船着場に面して立つ、古風ではあっても品位は高い屋敷も、大運河《カナル・グランデ》の出口近くに立つあの美しい宮殿も、百年前まではダンドロ家のものであったのだから」

「必要なくなったから、売ったのでしょう」

(著者注――この二つは現代では、いずれも共和国最後の頃の所有主の名をとってヴェネツィアでは最高級の、ホテル・ダニエリとグリッティ・パレスホテルに変わっている)

もと秘書官はつづける。

「一千年の間には、建国以来の名門ダンドロ家の経済力も、移り変わりはあったでしょう。あの二つの建物を買ったのは、いずれも金融業で財を成した新興の金持ちであったから」

しかし、とラムージオは話をつづける。

「宮殿《パラッツォ》を買うほどの成功者ではなくても、ヴェネツィアが住みやすいことでは変わりはない。

何よりもまず独立国でつづいているので、他国のように君主の専横に苦しむこともなく、彼らによる搾取《さくしゅ》の対象にもならないですむ。

ローマの法王庁とは距離を置くのを伝統にしているから、ヴェネツィアの書店では、法王が禁書に指定したルターの著作でも売られている。アルド社から出版された、聖職者を笑いのめしたエラスムスの著書に至っては、ヨーロッパ中のベストセラーになった。ドイツ人もフランス人も、ヴェネツィアでは商用ばかりしているわけではない。故国では手に入らない書物も買っている。ただしそれらを故国に発送するときには、宗教裁判所に気づかれないように使用人の家あてに送り出すということだが。でもこんな状態だから、ヴェネツィアでは魔女裁判も起らないのです。

また、町中ではユダヤ教徒もイスラム教徒も、それぞれ独特な服装で闊歩《かっぽ》していて、振り返る人さえいないのがヴェネツィア。また、何よりも重要なことは、ここ二十年というもの、戦争がないことです。

住みやすいことの最大条件は、身の安全と思考の自由と生活していくに足る食、つまりは職、が保証されていることにつきる。

このヴェネツィアから人が流出せず、かえって流入するのだから、国全体の人口も増加する。また、人間を導入することは、技術も資本も導入することにつながってくる」

いつもながらの理路整然としたラムージオの話にマルコは感心して聴いていたが、先日例によって仮病を使って会った、ユダヤ人の医師の言ったことも思い出していた。

医師ダニエルは、ヴェネツィアの医療水準の高さを話してくれたのである。それを口にしたら、ラムージオもただちに乗ってきた。

「交易立国だからヴェネツィアは、どの国との間でも開いた関係にある。だから他国で発生した疫病《えきびょう》でも、それは即、大量の自国民の死につながりかねない。『六人委員会』の主たる任務が、衛生水準の維持にあるではないですか。飲料水と食品と町中の清潔さを保つのが、あの部署の重要な仕事になっている。そして、医療技術の常なる向上には、ヴェネツィア内にある五つもの大病院とパドヴァにある大学の医学部が、緊密な協力体制をつくりあげている。

と言って、海外からの船の入港を完全にストップするわけにはいかないので、疫病の上陸も完全にストップすることはできない。それでも、大流行にならない前に先手を打つことならばできる。

それで、疫病の疑いのある者が一人でもいようものなら、その船に乗っていた全員を四十日間隔離する法律が制定されて百年以上が過ぎている。入ってきた船でもヴェネツィアの船着場には着岸できず、湾《ラグーナ》の中にある特定の島に四十日間止め置く制度です」

（著者注——英語だとQuarantineとなる言葉は今では検疫の意味になっているが、もともとはヴェネツィアの言葉で四十日間を意味する、Quarantenaからきている）

「それでも、いつ、どこから来るかわからない疫病の完全な防止までは不可能です。だが、水ぎわでの予防作戦でも我慢強くつづけていけば、事態が深刻化するのを避けることならばできる。それには、対策すべてが常に機能しているよう心がけることしか方策はない。疫病の流行は、それで死ぬ人間だけでなく、国全体の経済力まで落とすことになるのだから。オープンにすることを国の方針にしてきた、交易立国ヴェネツィアの宿命でもありますね」

話が暗くなったのでマルコは、以前にもラムージオが話していたこと、ヴェネツィアでは誰もが歩くしかないので老人までが元気なのだということをむしかえした。ラムージオも、笑いながら、再びそれに乗ってくる。

「まったく、ヴェネツィアでは老人も元気ですよね。新鮮な水を飲み、すぐ近くでとれる魚を食べ、そのうえ橋を渡るのにも登り降りをくり返すしかない。脚力が鍛《きた》えられるのも当然でしょう。

あなたは、ゴンドラの上では坐《すわ》っているだろうが、渡し舟の上ではどうしていますす」

「もちろん立っていますよ」

これにはラムージオも愉快そうに笑った後で話をつづける。

「あなたもわたしも、渡し舟の上では立っている。ところが、オリエントからの商人も北ヨーロッパからの旅人も、町中では見分けはつきにくいのに、渡し舟の上ではひと目でわかる。ほんの数分の間だというのに、腰をおろしているからです。そしてヴェネツィアっ子は、ゆれる舟の上でも立っていることによって、自然に身体《からだ》の平衡感覚も鍛えることになる。

　ヴェネツィア共和国の、本土側と言うか陸地側は、『テッラ・フェルマ』と総称されているでしょう。動かない土地《フェルマ・テッラ》、という意味で。となればその共和国の首都であるヴェネツィアの市街地は、海の上に築かれた都市なのだから、『動く土地』ということになる。あなたもわたしも、『テッラ・モヴィメンターナ』に住んでいるのです。肉体だけでなく、精神面でもバランス感覚が鍛えられるのも当然ではないですか」マルコは、いつものこととはいえ感心しながら、それでも口をはさむ。

「だからですかね、芸術家でさえもヴェネツィアでは平衡感覚に長《た》けている」

「そう。生れたのは本土《テッラ・フェルマ》でもヴェネツィアで大成したティツィアーノもパオロ・ヴェロネーゼも、やり方は各人各様でも、バランス感覚ならば達人だ。かえってヴェネツィア生れのティントレットのほうが、一本気なところが多いくらい」

　それには笑ったマルコだが、ラムージオには、もう一つのこともたずねてみたくなった。

　それは、ローマに滞在していた当時に、ガスパル・コンタリーニ枢機《すうき》卿《けい》と話したことでもある。

なぜヴェネツィアでは、ドイツ人たちを率いてローマ法王庁に弓を引くルターの著作でも街中の書店で堂々と売っていながら、その彼に同調してプロテスタントにならないのか、である。言い換えれば、イタリア人はルネサンスは創《つく》り出しておきながら、なぜ宗教改革は起さないのか、であった。

かつての実力秘書官は、これにも微笑で答えながら、マルコの投げた球を投げ返してくる。

「あなたならば、どう考えます」

マルコは答えざるをえなくなったのだが、それは、マルコの考えというよりも、ローマでコンタリーニ枢機卿が話してくれたことの請《う》け売りにすぎないのを、なつかしく思い出しながら答える。

「ルネサンスと宗教改革は、ただ一つのことを除けば、水と油と言ってもよいくらいにちがうからでしょう。

そのただ一つのこと、とは、ローマ帝国滅亡後からのキリスト教支配の一千年間を経ていながら、人間の本性は少しも変らなかったという事実。この結論ならば、カトリックとプロテスタントは一致している。ところが、その後になると道は二つに分れる。なぜ分れるのか。理由は二つ。

第一は、イタリアでは、一千年も変らなかったのだからこれからも変らない、と考えるのに対し、ドイツ人は、『変えられる』と考える人が多いこと。そして第二の理由は、ルネサンスは各人の考え方や生き方の多様性を認めているのに対し、宗教改革派は認めていないことです。だから、ヴェネツィア人はルターの著作は読むが、彼の説く宗教改革には同調しない」

ラムージオが口をはさんだ。「なぜだと思います？」

マルコは、眼の前にいるラムージオに今は亡《な》きコンタリーニ枢機卿が二重写しになっているように感じながら、話をつづける。

「ルター派の考えでは、キリスト教の教えに従って生きてきた一千年間を経ても変らない人間の本性を改善するには、これまで長く権勢を誇ってきたローマの聖職者階級を取っ払って、神と信者の間は直接につながればよい、となる。つまり、ローマ法王とそれをとりまく高級聖職者階級は、真の信仰には害あって益なし、というわけだ。

一方、ヴェネツィア人もふくめたイタリア人は、そうは考えない。ダンテやボッカッチョを始めとしてマキアヴェッリまで、ルネサンス発生の地のフィレンツェでは聖職者階級への批判は絶《た》えなかったのに、その彼らでも、カトリックを捨ててプロテスタントにはならなかった。

それは、法王を頂点にする高級聖職者階級には、良くも悪くも『フィルトロ（フィルター）』の役割があることを認めていたからですよ。神は、実際は何も言わない。それなのに神と信者が直接につながるということになるや、信者が聴きたいと願っていることがそのまま神の声になってしまう。『神がそれを望んでおられる』のスローガンの下《もと》、シリア・パレスティーナ地方まで遠征した十字軍が良い例です。あれから二百五十年は過ぎている。もう一度、それをくり返すのですか。

ローマの法王庁は、ルターが非難するように、堕落しているかもしれない。でもプロの聖職者たちだから、ときに開かれる公会議とかで、それを適度に調整する働きはしている。

でないと、神の声と思いこんだ信者たちは暴走しかねない。暴走し始めると、自分たちと同じに考えない人々は神意に反する敵となるから、その壊滅しか考えなくなる。なにしろ正義は、神の意志を実行に移す自分たちにこそある、と信じこんでいるのだから。

イタリア人は、このように、善意にはあふれていても人間性に対しては不寛容な考えには、同調できないというだけです」

親しき仲の男二人は、胸の内の想《おも》いを吐き出した快感を満喫していた。マルヴァジア酒も、その頃には底をついている。マルコもこの良き友に別れを告げ、晴れ晴れした気分で帰途につく。

ほんとうはこの旧知の親友に、あることを打ち明け、彼の考えを聴いてみたいと思っていたのだが、それをやるとグチになってしまいそうで、やはり言えなかったのである。

舵取《かじと》りの苦労

少し前からマルコは、眼には見えない壁に突き当る度合いが増しているのに気づいていた。政府の中枢《ちゆうすう》にいるという、彼の立ち位置は変わっていない。それでいて彼によるリードが、以前よりは上手《うま》く行かないようになっているのを感じていたのである。四十代の初めに国政にもどってきた年から数えれば、すでに二十年の歳月が過ぎていた。その間には幾度も、壁に突き当ってきた。だがそれは、十人委員会の内部の討議で解消するたぐいのものだった。元老院にまで広げる必要は、ほとんどなかったのである。

ヨーロッパでは各国ともが乱れていて、ヴェネツィアにとって深刻な脅威になる国はなくなっていた。

ウィーンからマドリードを経てイタリア半島までも支配下に置くというカルロスの野望は、結局は彼一代で崩れ去っていた。ドイツ・オーストリアを統治するのは、同じハプスブルグ家出身でも別の人物。後継者ならばナンバーワンになる息子フェリペには、父カルロスが持っていた神聖ローマ帝国皇帝の称号はもはやない。それでも新大陸にスペインにイタリア半島の大半の支配者なので、ヨーロッパ最強の君主ではあるが、スペイン王フェリペ二世、でしかなくなっていた。

カルロスの野望が実を結ばなかった最大の要因は、アムステルダムを中心にした、ネーデルランド一帯にある。イタリア人は「低い国々《パエージ・バッシ》」と呼んでいた地方だが、ここの住人の主力は、言ってみれば経済人の集団で、ドイツ人やスペイン人のように専制君主に従順な人々ではない。この人々が、最大で最強の権力者であったカルロスの「アキレス腱《けん》」になる。

大国スペインの足を引っ張っている感じになっていたアムステルダムだが、ヴェネツィアとの共通点は四つあった。

第一に、いずれも経済人が打ち立てた都市であること。

第二は、交易を主としているので、伝統的に海に出ていく気運が高いこと。

第三に、共和政を採用していること。

第四は、宗教的に寛容路線できたこと。幸いにも宗教裁判所の刃《やいば》をまぬがれた人は、ヴェネツィアに逃げよ、か、アムステルダムに逃げよ、と言われたものである。

ただし、ちがいもあった。ヴェネツィア共和国は建国以来、一千年もの間独立国としてつづいてきたが、アムステルダムを中心とするネーデルランド地方は、長く封建制でつづいてきた後は、ハプスブルグ王朝の支配に組みこまれていたことだ。カルロスの夢見たハプスブルグ家によるヨーロッパ支配は、内部に、強力な異分子をかかえこんでいたのである。実際、ネーデルランド地方をゆるがせた対スペイン反乱は、この後も半世紀以上にわたってつづくことになる。

一方、スペインと並ぶヨーロッパの大国フランスも、国内での新旧教徒間の対立を収拾できず、国外に手を出す余裕もない状態。エリザベス一世下のイギリスも、いまだ国際政治を左右するまでの力は持っていなかった。

十六世紀も後半に入ったこの時期、小国でも独立国ではありつづけるヴェネツィア共和国にとっての脅威は、やはり、地中海で直接に対決しているトルコになるのである。

このトルコへの対策をめぐって、ヴェネツィア政府の内部に波風が立ち始めていたのだった。

ヴェネツィアにとってのトルコ問題は、一方がキリスト教国で他方がイスラム教国という、宗教上の問題にはない。ヴェネツィアが交易型の国であるのに対し、トルコは領土型の国家であることのほうにあった。領土型の国家の特色は、領土拡大が何よりも重要視され、それを実現した君主は、家臣だけでなく領民たちからの支持まで獲得する。だから、拡大した地を再びもとの持主に返すことなどは絶対にしない。そのようなことをすれば、即、支持の下落につながるからだ。また、征服した地方の活用も頭にはない。自分たちの領土になったこと、それだけしか頭にないのが、領土型の国家であった。

反対にヴェネツィアは、同じく支配下に加えた地の統治でも、投資することによってすでにあった産業の生産性を向上させたり、新たな産業を育成したりすることで、その地の経済力を向上させるやり方でいく。

イスラム教の始祖マホメッドが商人の出身であったこともあり、イスラム教徒の商業面での能力は卓越していた。だが、ヴェネツィアもその一つであったイタリアの都市国家は、自らも生産する製造業の国家でもあったのだ。投資の重要性への認識は、その彼らにとって、体内を流れる血液に似ていた。

たしかに地図上では、この百年の間にヴェネツィアは、海外領土を次々と失っていた。

だが、もともとからして領土型の国家ではないヴェネツィアには、領土を持つことへの特別な執着はない。植民地よりも海外基地の意味が強かった地を奪われても、そこに商館を置くことが保証され、船の修理のための造船施設も置ければ、ビジネスはつづけていけるのだ。このやり方でそれまで、トルコの攻勢をかわしてきたのである。これが、マルコとその同志たちが進めてきた「外政《ポリティカ・エステラ》」であった。

それが変わる。この「外政」では弱腰外交だと非難する一派が台頭してきたのである。だがマルコ派も、黙ってはいなかった。

植民地維持には、費用がかかるだけでなく軍事力も投入しなくてはならず、そこまでの余裕はヴェネツィアにはもはやない、と説いたのだが効果はなかった。

また、ヴェネツィアの経済力はこの間もずっと、減少するどころか増大されてきたと、数字を示して説いても効果なし。

プレヴェザでの海戦以来トルコとは戦争していず、他の国々とも戦争していない結果が二十年の平和であると説いても、弱腰外交で常に妥協に逃げていると非難する、対トルコ強硬派を崩すことはできなかった。

しかし、長年にわたって中枢にいただけに、マルコ・ダンドロの影響力はあなどりがたく、十人委員会でのマルコ派の力はいまだに強い。この現状を反マルコ派は、ヴェネツィアの法制度の穴を突くことで逆転を試みる。

「十人委員会」は、内政外政ともに国の政治を決める、事実上の最高決定機関である。元首一人と元首補佐官六人と委員十人の、計十七人で構成されている。だが、非常に重要な決定を下さねばならないときは、臨時に、元老院からの二十人の議員を加えて、計三十七名で討議される場合も認められている。この二十人は、ヴェネツィアの言葉で「ゾンタ」と呼ばれていた。

これに、反マルコ派が眼をつけたのだ。しかも悪いことには、これが元首の交代時と重なった。

元首はまず、後任を指定することは許されていない。そのうえ、投票が実に複雑なので、新元首選出までにはかなりの日数がかかる。その間の元首不在時期は、十人委員会もゾンタを加えた三十六人になるべきという、反マルコ派の主張にも一理はあったのだ。

だがこれによって「十人委員会」は、新元首もふくめての十七人ではなく、新元首選出後も、ゾンタを加えた三十七人でつづくことになってしまう。マルコ派は、少数派に転落したことになった。

しかし、「十人委員会」に権力を集中させたのは、一人が決めればただちに実行できる、専制君主政国家の台頭への対策であったのだ。十七人で決めるから決定までのスピードが稼げるのである。それが常時三十七人になっては、政策決定までの時間がよりかかることになる。ましてや、明確な考えを持つリーダーを欠いた場合はなおのこと。そして、反マルコ派は、その種のリーダーを欠いていた。総意を結集すればより良き政治ができるとは、幻想としてもよい夢なのである。

こうして、決められない政治、という病いに、ヴェネツィア政府までが冒《おか》されることになる。しかも、さらなる悪条件までが加わった。ヴェネツィアの外政を相当な程度には理解してくれていた、トルコのスルタンのスレイマンの老化がそれになる。

二十六歳の年から四十年もの間、大帝国で専制君主政の国のトップをつづけてきた人である。英邁《えいまい》な君主だったが、老化はその彼にも容赦しなかったらしい。親友でもあり忠実な家臣でもあった人や、有能な若者だった長男も処刑している。つまり、統治のやり方がゆらぐ一方になっていたのだ。

トルコはヴェネツィアにとって、仮想敵国ナンバーワンではあったが、相手側に、ある程度にしても理《ことわり》が通ずる人がいれば、激突まではいかないですむ場合が多い。スレイマンの老化は、ヴェネツィアには、危険信号が点滅し始めたことを意味していた。実際、この五年後にトルコは、マルタ島の攻略戦を始めてしまうことになる。

この状況の変化の中で、マルコの孤立感は深まる一方であった。その彼をサポートする立場にあるラムージオの息子は十二分に働いてくれているが、眼を見合わせただけで意が通じた、父親の代わりまではできない。

また、少し前からマルコもラムージオにならって次世代育成と、甥《おい》の一人を連れ歩くようになったが、政治家向きと思って登用したその若者も、いまだカバン持ちの段階を越えていない。マルコ・ダンドロも疲れきっていた。それでも会議には、常に顔を出す毎日。だが、夜遅くの帰宅の連続では、眠りに入る前にはときにはしていたことも、毎夜の習慣になってしまう。

それは、オリンピアの香りと名づけていた香水を、ほんの数滴枕《まくら》に落として眠りにつく習慣だったが、それが毎夜のことになっていたのだ。その香りに包まれていると、どれほど疲れていても、安らかな想《おも》いで眠りに落ちていけたからだった。

もう一つ、マルコの心をなごませてくれることがあった。時折訪れる、リヴィアの存在だ。ユダヤ人の音楽家に嫁いだリヴィアも、二人の男の子の母になっていた。

マルコの屋敷を訪れるのは、マルコに預けてある母の遺贈の宝飾品の一つを取りにくるためなのだが、それを売って得た金は、ユダヤ教に改宗し、ユダヤ人居留区に住むようになった元キリスト教徒の彼女が、思うように使える資金になっているようだった。父親のアルヴィーゼが愛する女に贈っていた高価な宝飾の数々も、娘がそれなりに快適な日常を送るのに、また好きな音楽に一生を捧《ささ》げるのにも役立っていたのだろう。

音楽で結ばれた夫との仲も、うまく行っているようだった。夫のダヴィデは、フィレンツェやローマに招《よ》ばれるほどの名声を得ており、枢機卿《すうきけい》や大公たちの前でも演奏するのだという。演奏旅行にはリヴィアも、必ず同行するのだと言った。夫が、あのクレモナ製のヴィオリーノを、わたし以外の誰にもさわらせないので、と、リヴィアは少し恥ずかしそうに話す。夫のヴィオリーノと彼女のヴィオラの二重奏もするのだと、それは誇らしい口調で言った。二人の息子のことも話してくれた。一人は音楽家に、もう一人は医者にするつもりでいるとも。

またなぜ、というマルコの問いに、リヴィアは、ユダヤ人でも楽師と医師は、いつでもどこでも需要があるから、と答える。

これにはマルコも、久しぶりに声をあげて笑う。孤児として尼僧院《にそういん》で育ちながらユダヤ人居留区に住むほどの勇気のあるリヴィアも、堅実で地に足のついた一人の女として眼の前にいるのが、彼の気分まで明るくしたからだった。

ダンドロの屋敷を訪れるときは楽器を持ってくるのが常のリヴィアだったが、それでマルコのために一曲弾いてくれる。立ち去る前のセレモニーのようになったその演奏は、いつもマルコの書斎で行われた。書斎には、ロレンツォ・ロット描くマルコの肖像画の横の壁には、元首グリッティが死んだ後からは、ティツィアーノ作のアルヴィーゼ・グリッティの肖像画もかかっている。そこで弾くのを望んだのはリヴィアだ。

マルコは、ヴィオラの穏やかで優しい音色にひたりながら、リヴィアはそれを、若くして非業《ひごう》の死を遂げた父親に捧げている、というよりも聴いてもらっている、のだと思いながら聴くのだった。

しかし、世の中の情勢はマルコを、このようなささやかな愉楽にひたるのを許さなかった。

マルタの鷹《たか》

地中海の中央に浮ぶこの小さな島には、マルコは外交使節として出向いたのである。表向きの理由は、マルタ島を領する騎士団からの要請を受けて、技師たちを連れていくこと。城塞《じようさい》建築の技術はイタリアのそれが最高とされ、中でもヴェネツィア人のエンジニアの需要は多かった。しかし、裏の理由もある。マルタ島を本拠地にしているのは、十字軍時代に活躍した聖ヨハネ騎士団で、今なお十字軍精神の継承者と自認している。一方ヴェネツィアは、イスラムの国トルコと友好条約を結んでいる。騎士団はそのヴェネツィアをキリスト教世界の裏切り者と断じ、それをヴェネツィアの商船を襲撃する理由にしていた。マルコの任務は、その騎士団に技術援助を与える代わりに、ヴェネツィア船を襲撃の対象からはずしてもらうことにあったのだ。

聖ヨハネ騎士団がイスラムを敵視するのも、彼らの十字軍精神によるだけではない。ヨーロッパのキリスト教徒からは「聖地」と呼ばれているパレスティーナ地方から敗退せざるをえなかった一二九一年から始まって実に二百七十年間にわたる、苦労の連続であった歳月の記憶はあまりにも重かった。

「キリスト教徒どもを地中海に突き落してやる」の高言どおりに、西暦一二九一年、アッコンの陥落を最後に十字軍勢力は中近東から追い出された。その後各地を転々とした騎士団も、ようやくロードス島を本拠にすることができる。

だがそのロードス島も、トルコのスルタンに就いたばかりのスレイマンによって、一五二二年、壮絶な攻防戦の末に退去を強いられてしまう。これによって、それまでのように「ロードス騎士団」と称することもできなくなった。その後も各地を転々とする八年間を耐えつづけた末の一五三〇年、皇帝でスペイン王のカルロスが、マルタ島を贈ってくれたのである。条件はただ一つ、騎士団はカルロスに毎年一羽の鷹を献上すること。

当時のマルタ島は地中海の中央に浮ぶ荒涼とした孤島でしかなく、鷹の棲息地《せいそくち》としてしか知られていない島だった。この島を騎士団はすさまじい努力で要塞化していくのだが、その頃から、騎士団の通称も、「ロードス騎士団」から「マルタ騎士団」に変わる。

カルロスは、鷹が欲しかったから騎士団にマルタ島を与えたわけではない。イスラム憎しで一貫してきた騎士団を、対イスラムの最前線に送りこんだのだ。エジプト、リビア、チュニジア、アルジェリア、モロッコと連なる北アフリカ一帯がイスラム圏に入ってから久しい。マルタ島は、その北アフリカと向い合う位置にある。マルコ・ダンドロが連れていく技術者集団も、そのマルタの要塞化の一助になるのだった。それも緊急の助けに。

なぜならこのマルタが、ロードス島攻防戦から四十二年後に、同じスレイマンから攻略の的にされたのだ。マルコが島に着いたのも、トルコのスルタンからの宣戦布告が発布された直後だった。

マルコの前に現われた騎士団長は、ラ・ヴァレッタと名乗った。フランスはオーヴェルニュ地方の貴族の出で、若い頃から騎士団に入団し、その後は一度も故郷に帰っていないという、生涯を騎士団に捧《ささ》げた男である。

七十歳とはとても見えない引き締まった肉体の持主で、鋭い眼光から何もかもが、精悍《せいかん》の一語につきる。二十七歳でロードス島攻防戦を闘い、その後の騎士団の放浪時代の辛苦も味わい、四十七歳の年にはイスラムの海賊に捕われて、一年以上もの間ガレー船の漕《こ》ぎ手として酷使された経験まである。四年前から、団長の地位に就いていた。

ラ・ヴァレッタは、騎士団の平時の制服を着けていた。黒地に大きく白の変形十字を縫いとりしたもので、黒はロードス島を追われた恨みを忘れないため。白の変形十字は、五百年以上も昔の騎士団の創設がイタリアの海洋都市国家の一つであるアマルフィの交易商人によったからで、変形十字はそのアマルフィの紋章。アマルフィの商人たちによる創設の理由がイェルサレムに巡礼してくる人々の医療にあったので、この騎士団は昔から、「病院騎士団」と呼ばれていた。だから、騎士でも週に一度は病院勤務が課されている。ただし正式の団員になる資格は、ヨーロッパ人で出身階級も貴族、と決まっていた。

騎士団長と向き合ったとたんに、マルコは直感した。この男は狂的なまでの反イスラムだが、冷徹さまでは失う男ではない、と。そして、この男に対しては単刀直入でいくしかない、とも決めたのだ。

ヴェネツィアの建築技師たちによる技術支援は、内密にするしかなくても、それに必要な人と資材のすべては、ヴェネツィア政府が責任をもって請負《うけお》うこと。交換条件はただ一つ、ヴェネツィア船籍の船を騎士団は、襲撃の対象からはずすこと。

ラ・ヴァレッタは、即答で承諾を返してきた。それにマルコも、トルコの首都コンスタンティノープルから送られてきたばかりの最新情報で応ずる。

トルコが送る攻略軍は、二百隻《せき》を超える船団に乗せてくる五万の兵士で成り、そのうちの六千は精鋭の名が高いイェニチェリ軍団の兵。大砲は五十門を数え、銃や弓矢や弾薬に至っては、積みこむ作業だけで一週間を要する量になること。

マルコのあげる数字を、騎士団長は眉《まゆ》ひとつ動かさずに聴いた後で言った。

「数までは知らなかったが、あのスレイマンのことだ。覚悟はしている」そしてつづけた。

「わがほうの戦力は、船ならば十隻足らず。兵力は、島民や南イタリアからの志願兵に、騎士でない医師まで加えても一万。主戦力になる騎士の数は五百で、大砲は十門足らず」

五万に対して一万で、イェニチェリの六千に対するは騎士五百で、迎え撃つというのである。さすがに無言で見つめるだけのマルコに、騎士団長は、端然と言うしかない態度を崩さずにつづける。

「それでもわれわれは、必ず勝つ。スレイマンに、ロードス島のときのような満足は与えない。女子供は山間の地に避難させたから、男たちだけで迎え撃つ。

トルコ軍の威力とされている大砲だが、大砲が威力を発揮できるのは、それをすえる地盤が強固であるのが条件。マルタは岩石地帯だが、岩盤地帯ではない。平地も少ない。大砲をすえる場所からして、不安定な岩石地帯になるしかない。当然、威力も半減する。

また、敵兵の数が多いことも、不利とばかりは言えない。マルタには飲料水も充分でないうえに、略奪に値するほどの量の食料もない。東地中海のトルコ領から地中海の中心に位置するマルタまでは、補給線が長すぎる。近くにある北アフリカには、補給基地になりうる町も港もなく、補給線が短かったロードスのときの有利は、トルコ側にはない。

この状態では攻撃も、船で運んできたものだけでつづけるしかない。しかもその状態に耐えねばならないのは、快適さに慣れた大帝国の兵であって、常日頃から不足がちな物資で生きてきたわれわれではない。

そのうえ、コンスタンティノープルからマルタまでは二ヵ月はかかる航海も考慮に入れねばならない以上、攻防戦開始は真夏に入ってからになるだろう。海を渡って吹いてくるシロッコがもたらす酷暑に慣れたわれわれにとっては、これも有利になりうる」

マルコがそれでも口をはさんだのは、一度会うだけでもできるかぎりの情報を得ようとする、長年にわたっての「十人委員会」の習性だった。

「しかし、騎士団からの支援の要請に応じた国は、スペインを除いては一国もないと聞いているが」

これにも騎士団長は、表情も変えずに答える。

「兵力の圧倒的なまでの差を知って、聖ヨハネ騎士団もついに滅亡かと踏んだのだろう。応援には兵を送ると伝えてきたスペイン王のフェリペも、信用しているわけではない。送ってきたのは手紙だけで、いまだに兵士も武器も送ってきていない。

おそらくは最後まで、われわれだけで闘い抜くことになるだろう。負けない、という勝ち方もあるのだから」

マルコ・ダンドロのマルタ滞在は、こうして一日足らずで終った。建築技師たちを残し、待っていたガレー船はマルコ一人を乗せ、ヴェネツィアに向けて一路北上する。その船上で海風に吹かれながら、マルコは考えていた。

十字軍精神の塊《かたま》りとしか見ていなかったラ・ヴァレッタが、マルコとの対話では一度もそのようなことは口にしなかったのを思い出していたのである。狂的なまでの頑固さはあった。だが、理性的で現実的な男でもあるのに、ヴェネツィア男のマルコは、驚くとともに見直す想《おも》いにもなっていたのである。

あの男なら、やり遂げるかもしれない、と。

翌年になって闘われたマルタ攻防戦の展開を、マルコは、元首官邸の中にいながら追った。

一五六五年三月二十二日にコンスタンティノープルから出港したトルコの大軍が、マルタ島の沖合に姿を現わしたのは五月十八日。攻防戦開始は三十一日。それから九月十三日までの三ヵ月半、眼には眼を、歯には歯を、を地で行く激闘がつづいた。

去って行ったのは、トルコ軍のほうである。後には、二万を超える戦死者が残されていた。ケシの一粒にすぎなかった小さな島が、大帝国が送ってきた大軍の撃退に成功したのである。

撤退するしかなかったトルコ側がこうむった被害も大きかったが、守り抜いた騎士団側の犠牲もすさまじかった。

その頃になってようやく到着した援軍の兵士たちが眼にしたのは、大砲の直撃を受けて各所で崩れ落ち、もはや形を成していない城塞だった。

そして、破壊された石塊《いしくれ》の間から現われた、汚れ、傷つき、血がこびりつき、地獄を見た者しかしない形相に変っている戦士たちの姿は、見る者をたじろがせたほどである。

一万人いた防衛側で、死者の数は三千を超え、戦死した騎士の数は二百七十人。ラ・ヴァレッタの指揮下で実際に戦闘に参加した騎士は四百人足らずであったので、騎士兵士の別なく、三人に二人が戦死したことになる。これが、四ヵ月近くにもなった攻防戦を耐え抜いた代償であった。

マルタでの勝利の知らせは、またたくまにヨーロッパ中に広まった。

スペイン王のフェリペは、騎士団長あてに、賞讃《しようさん》で埋まった親書を送ってくる。ウィーンにいる神聖ローマ帝国皇帝のマクシミリアンからも、祝辞と賞讃が寄せられた。

ローマ法王のピオ四世も、特使をわざわざマルタに派遣し、祝福を述べるとともにラ・ヴァレッタを、枢機卿《すうきけい》に任命すると伝えてきた。

フランスでは、息子の王の摂政《せつしよう》をしていたカトリーヌ・ド・メディシスが、騎士団長がフランス生れであるのはフランスの誇りだと、ラ・ヴァレッタが聴いたら苦笑したにちがいないことをふれまわっていたという。

だが、これら各国の権力者たちよりも、庶民の反応のほうがよほど正直だった。教会という教会の鐘が、イスラム相手の久々の勝利を祝って鳴らされたのである。

教会の鐘は、鳴らし方によって、喜びの鐘か警鐘か弔鐘かを区別する。当時の人は、鐘の音を耳にしただけで、そのちがいがただちにわかる。英国国教会を設立してカトリック教会からは分離していたエリザベス女王下のイギリスでも、教会の鐘は歓喜を告げて鳴りひびいていた。

ヴェネツィアも例外ではなかった。湾内の島々までふくめれば百五十はあるという教会のすべてで、キリスト教徒の勝利を祝う鐘の音が、夕暮になるまで鳴りやまなかった。

想像もしていなかった痛打を浴びた想いでいたのは、スレイマンであったろう。大帝と呼ばれ、トルコ帝国最盛期のスルタンであることに慣れきっていたスレイマン一世は、この翌年に世を去る。七十一歳だった。

死ぬどころではなかったのが、年齢では同じの騎士団長である。ローマ法王が与えた枢機卿の地位は丁重に辞退しながらも、祝い金は受け取る。彼には、破壊されつくしたマルタ島の復興という、困難な事業が待っていた。その彼に死が訪れるのは、復興も一段落した三年後になる。今なおマルタ島の首都の名は「ヴァレッタ」だが、それも当然と思うほどに、責任を果し終った後の死であった。

しかし、苦い想いで死を迎えたかもしれないスレイマンの死が、今度はヴェネツィアの苦難になってはね返ってくることになる。マルタでの勝利を祝う鐘の音がヴェネツィアの市内を満たしていたときは、マルコでさえも予想していたことではなかったのだが。

現実主義者が誤るのは……

「現実主義者が誤りを犯すのは、相手も自分と同じように考えるであろうから、愚かな行動には出てこないにちがいない、と思ったときである」

この文章を読んだのはマキアヴェッリの著作の中でだったか、それとも彼の同時代人で同じくフィレンツェに生れたグィッチャルディーニの著作にあったのかは忘れた。だがマルコには、この一句を絶望とともに想《おも》い起すときが近づいていたのである。

スレイマンの死後にトルコ帝国のスルタンの地位に就いたのは、セリム二世だった。四十六年間にもわたった治世の間中大帝と賞讃《しょうさん》されていた父の後を継ぐだけでも重荷だろうが、父は最盛期のトルコ帝国を残して死んでくれたのだから、父親が行ってきた内外ともの政治路線を継承するのが、最も合理的で現実的な生き方であるはずだった。ところがセリムは、人には言えない想いに苦しんでいたのである。

セリム二世は、長男ではなく次男に生れている。長男が後を継ぐのが決まりのトルコでスルタンになれたのは、異母兄のムスタファが反逆罪に問われて斬首《ざんしゅ》されたからで、兵士にも庶民にも人気があり、スレイマンの後を継ぐには最適任と衆目一致していたムスタファの死がセリムの母のロクサーナの策謀によるとは、巷《ちまた》の噂《うわさ》にもなっていた。スレイマンの長子は冤罪《えんざい》の犠牲になったとは、トルコの首都にいるヴェネツィア大使の報告にもある。当然、スルタンに就任したばかりのセリムも知っていただろう。

そのセリムの胸に、父が成せなかったことを自分は成し遂げる、という想いが頭をもたげてきたとしても当然だ。

スレイマンは、半世紀近くにもなる長い治世の終りに、マルタ島からの撤退という苦杯を飲み下さねばならなかった。つまり、キリスト教世界を向うにまわしての戦闘に敗れたのである。ならば、自分は勝ってみせる、と。その的《まと》が、キプロスになる。キプロス島が、キリスト教国であるヴェネツィア共和国の領土であったからだった。

地中海ではシチリアに次いで大きな島になるキプロスは、たしかに、東地中海を三方から囲んでいるトルコ帝国領土に最も近く位置する、キリスト教徒の統治する島である。

マルタ島が、イスラム化して久しい北アフリカを視界に入れたキリスト教世界の最前線基地ならば、キプロス島も地政的には、中近東のイスラム世界に向けてのキリスト教側の最前線基地になる。

だが、十字軍時代の遺物である騎士団が守るマルタと、十字軍時代でさえも経済活動を優先してきたヴェネツィア人が領有するキプロスでは、ちがいは歴然と存在した。キプロスを植民地にしていたヴェネツィア人はこの島を、統治するというより経営するやり方で徹底していたのだ。

キプロスで産する主な物産は、綿と葡萄酒《ぶどうしゅ》と塩としてもよい。

塩田で採れる塩は、古代のローマ人が教えたように、生活には欠かせない品であるところからあらゆる物産との交換が可能で、通貨が、「塩」を意味する「ソルド」と呼ばれていたように、歴史的にも通貨と同じ存在でつづいてきた。

綿は、キプロスを併合した以後から始まったヴェネツィア人によるたびたびの品種改良の結果、サザンプトンからヴェネツィア船で運ばれてくる英国産の綿よりも断じて良質な綿糸に変わり、それをヴェネツィアで加工した綿布は、今ではヴェネツィアからヨーロッパ諸国への重要な輸出品になっている。その中でも最上質の綿糸は繊細そのものの出来で、これまたヴェネツィア特産のレースの材料に使われていた。

これほどの質の綿糸は、以前はティグリス河畔のモスールでしか作られていなかったのだ。それを使って織った透きとおるように薄い布地は、ヨーロッパにはヴェネツィア商人によって輸入されていた最高級品で、ヨーロッパ人はそれをモスリンと呼び、女ならば誰もが夢見るヴェールとして使われていた。

葡萄酒も、ヴェネツィア人による品種改良によって、もともとはギリシアの地酒でしかなかったのが、今ではヨーロッパ最高の酒の地位を獲得している。キプロス産のマルヴァジア酒は、高価で品も少ないにかかわらず、祝いの席での乾杯の酒としても定着していた。

もう一つ、あまり人眼には立たなくても重要度では変らない物産がある。石けんだ。石けんには、身体《からだ》を清潔に保つ役割に加えて、戦闘の際の「武器」という役割があったからである。

製造工場は、古代ローマからの伝統で、シリアのアレッポにある。そこで固型状に作られた石けんは、アレッポにあるヴェネツィアの商館《フォンダコ》を通してキプロスに運ばれ、粉末状にして袋に入れられてコルフ島に運ばれる。ベトつかない状態の粉末にする作業は、キプロスにあるヴェネツィア人経営の工場でしかできなかった。コルフ島に陸揚げされた石けんの袋は、この島で初めて戦力化するということになっている、軍船や商船の船倉に積みこまれる。海の上で戦闘状態になったときは、それを海水に溶かして敵船に浴びせかけるのだ。敵兵が甲板上で滑《すべ》ったり転んだりすれば、敵側の戦力の減少につながるからであった。

ヨーロッパでの石けんの製造地は、これまた古代からの伝統でマルセーユだったが、マルセーユはフランスの国内にある。フランス王の気分しだいということで、ヴェネツィアが望む継続的な供給を満たすには、フランスのみに頼るのは危険だった。

これらすべてが、ヴェネツィア共和国にとってのキプロスの存在理由であった。だがトルコ側にも、存在理由はあったのだ。

支配者のトルコ人に対してしばしば反乱を起していたのが、アラブ人が主体のエジプトだ。エジプトには、またイスラム教の聖地メッカのあるアラビア半島にも、トルコからは中近東を通っていかねばならない。そのシリア・パレスティーナ地方の民心が安定していれば、この重要通路も通路として安定する。ヴェネツィア人によるキプロスの経済力の向上は、その近くにある中近東にも波及効果をおよぼしていた。民心の安定は、経済状態の安定に影響を受けないでは済まないのだ。

専制君主が支配する国でも、民衆は不満に思えば反乱を起す。民衆の不満は、ほとんどが経済上の問題によって火が点《つ》けられる。

スレイマンは、ロードス島から騎士団を追い出した。マルタ島からも追い出そうとしたが、それは果《は》たせなかった。十字軍精神に燃える聖ヨハネ騎士団は、イスラム教徒と見れば襲って殺したが、ヴェネツィアはこの種の行動には手を出していない。スレイマンが、半世紀近くになった治世にかかわらずその間ずっとキプロスを攻略の目標にしないできたのは、現実的な考えによったからである。まったく、他のヴェネツィア領は攻撃しても、キプロスは温存してきたのだから。

広大なトルコ帝国で経済感覚に優れているのは、アラブ人やペルシア人であって、トルコ人ではない。アラブ人やペルシア人は、しばしば支配者であるトルコ人に反旗をひるがえすが、ヴェネツィア人は、トルコとの間に友好通商条約を結んでおり、よほどのことがないかぎりはそれを守る人々だった。

こうしてキプロスは、ヴェネツィア共和国にとって、クレタ島にも匹敵《ひってき》する重要な海外植民地としてつづいてきたのである。ゆえに、海外との交易には無縁のヴェネツィアの市民たちの、安全な投資先としても。

この辺りの事情を、スレイマンは完全に理解していた。ヴェネツィアの元首《ドージェ》アンドレア・グリッティとは、彼が元首に選出されるずっと前から親友の仲であったほどだ。そして元首グリッティの死の後も、スレイマンのキプロス温存政策は変らなかったのである。

だが、スレイマンに代わってスルタンに即位したセリムは、「この辺りの事情」にはまったく関心がなかった。若いスルタンの頭を占めていたのは、偉大なる父でもできなかったことを自分がやる、でしかなかったのだから。

しかしセリムも、即位後すぐは、キプロス征服を言い出すことまではできなかった。父の時代から仕えてきた高官たち、ヴェネツィア側が穏健派と見ていたトルコ宮廷内の有力者たちが、まだ閣議、トルコ語では「ディヴァン」と呼ばれた閣議を取りしきっていたからだ。セリムは、「切っ掛け」を探していた。

ヴェネツィア側も、トルコ帝国の権力者交代を、手をつかねて眺めていたわけではない。マルタ島攻略に失敗して以後のトルコ宮廷内に、キリスト教世界への復讐《ふくしゅう》の念が頭をもたげてきているのは、正確に感じとっていたからである。

話は、スレイマンがまだ生きていた時代にさかのぼる。

一五三七年、一人のヴェネツィアの少女が、トプカピ宮殿の中のハレムに入れられてきた。名はチェチリア・バッホ。父親の任地に向う途中でエーゲ海を航海中に、襲ってきたイスラムの海賊に捕われたのだった。

捕われた者が男ならば、ほぼ例外なくガレー船の漕《こ》ぎ手にされる。女も奴隷《どれい》市場に売りに出されるところまでは同じだが、家事労働か性的奴隷が彼女たちを待つ運命。だが、チェチリアを捕えた海賊船の船長は、金髪の巻き毛に青い眼の少女の愛らしさに注目したのか、売りには出さずにスルタンに献上した。スレイマンはこの少女を、息子のセリムへの贈物にする。これが、十二歳だったヴェネツィアの少女のハレム入りのいきさつだった。

ヴェネツィア政府は、ただちにこれを察知する。早くも翌年、チェチリアがヴェネツィアの貴族バッホ家の息女であることを認めた文書を、トルコ宮廷に送っていた。この証明書が、どれだけハレムの中にいる少女のために役立ったかはわかっていない。おそらく、ほとんど役立たなかったろう。ハレムの女たちのほとんどはトルコ人ではなく、トルコ帝国全土から連れてこられた他民族の女であったのだから。

いずれにしても、トルコ風にヌール・バヌーと名を変えられたチェチリアは、ハレムの中で男の子を出産する。大帝スレイマンにとっては、初孫にあたる。

ヴェネツィアの「十人委員会」は、例によって極秘裡《ごくひり》に、チェチリアへの接触を開始した。と言っても相手が住んでいるのは、男子禁制のハレムの中。たまの外出時でも、よろい戸で四辺を囲った輿《こし》に乗って、でしかない。ハレムに出入りを許されている、いずれも女の宝石屋か服の仕立屋かを通すしかなかった。

トルコの首都に常駐しているヴェネツィア大使からの贈物も、知られても真の意図を探られる危険のない、無邪気な品々ばかりになる。繊細な模様のヴェネツィア特産のレースのハンカチーフとか、ヴェネツィアで流行しはじめていた、自分の好みによって調合する香水を入れたムラーノ産のガラスの小びんとかで、それらはいずれもチェチリアに、遠い母国でも身近に感じてもらうことを考えての品々であった。

ハレムの中にいるヴェネツィア女は、ある程度ならば大使に、トルコ宮廷内の情報は伝えていたようである。それを暗号文に変えて本国に送った、大使からの報告が残っている。だが、そうこうしているうちに、二十八年という歳月が過ぎていった。

一五六五年、大帝国の威光も露《あら》わに送り出したトルコの大軍が、十分の一の戦力もなかった聖ヨハネ騎士団によって撃退されるという、トルコにとっては屈辱的な事件が起る。翌六六年、四十六年におよんだ治世の後にスレイマンは死んだ。新たにスルタンの地位に就いたのはセリム。チェチリアも、スルタンの妃《きさき》になったのである。しかし、スルタン以外は男厳禁のハレムの中では、イスラム教では認められている、四人の妃のうちの一人でしかない。世継ぎを与えた女でも、スルタンへの影響力となると限られてくる。

それに、女ならば欲しいだけ得られるスルタンでも、母親は一人だけなのだ。ハレムの女の中でスルタンに影響力をおよぼせる女となると、母后一人だけなのであった。セリムの実母のロクサーナはすでに死んでいたが、このトルコではチェチリアには、母后に代わることまではできなかったのである。つまり、キプロス攻略しか頭になくなっているセリムの、気を変えることまではできなかったのだ。

その間ヴェネツィアは、正攻法による「外政《ポリティカ・エステラ》」を断念していたわけではない。仮想敵国ナンバーワンのトルコ帝国に派遣する特命全権大使には、ヴェネツィア政府は、ヨーロッパの大国との外交の経験が豊富な、ベテラン中のベテランを送りこむのが常だった。

この時期に大使であったのは、鶴《つる》のような肉体から身体中が神経だけで出来ていると言われた、老巧な外交官のバルバロ。大使バルバロは、交渉相手である宰相のソコーリのところには足繁《あししげ》く通い、キプロスを攻略することはあの島からヴェネツィア勢を排除することであり、その結果キプロス島全体が活気を失うことになると説いた。実際、攻略されて以後のロードス島はただの漁村になり、エウボエア半島にあった多くの港も、ただの漁港になっていたのである。

しかし、ヴェネツィアが穏健派と考えていたソコーリは、スレイマンが生きていた頃の宰相ではなくなっていた。大使の熱弁には、耳を傾ける。大使の会談要請も、常に受ける。だが、何かが変っていた。その何かの要因は、しばらくして明らかになったのだ。

会談は閣議の開かれる部屋で行われるのが常だったが、その部屋の一部だけが壁ではなく、四角に切られた飾り棚には鉢植えの花が置かれていたが、その向うにはカーテンがかかっている。そのカーテンの背後に、人がいる気配がしたのだ。

ヴェネツィア大使館が放ってある情報提供者の報告の中に、スルタンのセリムには閣議を盗み聴きする癖がある、というのがあった。大使バルバロは、カーテンの背後の人とはセリムである可能性が高い、と書いた暗号文の報告を十人委員会に送った。セリムはセリムで、キプロス攻略を実行に移す切っかけを探していた。そしてそれは、彼がスルタンに即位した三年後に訪れる。

ヴェネツィアの国営造船所《アルセナーレ》が爆発し炎上したという知らせが、セリムの許《もと》にも届いたのだった。

たしかにヴェネツィアでは、その年の九月十三日、爆発事故は起っていた。

海の上に築いた狭い土地に、二十万もの人間が住んでいるヴェネツィアだ。疫病《えきびょう》防止策と同等の熱心さで、火事の発生には神経を使ってきた。火を使うガラス工房はまとめてムラーノの島に離してあるのが示すように、火薬まで貯蔵している国営の造船所は、都心部から離れた地に置かれていた。ちなみに、火薬まで貯蔵しているのは国営の造船所だけで、そこから北側に向ってつづく私営の造船所には火薬は置かれていない。

ゆえに事故は、「アルセナーレ」と言えば他国の人でも知っている国営造船所で起ったのだが、職工の一人のちょっとした不注意で火が火薬庫の一つに延火して爆発し、それが近くの三つの火薬庫にまで広がったことから大爆発になってしまったのだった。

結局、四度にわたって起った爆発は四つの火薬庫を全焼しただけでなく、その近くの高い石壁まで噴きとばしてしまう。

ヴェネツィアに住む人々は、アルセナーレには火薬があるのは知っている。それで舟で運河に避難した人は多く、次の日の明け方になるまで、大運河《カナル・グランデ》がいっぱいになったほどであった。

不幸中の幸いは、他の火薬庫には延火しなかったことと、火災が発生した場所の近くの河岸に積み置かれていた大量の火薬が、数日前にコルフ島に送り出されていたことである。

また、建造途中の船の被害も、最小限に留まった。流れ作業方式で建造中だった数十隻《せき》のガレー船も、そのすべてが無傷で残る。ガレー船は四隻が焼失したが、これらはいずれも、造船所内で部品を運ぶのに使われていた小型船。

そして、この状態がもとにもどり、以前と同じ速度で作業が再開されるまでに、一週間と要しなかったのである。

これが、スルタン・セリムを狂喜させた、大事故の真相であった。

しかし、偽《にせ》の情報が怖《おそろ》しいのは、いったん走り始めてしまえば、その後に真実を伝えられても、事態の進展には何の変化ももたらさないところにある。

ヴェネツィアの国営造船所で大事故が発生した。だからこの機にトルコが攻撃に出ても、ヴェネツィアにはもはや、ただちに出動できる海軍力は残っていない。

こう説くセリムに、宰相以下の高官たちも黙ってしまう。本国から早便《はやびん》で事故の真相を知らされた大使バルバロが至急宰相ソコーリに面会を求め、真相を説明したのだが無駄だった。

トルコは、専制君主の国である。絶対君主制の国家では、君主の一言が決する。それまではキプロス温存派が多数であったトルコ宮廷も、一五六九年の秋を境に逆転したのである。

マルコにも、三十年以上にもわたってつづけてきた国策への彼の考えを、変えざるをえないときが来ていた。

政府中枢《ちゆうすう》での彼の立場が、弱体化したのではない。マルタ攻防戦を見たことから一段と声が大きくなっていた対イスラム強硬派からの、軟弱外交という批判に屈したからでもなかった。その程度の批判ならば、彼には打ち返す自信はあった。

しかし、トルコが変ったのではしかたがない。彼らが変った以上、こちらも変らざるをえない。だからこそ、「外交《ディプロマツィア》」ではなく、「外政《ポリティカ・エステラ》」と呼ばれているのだ。

マルコ・ダンドロは、自分も委員の一人である「十人委員会《コンシーリオ・デイ・ディエチ》」の席上で、火災後の国営造船所の、政府側の最高責任者への就任を願い出た。情況が、戦争か、それとも平和をつづけていけるか、のどちらに向おうとも唯一《ゆいいつ》確かなこと、つまり海軍力の増強が、何よりも優先すると考えたからである。

「C・D・X」も全員一致で、ダンドロの申し出を受けいれた。そして、マルコが求めたもう一つのこと、ヴェネツィアの海軍力を熟知している人物を協力者に指名したいという願いも了承したのである。

その人物とは、長い海外勤務を経てつい先頃帰国したばかりで、十人委員会での帰任報告を聴いたときからマルコの注意をひいていた男であった。

海将バルバリーゴ

アゴスティーノ・バルバリーゴも、ダンドロ家に劣らぬヴェネツィアの名門貴族に生れている。ただ、マルコ・ダンドロがC・D・Xを舞台にしての国政の中枢《ちゆうすう》にいつづけたのに対し、アゴスティーノ・バルバリーゴの舞台は常に海の上にあった。

国政を担当するのが責務の貴族《ノービレ》なのだから、共和国国会に議席はあり、元老院の議員でもある。だが、そのような場で彼の姿を見ることはほとんどなかった。海外基地に派遣されている時期のほうが、断じて長かったからだ。それも、商船に乗っていたのはごく若い頃だけで、その後は海軍一筋の人生。シビリアンとミリタリーは分離されないのが伝統のヴェネツィア社会でも、珍しい例の一つになる。

それゆえかこの人には、海の男、では片づけられない雰囲気が常に漂っていた。

年の頃は五十代半ば。総じて背の高いヴェネツィア男の中では目立つほどの背丈ではないが、全身が引き締まっているためか高く見える。また、長年にわたっての海の生活で陽焼けしていて、元首官邸づめの他の貴族たちの白い肌の中では異彩を放っていた。黒い巻き毛の頭髪は首のあたりで短く切られているのも、鋼鉄製のかぶとがずれないための処置。一見するだけで、海軍ひと筋の男であることがわかる。それでいて、話し方から立居振舞いのすべてが静かな男だった。

初めて一対一で対したときに思わずマルコが言ったのが、あなたが軍船上で大声で号令する様子が想像できない、であったのだから。それにバルバリーゴは、微笑をたたえながら答える。「必要とあれば、声などは自然に出てくるものですよ」

こうして、二十歳もの年齢差を超えた二人の男の協力関係が始まったのである。

海将は、政府のお偉方であるマルコに特別な配慮はしなかった。国営造船所の内部を案内しながら、冷静で正確な説明をしていく。

まず案内されたのは、ガレー軍船を専門に建造している工程で、そこでは、通称を「細身のガレー船《ガレア・ソッティーレ》」と呼ばれる、ヴェネツィア海軍の主戦力になる軍船のみが作られている。

長さは四十メートルはあるが、幅は五メートル足らずと細く、高さは吃水線《きっすいせん》から計っても一・五メートルしかない。海の上に浮ぶ、というよりも、海の上を走る、と言ったほうが似合う船なのだ。

帆柱は樹《き》の幹ほども太いが、中央に一本しかない。その帆柱には、上げ下げが可能な、四十メートルはある帆桁《ほげた》がななめにつけられ、順風のときは大型の三角帆が張られる。四角帆だと逆風のときはお手あげだが、三角帆は、ジグザグにしても前進できるので、中世では三角帆が主流になっていた。

そのうえ、大洋とちがって地中海では、風の向きがしばしば変る。いきおい、積みこむ帆の種類も多くなる。風の強さと向きに応じてす早く帆を交換するのも、船乗りの腕の見せどころであった。

船橋は、船尾にしかない。しかも軍用ガレー船なので、船橋といっても名ばかりの、帆布でおおった大型の駕籠《かご》をかぶせただけ、という感じ。居住性などはゼロのストイックさである。

船首からは鋭く尖《とが》った鉄棒が突き出ているが、これは戦場で敵の船腹目がけて突っこむため。これで敵の船腹を突き刺せば敵船の動きを止めることはできるが、突き刺したこちらの船の動きも止まる。そうなると、海の上であっても固定した戦場ができるわけで、それが、海戦であっても敵味方入り乱れての白兵戦になる要因であった。また、戦場に着けば帆はすべて降ろし櫂《かい》だけで、つまり人的モーターだけで敵に近づいていくので、そのモーター役の漕《こ》ぎ手が百六十人から百八十人は必要になる。この他に、帆の上げ降ろしや錨《いかり》や舵《かじ》の操作のための船乗りは二十人。石弓や剣や槍《やり》で闘う戦闘要員も四十人は必要だった。

これでも、人海戦術でくるイスラムの船と比べれば少ない。だが、ヴェネツィアの船は、奴隷《どれい》に漕がせるイスラム船とちがって、漕ぎ手も自由民。櫂がかみ合って敵味方の船ともが動けなくなったときは、櫂を棍棒《こんぼう》に持ちかえて戦闘員に一変する。これも、もともとからして少ない人的資源を最大限に活用する必要から生れた、一千年もの昔からつづく智恵《ちえ》であった。

第二の型の船は、この細身のガレー船をひとまわり大きくした船で、名も、「太身のガレー船《ガレア・グロッサ》」と呼ばれているガレー船。

帆柱も三本に増え、船高は倍増し、船橋も船首と船尾の二箇所にあり、屋根もあるから居住も可能。漕ぎ手も、二百人は上まわる数。船首だけにしても、大砲もそなえつけられている。

この大型ガレー船は、香味料などの高額商品を運ぶ商船として活用されていた船だが、軍船として使われる場合は司令官の乗船用になる。

海戦ともなれば旗艦になるだけに、他の船が濃い茶色に塗られているのとちがって、船全体が緋色《ひいろ》に塗られている。櫂までが同じ色。俗に「ヴェネツィアの真紅《ロッソ・ヴェネツィアーノ》」と呼ばれる色で、金糸で聖《サン》マルコの獅子《しし》を縫《ぬ》いとりした、ヴェネツィア共和国の国旗の地の色と同じ色になっている。

司令官が乗る船だけが目立つ色に塗られているのは、古代ローマ時代の総司令官が紅《くれない》の大マントを着けて指揮していたのと同じ理屈にある。どこにいるかは味方の兵たちにもわかるが、敵にもわかる。

だが、勝利はもぎ取るものだ。リスクを冒す者だけに、それを手にする資格があるのだった。

国営造船所で建造中の船の中で、人目を引かずにはすまない船がもう一種あった。「ガレアッツァ」と呼ばれる船で、別名を「バスタルダ」（妾の子《めかけ》）というふざけた愛称をもつ船だ。帆船とガレー船の特色を合わせた、他国では見られない、十六世紀後半のヴェネツィア海軍が考え出した新兵器であった。

長さは四十五メートルと、大型ガレー船よりは短いが、幅は十メートル以上もあり、吃水線からだけでも十メートルと、高さとなると帆船並みになる。

帆は、三角帆を主としながらも四角帆もそろえていて、それらを張る帆柱の数も、主要の三本に加えて船尾にも一本の、計四本。

帆船とガレー船の合の子なのだから、風の有る無しに関係なく船は動けるように櫂も常備されている。ただしガレー船とのちがいは、漕ぎ手たちの位置は甲板上にはなく、甲板のすぐ下の階に並ぶ方式をとっていることだった。

それは、ガレー軍船が敵との接近戦を目的にしているのに対し、ガレアッツァは、離れた海上から敵船に砲撃を浴びせるのが目的であったからで、漕ぎ手まで戦闘に投入する必要がほとんどなかったからである。また、甲板の下に漕ぎ手を配置する利点は、彼らを敵の攻撃から守れることにもあった。

ただし、ガレアッツァは、細身で船高の低いガレー船に比べれば、風や水の抵抗を受ける度合が高くなる。大型船でもあるので、動きも鈍い。

しかし、海上に浮ぶ砲台のつもりで考案された船だけに、船首に設置された砲台は、三段階に分けられた半円型の船橋すべてを活用したもので、ここだけでも十門の大砲が、百八十度の方角すべてをフォローできるように配置されている。

左右の舷《げん》にも四門ずつの大砲が配置され、船尾にある船橋にも、小型にしても十から十二門の大砲が設置されている。船全体が「海に浮ぶ要塞《ようさい》」と言ってよかった。理論的には、小銃もふくめれば六十発の砲弾が同時に火を噴くのも可能、ということだ。乗組員も、これほどとなると大幅に増え、一隻《せき》につき四百から五百人は必要とされた。

しかし、ガレアッツァだけでは海戦は闘えない。トルコ海軍と言っても、海戦ともなれば各地の海賊を徴集して成るのがその実体。イスラムの海賊は、小型の快速船を好む。動きの自由度では、ガレアッツァには不利になった。

それで、ガレー軍船とガレアッツァを組み合わせる戦術を、ヴェネツィア海軍は考え出すのである。

と言っても、白紙から新戦術を考え出したのではない。風の向きが変りやすい地中海では、帆に頼るだけでは商船でも航行は難事なのだから、それは軍船でも同じことである。この現実を直視したうえで改良した戦術、であったにすぎなかった。

バルバリーゴの説明を聞きながら造船所内を見てまわった後で、その一画に立つ塔の上の一室で二人は向い合った。マルコは言った。

「この国営造船所全体を、軍船の建造のみに集中させたい。商用の船は、私営の造船所に移ってもらう。そうなったときの造船能力を、正確に知りたいのだが」

バルバリーゴは、少しの間考えた後で答えた。

「ガレア・ソッティーレだけならば、日に一隻の進水は充分に可能です。そして半年もあれば、資材の供給能力を考慮しても、二百隻の進水まではもっていける。ガレアッツァは、同じ期間内に十五隻まで。大型の帆船《コッカ》も、五十隻の進水まではこぎつけられるでしょう」

コッカと総称された帆船は、直接には海戦に参加しないが、武器やその他諸々《もろもろ》の補給物資を積みこんでいくので、海上の戦闘でも不可欠なのだ。海の上での兵站《ロジスティクス》を担当するのが、海戦に向う場合の帆船団の役割であった。

そして二人とも、口には出さなくても同じことを考えていた。これほどの造船能力を持つ造船所は、ヴェネツィア以外にはどの国にもないことを、二人ともが胸の内ではかみしめていたのである。

バルバリーゴの回答に深くうなずいたマルコは、さらに聞いていた。

「このアルセナーレを軍船の建造のみに変えるのに、何日が必要だろう」

海将は即答で返してきた。「一日で終ります」

その日の二人の会話は、これで終った。海の男と別れて元首官邸にもどる道すがら、マルコは、長々しい説明の要もなくことが運べる協力者を得て、久しぶりに壮快な気分になっていた。

血を流さない戦争と、血を流す政治

国営造船所が臨戦態勢に入ったからといって、マルコが属す十人委員会の仕事がなくなったわけではない。ヴェネツィア政府はまだ、問題の穏便な解決、対イスラム強硬派からは軟弱外交と非難される解決、を探るのをやめてはいなかった。こちらのほうのマルコの協力者は、トルコの首都在駐のヴェネツィア大使バルバロ。ヴェネツィアとコンスタンティノープルの間を、頻繁《ひんぱん》に暗号文書が行き交うことで進められる。大使の交渉相手は宰相ソコーリだが、スルタンのセリムを止めることができる人がいるとすれば、やはりこの人しかいなかった。

大使バルバロは、この人の説得に全力を投入する。トルコにとって、キプロスが現状のままで残る利点を、あらゆる面から説くことによって。

それだけではない。キプロス島の歴史にまでさかのぼって説いたのだ。

今では誰もがイスラム世界の内側にあると思っているキプロス島だが、イスラム国になったことは一度もなかったという事実。長く東ローマ帝国領であったのが西欧側に組みこまれたのは、正確に言えば三百七十八年昔。第三次十字軍時代の話で、そのときに東征してきた英国王リチャード獅子《しし》心王《しんおう》が征服したことで初めて、キプロスは西欧キリスト教世界の一部になったのだった。あの時からつづいてきたフランス系のルジニャン王家がその後ヴェネツィア共和国に譲渡したので、百年前からヴェネツィア領になっている。

そのキプロスへの攻撃は、イェルサレムの場合とはちがう。返還とか奪還を大義名分にすることはできない。侵略、でしかない。

だが、この論法には欠陥があった。宰相も、そこを突いてきた。

一五二二年に先のスルタン・スレイマンが行ったロードス島攻略は、では何か、と言ったのだ。ロードス島も、一度としてイスラム下に入った歴史はなかったのだから。

大使バルバロは、それでも退《ひ》き下らなかった。

ロードス島を領有していた頃の聖ヨハネ騎士団は、イスラム船と見れば襲って略奪していたが、キプロス島を領するヴェネツィアは、一度としてそのようなことはしていない、と言って。

こうして会談は、いつも不毛で終っていたのである。それでも宰相は、大使の会談要請には常に応じた。これだけが、本国の十人委員会にとっての唯一《ゆいいつ》の望みの綱であった。

しかし、首都の住民の間では、次のようなことが口の端《は》にのぼるようになっていたのである。スルタンは最上の葡萄酒《ぶどうしゅ》を独り占めしたいがために、キプロスが欲しいのだ、と。セリムがイスラム教徒には珍しい酒飲みであるのは、庶民までが知っていた。そのセリムがことのほか好んでいたのが、キプロス産のマルヴァジア酒であったのだ。イスラム教徒の中でもトルコ人は、アラブ民族のように教えを守るのに厳格な信徒ではない。だがそのトルコ人も、キリスト教徒の国でありつづけたキプロスの攻略に、強いて反対はしない程度には、イスラム教徒であった。

宰相ソコーリは、もはや知った仲の大使バルバロに言った。

「所詮《しょせん》は、強者は奪い弱者は奪われる、にすぎない」大使は、これにも退《ひ》かなかった。

「大国になっても弱小国を温存することで、両者の共生による利益をよりあげた例は歴史にもあります」

ソコーリ個人は、この意味を理解しただろう。だがトルコの宮廷内の空気は、国営造船所の火災で、トルコが攻めてもヴェネツィアにはもはや送る海軍はなくなったと熱弁をふるうスルタンに、同調する流れに変っていたのである。

国営造船所《アルセナーレ》が軍用船のみの建造に集中するようになってから三ヵ月後、スルタンから元首《ドージェ》にあてた親書を託されてきたという、一人のギリシア人がヴェネツィアに到着した。

戦雲にわかに 一

トルコは在外公館をどの国にも置いていないので、ヴェネツィアにも置いていない。到着したギリシア人は、トルコとは同盟関係にあるフランス大使の客になる。そして、スルタンの親書を元老院で読みあげることを要求してきた。

このギリシア人の地位ははっきりしない。トプカピ宮殿で働く人であることはわかったが、職業は通訳であるらしい。つまり、トルコ宮廷内での地位は低い。セリムはこのような人物を、重要きわまりないことを伝える特使として送りこんできたのである。

この時期のマルコ・ダンドロは、元首補佐官の地位にあった。ギリシア人が読みあげるスルタンの親書も、一段高いがゆえに広い会議場を見渡すことのできる、元首の隣りの席で聴いたのである。

親書は、長々とつづくアッラーを讃《たた》える言葉が終った後は簡単だった。

ヴェネツィア共和国に、キプロス島の返還を要求してきたのだ。

元老院《セナート》は、共和国国会《マジョール・コンシーリオ》の議員の中から三十歳以上が選ばれて議員になる。議員の数は二百人前後。それで普段は冷静に議事が進むのだが、この日はちがった。議場全体が騒然となったのだ。

「返還とは何ごとか!」

「自分たちのものでもなかったのに、何が返還か!」

スルタンはヴェネツィアに、言葉は「返還」でも実体は「譲渡」を迫ったのだ。ギリシア人に、適切な言葉の選択の能力が充分でなかったのだが、それでも元老院議員たちは、真意は充分に聴きとっていた。譲渡の要求に屈するか、それとも戦争か、という。

そのセリムへの回答は、共和制の国だけに投票で成される。元首も六人いる元首補佐官も、議員たちと同じ一票しか持っていない。「投票の間《サラ・ダ・スクルティーノ》」と呼ばれている広間に向う、議員たちの長い列ができる。

投票の結果は、拒否が一九九票。ほとんど満票で、ヴェネツィアは、スルタンの要求に「NO」で答えたのだ。

友好条約を結んだ一五四〇年以来、三十年にわたってつづいてきたトルコとの共生関係、つまり戦争はしない関係の終りであった。

バルバリーゴも元老院議員なのだから、その場にいた一人である。元老院《セナート》の意思表示が終って議場を出ようとしたとき、十人委員会の秘書に呼びとめられた。委員会の部屋に来てくれという。会議中とて控えの間でしばらく待たされた後で、部屋に招じ入れられる。元首と補佐官六人と委員十人の前で、決定したばかりという視察行への出発が言い渡された。

視察といっても、平時の視察ではない。臨戦態勢に入ろうとしているヴェネツィアにとっての重要な海外基地をまわって、応戦の準備の実情を視察するのが、彼に課された任務だった。その重要な海外基地とは、次の四つになる。

「ヴェネツィアの海」とさえ呼ばれてきた、アドリア海の出口に浮ぶコルフ島。

その南に浮ぶザンテは、オリエントに向うすべての船にとっての中継基地で、イオニア海の制海権堅持の要《かなめ》になっている島。

イオニア海を後にエーゲ海に入れば、クレタ島が見えてくる。クレタは、この時点でさえも第四次十字軍で獲得して以来の三百六十五年もの間、ヴェネツィアにとっては最大で最重要の海外基地であった島である。もちろん、全島がヴェネツィアの直轄《ちょっかつ》領土。

そして、最後にくるのがキプロス。ヴェネツィア共和国はこの島を、特産品の生産地としてだけではなく、トルコ領内に深くくいこんだ、最前線基地としても重要視していた。

バルバリーゴにその任務が課されたのは、半年前に帰国するまでの二年間、キプロス近海警備の船隊を指揮する立場にいたのが彼であったからだ。また、彼を推《お》したマルコが言ったように、視察も、見る力がある人が見てこそ初めて真実がわかる、からであった。

ただし、ヴェネツィアからの出発は秘密裡《ひみつり》に行うことも命じられる。トルコ側を刺激したくなかったからだが、ヴェネツィア政府はまだ、戦争に訴えない解決をあきらめてはいなかった。大使バルバロも、次のような手紙は送ってきても、宰相との面会は執拗《しつよう》につづけていた。

「トルコ人との交渉は、ガラスの球を投げ合うゲームに似ています。ただ、相手が強く投げてきてもこちらも強く投げ返すわけにはいかず、かといって球を下に落として、ゲーム終了と言って済むものでもありません」


元老院で成された、スルタンからの要求への拒否決議の直後、十人委員会は、バルバリーゴの視察行のほかにもう一つのことも決めていたのである。海将中の海将と言われたヴェニエルを、ヴェネツィアの海外基地の要《かなめ》であるコルフ島に送り出したことだった。

セバスティアーノ・ヴェニエルは、すでに七十代の半ば。だが、その年齢にはとても見えない。背はとび抜けて高く肩幅も広く、動きは若い頃ほどではないにしても、危なげなところはまったくない。身体《からだ》全体が引き締まっていて、禿《は》げあがった頭髪も顔の半分を埋めるひげも真白だが、赤銅色《しやくどういろ》に日焼けした肌はまだ充分に若々しく、眼光は人を射すくめるように鋭く、肉体からして指導者の格を感じさせる男であった。

ただこの人は、ひどく怒りっぽい。怒ってもまもなく機嫌をなおす乾性の怒りなのだが、いったん爆発したら制御がきかない。

それでも組織力に優れ人心掌握の能力でも抜群だったので、一年もしないうちにコルフ島とその近海を守る海の男たちの心をつかんでしまう。彼らから愛情をこめて、「メッセール・バスティアン」と呼ばれる有様《ありさま》。名のセバスティアーノと砦《とりで》を意味する「バスティア」をかけたので、「ミスター砦《とりで》」とでもいう感じの愛称だ。

この男をヴェネツィア政府は、自国の海軍の総指揮をまかせる「海の総司令官《カピターノ・ジェネラーレ・ダ・マール》」には任命しなかった。トルコとは今なお平和裡でのキプロス問題の解決を探っている最中、そのトルコを刺激するのを心配したからである。「カピターノ・ジェネラーレ・ダ・マール」は平時にはない官名で、戦時になったときに任命される役職だからだ。ゆえにコルフに送られたヴェニエルの官名は、コルフ島知事とでもいう感じの「施政官《プロヴエディトーレ》」。しかし、七十代の武闘派をこの官名に留めておいたのには、もう一つの理由があった。こちらのほうは、味方への配慮。

この年、一五七〇年の春、それはスルタンの要求を拒否した直後だったが、ヴェネツィア政府はほぼ同時に、三つの対策に着手していたのである。

第一は、アゴスティーノ・バルバリーゴを、海外基地の防衛事情の視察に送り出したこと。

第二は、セバスティアーノ・ヴェニエルを、ヴェネツィアの玄関口の守りに送り出したこと。

第三は、ローマにいる法王を巻きこむ作戦に、本格的に乗り出したこと。

ヴェネツィア共和国はローマに、今なお「ヴェネツィア宮殿《パラッツォ・ヴェネツィア》」の名で呼ばれる壮麗な建物まで建てて、大使を常駐させていた唯一《ゆいいつ》の国であった。だがこの際、常駐の大使では不充分と見た政府は、大使とは別に、法王の巻きこみのみを目的にしたジョヴァンニ・ソランツォを、全権大使の格で送りこんだのだ。

ヴェネツィアは、海賊を総動員しての人海作戦でくるようになったトルコに、一国だけでは対抗できなくなっている。

また、戦争には、経済上の利権の保護という理由だけでは、他の国々まで参加させることまではできない。多くの国々まで巻きこむことのできる、心情面での理由、これを人々は「倫理」と呼ぶ理由、も不可欠になる。ヴェネツィアは、キリスト教の国々を集めての、連合艦隊の再結成をもくろんでいたのである。

キリスト教徒の国ではあっても、フランス王国は除外せざるをえなかった。スペインへの対抗心のあまりにフランスはトルコと同盟条約を結んでいたからで、目標が対トルコでは、フランスの参加は初めから望めなかった。

形は同じ条約でも、同盟条約と友好条約はちがう。同盟は軍事面での義務を伴うが、友好条約ならばそこまでの義務は伴わない。この三十年間、ヴェネツィアがトルコとの間に結んできたのは、同盟条約ではなく、あくまでも友好条約であった。

フランスを欠くしかないのがこの時代のヨーロッパの現状である以上、大量の兵士と船を投入できる力を持つ大国となればスペインしかない。だが、スペインの王とは、利害が反することが多すぎた。

一致していたのは、いずれもキリスト教徒の国、という一事のみ。それも、キリスト教への対し方となると、正反対と言ってよいほどにちがっていた。

ヴェネツィアでは、トルコ人もアラブ人もユダヤ人も、またカトリック教とは分裂状態にあるギリシア正教を信ずるギリシア人も、町中ではすれちがう仲、でしかない。画家たちも、テーマは聖書からとっていながら、トルコ帽やターバンに加えて、つばの広い帽子から一眼でわかるギリシア正教徒を、画面に描きこんで平然としている。それが異端裁判が猛威をふるうスペインとなると、絵画でさえもこの人々には出場の機会は与えられない。

だが、それだけにスペイン人にとってのローマ法王の威光は、ヴェネツィアとは段ちがいに強かった。

要するに、ローマ法王を動かすのに成功しさえすれば、いかに地中海の東半分には利害のないスペイン王でも、動かせる可能性は出てくるのだ。なにしろスペイン王には、「カトリック王」という別名まであったのだから。

そしてこの時期に、全カトリック教徒の宗教上の最高指導者とされるローマ法王には、ピオ五世が就いていた。

この人は、四年前に法王に選出されるまでは、異端裁判《インクイジツイオーネ》の総元締の地位にいた人である。自身もドメニコ宗派に属し、「神の犬」を意味するドメニコ派の「一匹」であるのを強く自覚している点では、勢いを持ちつつあった反動宗教改革派のリーダー的存在でもあった。

この人が法王に就任した際にヴェネツィア政府は、常駐の大使に祝意を述べさせた程度の冷淡さで対したが、今はこの法王が必要になっていた。つまりヴェネツィア政府は、この法王の狂信的なまでのイスラム嫌いに、狙《ねら》いを定めることにしたのである。

この法王の懐柔作戦を一任されたジョヴァンニ・ソランツォだが、十人委員会への報告の中に次のように書いた男でもあった。

「強国とは、戦争も平和も思いのままになる国のことであります。わがヴェネツィアは、もはやそのような立場にはないことを認めるしかありません」

では、このクールで現実的な外交官は、どのようにして法王を動かしたのか。

キプロス島がヴェネツィアにとって、経済的に非常に重要な基地であることなどはおくびにも出さなかった。また、そのヴェネツィアが求めるのは、地中海での航行の自由と安全の確保であるという、正論は一言も口にしなかった。

イスラム教こそが悪の根源と信じて疑わない法王が、イスラム世界に打撃を加えるのを見るまでは肉を断って卵しか食べない点に狙いを定めたのだ。法王の心の中にひそんでいる、十字軍精神に火を点《つ》けたのである。

これに、五年前のマルタ攻防戦に話が及ぶや歓喜のあまりに声が上ずってくる法王が、完全に乗ってしまう。

痩《や》せぎすの身体のどこにこれほどの熱情が隠されていたのかと思うほど、法王ピオ五世は積極的に変わった。

言を左右にして確答を与えようとしないスペインのフェリペ二世の許《もと》へ、つづけざまにローマから特使が発《た》つ。スペイン王が少しでも言質《げんち》を与えそうなことを口にしようものなら、ただちに追い討ちをかけて既成事実にしてしまう。といって特使ソランツォも、この法王に追随してばかりいたのではない。譲れないことは、断じて譲らなかった。

その最たるものが、連合艦隊の総司令官にスペイン海軍を率いるジャン・アンドレア・ドーリアを推してきたスペイン王に、断固反対したときである。ヴェネツィアは、この海将の伯父にあたる高名なアンドレア・ドーリアのあいまいな作戦によって苦杯をなめさせられた、三十二年前のプレヴェザの海戦を忘れていなかった。

ジェノヴァのドーリア一家と言えば、前王のカルロスの時代から、スペイン王に傭《やと》われてスペイン海軍の司令官を務めている、海の傭兵《ようへい》一家である。連合艦隊が結成されれば、海軍力からすれば、その戦力の半ば以上をヴェネツィアが負うことになる。また、カネで傭われている男に自国の海軍を一任するなど、認めるわけには絶対にいかなかった。

そのたびに法王は、眼の前にいるソランツォに怒りを爆発させる。だが、怒れば怒るほど連合艦隊結成への法王の熱意が高まるのも、ソランツォは見逃さなかった。

しかし、あらゆる方面への配慮がつづくということは、ある一面での徹底さを欠くことになりかねない。

配慮しすぎたヴェネツィア政府は、連合艦隊が結成された際にヴェネツィア海軍の総司令官になる人の人選で、この誤りを犯すことになる。

性格が円満で争いごとを好まない人は、平時のリーダーには適しているだろう。だが非常時となると、それが、決断力を欠くことにつながりかねない。ジロラモ・ザーネが、その好例になってしまう。

一ヵ月余りの視察行を終えて帰国したバルバリーゴは、早速十人委員会に呼び出された。視察行の間に書きとめていたことを整理するだけであったので、報告は正確で簡潔で、マルコもふくめた十七人の全員が納得する内容だった。

まず、コルフ島までのアドリア海の警備は完璧《かんぺき》。ヴェニエルが睨《にら》みをきかせているコルフ島は、アドリア海の出入りを監視する、砦の役目を完璧に果していること。

また、ギリシアのペロポネソス半島の西側の海上に連なるヴェネツィア領の島々も、ザンテとチェファロニアの二島を軸に、制海権はヴェネツィアが堅持していること。

このイオニア海を抜けてエーゲ海に入ると、クレタ島が見えてくる。東地中海でのヴェネツィアの最大で最重要な基地だけに、その北側には西から東に軍港が次々と姿を現わす。カネア、スーダ、レティモ、カンディア、そして海中に孤立した砦だけに難攻不落と評判のスピナロンガ。そのすべてを視察してまわったバルバリーゴの結論は、このクレタも防衛は完璧、であった。

だがトルコは、今のところはクレタ攻略までは匂《にお》わせていない。しかしあの国は、スルタンの一言で決まる国である。クレタの重要度を考えれば、ガレー軍船が十隻《せき》に兵站《へいたん》用の帆船三隻という平時の警備力は絶対に増強の必要がある、というのがバルバリーゴの意見だった。

クレタ島から東へは、ヴェネツィアの制海権が及ばない海域に入る。バルバリーゴの視察行も、クレタ警備の艦隊が提供してくれたガレー軍船二隻に警護されての航行になった。キプロス島は、敵側の海に浮ぶヴェネツィアの領土なのだ。

このキプロスに関するバルバリーゴの報告を聴くうちに、委員全員の表情が変わった。

キプロスは、これまで三十年間つづいた平時と変わらず、五隻のガレー軍船に帆船二隻しか置いていないこと。この海上戦力に陸上戦力を合わせても、キプロスの防衛には五千人足らずの人間しかいないこと。

また、住民であるギリシア人の協力もあてにはできない。彼らはギリシア正教を信ずる人々で、トルコの支配下に入っても、被支配階級に我慢しいくばくかの異教徒税を払ってさえいれば生存は可能であることは、すでにトルコ領内に住んでいるギリシア人たちが証明していた。この彼らにとって、統治者がイスラム教徒のトルコ人かカトリック教徒のヴェネツィア人であるかは、さしたる問題ではないのだと、バルバリーゴは言う。そのうえ、と彼はつづけた。

そのうえ、トルコが攻めてくるということでは同じでも、マルタのときとキプロスでは完全にちがう。不毛な岩石地帯のマルタでは上陸しても略奪に値する食料もなかったが、豊かな耕作地がつづくキプロスでは、大軍でも食べさせるのに苦労しない。

また、トルコ帝国との間の補給線が長かったマルタに比べて、すぐ近くの小アジア南岸までがトルコ領になっているキプロスでは、補給線も断じて短くて済む。五十年前のロードス島攻略にはトルコは十万の兵士を送ってきたが、キプロス攻略にはそれ以上の軍勢を送ってくる可能性もある。その十万が、腰をすえて攻めてくるということになるのだ。

しかも、ロードスよりもキプロスは、トルコ軍の上陸は島のどこからも可能という不利も持つ。島の中央に位置する首都のニコシアには、西、南、東の三方から攻めあがってくるのは充分に予想でき、北東にあって最も守りの固いファマゴスタとこのニコシアの間には、五十キロの距離がある。キプロスでは最重要の軍港でもあるファマゴスタを捨ててニコシアの応援に駆けつけるには、現在の戦力では絶望的なくらいに足りない。

バルバリーゴは報告の最後を、次の言葉で終えた。

「連合艦隊結成の如何《いかん》にかかわらず、至急、ヴェネツィア海軍の主力をキプロス救援に送らないかぎり、あの島は持ちこたえられません」

しかし、この後でバルバリーゴが、「P・S」(追伸)という感じでつけ足した一句が、委員たちの表情をさらに暗くしたのである。

バルバリーゴは、視察行の間、イオニア海でもエーゲ海でもキプロスの近海でも、イスラムの海賊船を遠望したことさえもなかった、と言ったのだった。

戦雲にわかに　二

ヴェネツィアが海外基地のすべてに、平時であっても五、六隻《せき》の軍船を配備しているのは、海賊対策のためなのである。

海賊の頭目たちは、エジプトのアレクサンドリアやリビアのトリポリやチュニジアのチュニスやアルジェリアのアルジェと、各主要都市の太守に任命されることで公的な立場を与えられている。それが、キリスト教徒相手の海戦ともなれば召集されてトルコ海軍に入るようになっているのだ。

しかし、キリスト教徒相手の海戦も、そうはしばしば起るわけではない。それで、召集がかからない時期には、海賊たちは、彼らにとっては本業である海賊行為にもどる。

スルタンも、そこまでは関与しない。スルタンにとっての海賊は、あくまでも一時借用の戦力、今で言えば非正規戦力、であったからだった。スルタンとは友好条約は結んでいるからトルコの正規海軍は襲ってこないが、海賊たちには、そのようなことは知ったことではないのだ。ゆえにトルコ帝国とは友好条約を結んでいても、海賊への防衛を怠ることは許されなかったのである。

その海賊たちの姿がないという。その理由は何だと思うかと質問した委員に、バルバリーゴは口調も変えずに答えた。

「したくない想像ですが、海賊の頭目の全員は、スルタンから呼ばれてコンスタンティノープルに行っているのではないかと思うのです。そして彼らの部下の海賊たちもそれぞれの母港で、命令がありしだい出港できるための準備中ではないのか、と」

それから一ヵ月が過ぎた三月末、ヴェネツィア政府はついに、「海の総司令官《カピターノ・ジェネラーレ・ダ・マール》」を任命する。共和国国会で選出されたのはジロラモ・ザーネで、その彼には早速、六十隻のガレー軍船を率いての出港が決まった。

公表された艦隊出港の目的は、キプロス島の警備力の強化。ローマではまだ、連合艦隊は結成されていなかったのである。

それでいながら平時にはない、「カピターノ・ジェネラーレ・ダ・マール」の任命だ。この一事だけで、ヨーロッパの各国はわかる。

ヴェネツィア海軍が、指揮系統の一本化に出てきたこと。ゆえに、今やヴェネツィアは、臨戦態勢に入ったこと。

なにしろ、「海の総司令官」が任命された以上、コルフ島を守るヴェニエルも、クレタ島警備の艦隊を指揮するカナーレもクィリーニも、キプロス防衛の責任者であるブラガディンも、本国にある海軍の総指揮だけでなく海外基地にいる海将の全員までが、総司令官ザーネの指揮下に入ることになる。つまり、最終決定権はザーネにある、ということになるのだった。

ところが、この六十隻は、アドリア海の半ばまで来たところで、二ヵ月も釘《くぎ》づけになってしまう。乗せる予定にしていた漕《こ》ぎ手たちの間で疫病《えきびょう》が発生し、それが回復するまで待ったのが釘づけの原因だった。

この間にローマで連合艦隊の結成が少しでも進展していたら、二ヵ月も無駄ではなかったのだ。だが、法王を間にしてのスペインとヴェネツィアの対立はいっこうに解消しない。

スペインは、あいも変わらず連合艦隊の総司令官に、自国の海軍をまかせているジェノヴァ人のドーリアの就任を要求して譲らない。

ヴェネツィア側は、傭兵《ようへい》隊長に自国の海軍を預けるなど絶対にできないと、断固拒否をつづける。

この時点でのヴェネツィアの参加戦力はガレー軍船だけでも百三十隻で、連合艦隊参加国全体の予定戦力の半ばを上まわっていたのである。

それで法王は、妥協案として、ローマの貴族マーカントニオ・コロンナを就任させてはどうか、と推《すす》める。

陸上戦の経験はあっても海は知らないコロンナには、スペインもヴェネツィアも首を縦にふらない。そうこうしているうちに、またも貴重な日々が空費されていった。

七月、ついにトルコが動き出した。

首都コンスタンティノープルを後にダーダネルス海峡を通ってエーゲ海を入ってきた本隊に、いずれも今ではトルコ支配下にある、ギリシアやシリア、パレスティーナ地方やエジプトからモロッコまでの北アフリカからの船と人を加えて、軍船だけでも三百隻。それに乗せた兵数は十万をはるかに超える。これでキプロスを囲み、島の南岸部からの上陸を開始したのである。

そのキプロスの救援に駆けつけたのは、クレタ島の防衛の責任者であったカナーレが、独自の判断で送り出した三千の兵士のみ。その次につづいた各基地からの支援部隊は、キプロスに着岸することさえもできずに引き返すしかなかった。

さすがにローマも、これには動く。形だけ、ということにしても、コロンナの総司令官就任が決まった。

形だけ、は当り前だ。武将とはいってもコロンナには海戦の経験がないだけでなく、彼の指揮下にある法王庁海軍には数隻の船しかなく、名のみの海軍でしかなかったからだ。

そして、あわてたがゆえのこの緊急策は、この年一五七〇年を無惨《むざん》な年にしてしまう。

まず、ヴェネツィアとスペインの考えの不一致が、ますます露骨になっていた。スペイン王にとって、キプロスがトルコに奪われようと関係ないことなのである。

先王カルロスも現王フェリペも、一貫して関心は、モロッコ、アルジェリア、チュニジアと連なる北アフリカの西半分にあり、そこを根城にするイスラムの海賊を撲滅《ぼくめつ》することにある。新大陸から金銀を運んでくるスペイン船が、海賊たちの格好の的になっていたからで、海賊を壊滅するには、彼らの本拠地を征服しないかぎりは達成できない。そのスペインにとっての連合艦隊結成への関心も、北アフリカ征服にそれを使うことのみにあった。

一方のヴェネツィアは、キプロスの存続を自国の死活問題と見ている。ゆえに連合艦隊はまず、キプロス救援に送られるべきと思っている。

だがそのヴェネツィアも、スペインを非難はできなかった。三十年前にしろ、先王カルロスが強行した北アフリカ攻略戦に、ヴェネツィアは中立維持を理由に参戦しなかったからである。結果は、王が自ら率いていながら、無惨な敗退。海外侵略にはヴェネツィア不参加では負けるという実例を、スペイン人は飲み下すしかなかったのである。地中海に利害をもつこの二国の対立は、こうも根が深かったのだ。

ヴェネツィアの元首官邸にいるマルコ・ダンドロも、深い絶望感を味わっていた。フランスだけでなくスペインもヴェネツィアも、所詮《しょせん》は自国第一なのである。とはいえこの現実は、他国頼みでなくなれば解消できるという、問題でもない。

問題が起る地のすべてを自国化した古代のローマ帝国のようになって初めて、各国の国益優先主義も超越できるのではないかと考えると、ますます無力感は強くなってくる。それでもマルコは、まだ自分にはできることが残っている、という想《おも》いまでは捨てていなかった。

キプロスに上陸したトルコ軍は、早くも首都ニコシアを囲んでいた。ニコシアの守りには、急遽《きゅうきょ》クレタから送られてきた兵士を加えても、三千ちょっと、しかいない。十万に対するに三千。しかも、唯一《ゆいいつ》キプロス内から救援を送れるファマゴスタからは五十キロ離れた、平野の中に立つ町である。十万の大軍に腰をすえて攻撃されては、結果は見えていた。

ニコシア防衛の指揮をとっていたのはヴェネツィアの貴族だったが、どうやら彼は時を稼ぐ戦法に徹していたらしい。守りの固いファマゴスタに敵の攻撃が集中されるまでの時間を、可能なかぎり先に延ばす策に出たのだ。ファマゴスタが陥《お》ちようものなら、キプロスは終わりだった。

あわてて結成しただけに、その年の連合艦隊は、指揮系統からして明確でない。

コロンナは法王庁艦隊を、スペイン艦隊はドーリア、ヴェネツィア艦隊はザーネと、各国がバラバラに行動することになってしまう。ローマにいる特使ソランツォも、この欠陥には気づいていた。それで法王を説得し、少なくともコロンナには、ザーネと行動を共にせよとの命令を、法王から出させることには成功したのである。

ところが、そのザーネが、激変する情況の変化について行けなくなっていた。ヴェネツィアの海外基地から集めた船と人を加えて、百三十隻のガレー船と十二隻のガレアッツァと三十隻の帆船を率いてクレタ島には到着していたのだから、「ついていけなくなった」のは彼個人の問題である。

そのザーネが率いるヴェネツィア艦隊に合流したのが、コロンナ率いるわずか数隻の法王庁艦隊。スペイン艦隊を率いて到着するはずのドーリアが、シチリアのメッシーナまで来ていながら、いつになっても姿を現わさない。スペイン王からの出動命令が届いていない、というのだ。

わざわざメッシーナまで行ったコロンナに説得されてようやくクレタに来たには来たのだが、ドーリアが率いてきたスペイン艦隊は、その名で呼ぶのがはばかれるようなもので、傭兵隊長ドーリアの自前の船と船乗りと兵士だけであった。

それでも結成まではこぎつけた〝連合艦隊〟だが、ただちに東に向ってキプロス救援に駆けつけたわけではない。

クレタ島でも、ヴェネツィアのトクになる戦闘には手を出すなという、王フェリペからの密命を受けていたドーリアの引きのばし作戦はつづいていたのだ。スペイン王の意向を匂《にお》わせながらのドーリアに、人格円満な紳士という点では共通していたコロンナとザーネが錯乱されてしまう。

ヴェネツィア船には戦闘員が足りない、と言うドーリアに、ザーネが口を開くより先に、そばに控えていたヴェニエルの厳しい声が答えた。

「ヴェネツィア船では、漕ぎ手までが戦闘に参加します」ドーリアも、その反駁《はんばく》には方向転換する。

「海上を行くには、季節が適していない」

これには、ヴェニエルだけでなく、同席していたヴェネツィアの海将たちから失笑が起った。いまだ季節は、八月も終っていない。

しかし、ドーリアのほうも、引きのばし作戦の材料がつきていた。それでようやく、九月十八日になって、ひとまずは東に向って発《た》つとは決まった。

だがその間に、十万の兵と六十門の大砲を満身に浴びて、ニコシアは陥落していたのである。三千の防衛兵はほぼ全滅。先頭に立って闘っていたヴェネツィア人は、全員が戦死した。

そして、首都を陥《お》としたトルコ軍は、東に向きを変える。キプロス最強の砦《とりで》と言われた海港都市、ファマゴスタの包囲戦に入ったということであった。

この知らせを連合艦隊は、キプロスへ向かう海上で受け取った。ファマゴスタがいかに堅固《けんご》な城塞《じょうさい》づくりでも、攻める十万に対して守るのは五千。十万に対する五千では、援軍の到着だけが頼りになる。

それがわかっていながらドーリアは、もはや行くのは無用な労になると、引き返すことを主張した。ヴェネツィアの海将たちは、もちろん続行を主張する。コロンナも、続行派だった。

ところが、言い争いをつづけている間に海上の天候が一変する。猛烈な暴風雨が襲ってきたのだ。ドーリアが勢いづく一方で、海上での嵐《あらし》には慣れていないコロンナは浮足立ってくる。

状況の変化に気づいたザーネは、妥協案を、彼にしてみれば適切と思う考えを提案した。

キプロス行きはひとまず断念し、このままエーゲ海を北上して、つまり暴風雨の圏外に出て、ギリシアのネグロポンテかトルコの首都のコンスタンティノープルに攻めこんではどうか、と言ったのだ。これには、コロンナは半ば同意したが、もちろんのことドーリアは断固反対。

そうこうするうちに、嵐を避けてクレタ島の港に避難していた船も、互いに船腹がぶつかったりして被害が出てくる。そして日数は、日一日と無駄に過ぎていく。

総計ならば百九十隻に増えていたにかかわらず、ついに連合艦隊は西に引き返すと決まった。

キプロス行きを主張して譲らなかったのは、ヴェニエル以下のヴェネツィアの海将たちだったが、ヴェネツィア海軍の総司令官はあくまでもザーネ。ザーネこそが、方針を二転三転させた当の人なのである。

そのザーネは、クレタ島配属の十隻に二千五百の兵士を乗せてキプロス救援に向わせ、自分はそれ以外の船を率いてコルフに引きあげる、と決めた。だが、十隻とはあまりにも少ない。キプロスの近海まで近づいたところで、海賊ウルグ・アリの船隊に行く手をはばまれ、キプロスの土を踏むことすらできずに引き返してくるしかなかった。

コロンナもドーリアも、それぞれの船を率いて、トルコの海賊でもそこまでは絶対に襲ってこない、シチリアのメッシーナに引きあげていった。

こうして、一五七〇年の連合艦隊は、一戦も交えずに解散したのである。

キプロス島のファマゴスタでは、籠城《ろうじょう》中の五千人が、ただただ春の訪れを待つことしか考えずに、厳しい冬を耐え抜こうとしていた。

コルフ島にもどって来たザーネは、この美しい島で疲れを癒《い》やす余裕も与えられなかった。ヴェネツィアの十人委員会からの、本国への至急帰還の命令が待っていたのだ。

帰国した「海の総司令官《カピターノ・ジェネラーレ・ダ・マール》」には、委員たちの質問が集中した。その後で、彼に対する処遇が決まった。ただちの牢獄《ろうごく》入りである。罪状は、職務不履行。死罪は免れたが、終身の公職追放は言い渡された。

この時期、ヴェネツィアに、自国の海軍を託《たく》せる総司令官の選出に手間取ることは許されない。時を置かずに十人委員会は、セバスティアーノ・ヴェニエルを推すと決めた。高位の官職に誰を推挙することまでは、「十人委員会《コンシーリオ・デイ・デイエチ》」に権限がある。だが決定権は、あくまでも元老院《セナート》にあった。

「火」と「水」

しかし、ヴェニエルにもマイナス要因がある。「ミスター砦《とりで》」と綽名《あだな》されるほど部下たちからは慕《した》われていたが、怒り出したら止まらない男でもあるのだ。それが前年の総司令官選出時に、温厚な性格のザーネに票が集まった理由だったが、一五七一年のヴェネツィアは、今年こそは、という意気では全員が一致していた。

とはいえやはり、七十五歳になってもヴェニエルは「火」の男。前年の経験から、法王側のコロンナとスペイン王の意を汲《く》むことしか頭にないドーリアの性向はわかっている。ゆえに「火」は必要なのだが、この二人に対するに怒って衝突するばかりでは、連合艦隊は結成することさえも出来なくなる。と言ってヴェニエルは、自己制御せよ、と言って効果がある七十五歳ではない。

ここで、マルコ・ダンドロが提案した。火には水を組み合わせたらどうか、と。ヴェニエルの次席として、バルバリーゴを推したのである。そして、この海将を推す理由を述べた。

第一にアゴスティーノ・バルバリーゴは、水ではあっても内部は、責任感という熱い想《おも》いを秘めた「水」であること。

第二に、国営造船所の臨戦態勢化を短期間で成功させた実績からも、冷静でいて事態の本質を見きわめる洞察力に優れ、その結果を現実化していく能力にも秀《ひい》でていること。

第三は、次席ともなれば各国の司令官との作戦会議に同席するので、その席での「火」へのブレーキ役にも適している。

第四だが、これは相当にヴェネツィア側の理由によった。

いまだ連合艦隊全体の総司令官が誰になるかが不明な状態では、もしもその地位に海戦のシロウトが就任した場合も考えておく必要があると、マルコは言う。

仮りにそのようになった場合は、その総司令官をヴェニエルは、近くにいてコントロールする必要に迫られるだろう。そうなれば、ヴェネツィア海軍の総指揮は、次席が務めざるをえなくなる。トルコ相手の海戦のプロであるバルバリーゴには、それも十全に果す能力がある、と。

だが、このバルバリーゴにも、マイナス要因がないではなかった。「十人委員会」の委員の一人が、それを突いてきた。

ヴェネツィアは共和制の国なので、自国の誇りである海軍を一任する「海の総司令官《カピターノ・ジェネラーレ・ダ・マール》」であろうと、元老院で選出される。この人に何か起ればただちに代わらねばならない次席も、元老院での選挙で決まる。ヴェニエルの知名度は問題ないが、バルバリーゴには票は集まるのか。これが、その委員が問題にした点だった。

バルバリーゴは海外基地勤務が長く、またこの三十年というもの、ヴェネツィア海軍自体が、トルコとは櫂《かい》をかみ合わせるほどの海戦はしていない。ということは派手な戦勝による名声もないということで、元老院の二百人の議員の中での知名度は低かった。

マルコは、それにも答える。だから、知名度の高いヴェニエルと組ませるのだ、と。だが、組ませるからにはその理由を明確にしたほうが、議員たちを納得させるには効果がある、とも言った。「火」と「水」はカップルであるべきだ、と明言せよと言ったのだ。ヴェニエルが「火」であることは、元老院では誰もが知っていた。

こうして、「プロヴェディトーレ・ジェネラーレ」(Provveditore generale) という、総司令官次席とも参謀長とも訳せる、ヴェネツィア海軍では新しいポストが誕生する。「火」は必要だがそれだけでは、と考えた末に生れた官職だった。

元老院ですべてが決まった後で、マルコはバルバリーゴを、元老院議場からは一階下の回廊に呼び出した。そして言った。

「われわれは、起《た》たざるをえなくなった。だが、起つ以上は絶対に勝つ。それも、並の勝利では意味がない。圧勝でなければ、意味はない。圧倒的な勝利をあげてはじめて、ヴェネツィアの将来への道も開けてくる」

アゴスティーノ・バルバリーゴは、いつもの静かな表情のまま、眼だけでそれに答えた。

レパントへの道　一

一五七一年一月、聖《サン》マルコの船着場から、バルバリーゴは祖国を後にした。全体が「ヴェネツィアの真紅《ロッソ・ヴェネツィアーノ》」に塗られた、旗艦に乗っての出港である。いざとなれば「海の総司令官《カピターノ・ジェネラーレ・ダ・マール》」に代わってヴェネツィア海軍を指揮することになる「プロヴエディトーレ・ジェネラーレ」にも、旗艦に乗る権利が認められていた。

それに、前日に聖マルコ大聖堂で特別にあげられたミサで聖別された、真紅の地に金糸で聖《サン》マルコの獅子《しし》を縫いとりした、ヴェネツィア共和国の国旗もたずさえての出陣だ。旗艦用は普通の旗よりは大型なのだが、この大国旗は戦場では、旗艦の船尾にある船橋の上に高くひるがえる旗になる。

共和政をとるヴェネツィアでは、艦隊を構成する各軍船は、それを指揮する艦長の紋章旗をかかげることは許されていない。他国の船ならば、乗船して指揮をとる貴族の紋章旗が色とりどりにひるがえるところだが、ヴェネツィアの船では、個人はなく、ヴェネツィア共和国だけがあるのだった。

これらの国旗の他には、元首が自ら授与した元帥杖《げんすいじょう》も同時に発《た》つ。コルフ島にいる、ヴェニエルに渡されるものである。

真紅に塗られた旗艦は、もう一隻《せき》が同行する。総司令官ヴェニエルの乗船用だ。この他に五十隻のガレー軍船と二十隻の大帆船も、コルフまでとどける任務がバルバリーゴにはあった。すべては、元帥杖と大国旗とともに総司令官に渡され、それで初めて、一五七一年度のヴェネツィア海軍は、戦時体制に入るのである。

コルフ島に到着したバルバリーゴは、クレタの近海にいたのを急ぎもどってきたヴェニエルと会い、課された任務をすべて果すことができた。

ヴェニエルは、バルバリーゴとのほぼ一年ぶりの再会を喜び、お目付役とは御苦労だな、と冗談を言った。他の男ならば皮肉に聴こえるところだが、ヴェニエルの口から出るとちがってくる。ヴェニエルは自分の性格の欠陥を充分に知り、それを制御されようと気にしない男だった。

コルフ島には、クレタ防衛の責任者のカナーレとクィリーニも来ていた。だが、ヴェネツィアの海での力《パワー》を実際に発揮する役割を担《にな》う男たちは、海外経験の長い彼らだけではなかったのだ。

バルバリーゴが率いてコルフに着いた五十隻のガレー軍船のうちの三十隻までが、ヴェネツィア本国からの貴族が艦長を務める船であった。

そのほとんどが、元老院の議場で見慣れた顔の男たちで占められている。最近になって十人委員会に加わった若手の委員も、二人参加していた。

彼らは、元老院議員としてではなく、十人委員会の委員としてでもなく、政治でも軍事でも第一線に立つことが当然とされてきた、ヴェネツィアの貴族《ノービレ》として参加しているのだ。ヴェネツィア共和国は、この一五七一年に、総力を投入してきたのだった。

今年こそ、と胸に深く刻んでいたのは、ローマで外交戦を遂行中の大使ソランツォとて変わりはない。何としても春には、実効力をもつ連合艦隊を送り出さねばならなかった。

これは、法王の熱望によって、「神聖同盟連合艦隊」と名づけられていた。

ローマ法王ピオ五世も、肉を断《た》っているにしては活力の衰えも見せず、「カトリック王」を自認するスペイン王フェリペ二世への説得戦、と言うより、破門をちらつかせながらの脅迫戦を止《や》めない。

ついにスペイン王も、交渉のテーブルにつくことは承知してくる。全権大使も、ローマ入りした。

また、特使ソランツォも、ヴェネツィアの十人委員会から、妥協ぎりぎりの線を告げられている。

法王を間にはさんでの交渉の末、まずは次のことは決まった。

第一は、ガレー軍船のみにしろ、各国の参加数。

スペイン——七三隻

（スペインの港からが一五隻。スペイン王支配下のナポリとシチリアからが三六隻。傭兵《ようへい》隊長ドーリア私有が二二隻）

法王庁——一二隻

（大半は、トスカーナ大公メディチからの提供）

その他の、フェラーラ、マントヴァ、サヴォイア、ルッカ等のイタリア半島内の

国々——一隻

聖ヨハネ騎士団——三隻

（六年前のマルタ島攻防戦で、騎士団は人も船も使い果していた。あの壮絶な攻防戦を闘い抜いたラ・ヴァレッタも、三年前に死んでいる。それでも、騎士団長率いる三隻の参戦は約束してきた）

そしてヴェネツィア——一一〇隻

総計——二〇九隻

ただしこれは、各国が定められた分担に応じて負担する数ではなく、負担できる数が、各国への「分担」になったのである。

また、この数字はあくまでも予定数で、集結地に錨《いかり》を降ろした船を数えるまでは、実際に参戦する船の数は未知数、なのであった。

第二の問題点は、戦略目標。

これが明確でなかったことが前年の失敗の主因になったのだから、ヴェネツィアも真剣だ。今年こそは、明確にしておかねばならない。

ヴェネツィアの真意は、キプロス救援にある。

スペインは、この連合艦隊を西地中海に連れて行き、北アフリカの攻略に使いたいと思っている。

法王は、イスラム教徒と闘うならばどこでもかまわないと思っている。だが現実には、キリスト教徒とイスラム教徒の間で戦争が起きているのはキプロスだから、連合艦隊が東地中海に向うのは当然、とは思っていた。

だが、戦略目標をキプロスと明記するのには、スペインが断固反対してくる。法王も、それに引きずられそうになる。ヴェネツィアも、妥協するしかなくなった。

決まったのは、地中海の東西を問わず、敵のいるところに向う、である。

決議事項には、次の一事も加えられた。

神聖同盟連合艦隊は、これ以後も毎年三月には準備を完了し、四月には出陣する、と。

そうは言いながらも一五七一年は、三月になっても四月になっても、いまだテーブルをはさんでの交渉中であったのだ。

しかし、なんといっても最大の難関は、連合艦隊全体を率いる総司令官の人選にあった。

ドーリアを推《お》すスペインに、ヴェネツィアは前年と同じく断固反対。ヴェネツィアが推すヴェニエルには、スペインが反対して譲らない。法王による妥協案のコロンナには、ヴェネツィアは喜ばず、スペインも難色を示す。交渉は一時、この問題だけで暗礁《あんしょう》に乗りあげてしまった。

だがこれも、五月に入ってようやく、スペインの出してきた第二の案であるドン・ホアンに、ヴェネツィアが折れたことで解決に向う。ヴェネツィアは、これ以上ねばりぬいた末に、すべてが白紙にもどることを怖《おそ》れたのである。

だがこの人物に、連合艦隊を指揮する能力があるか否《いな》かに明確な答えを出せる人は一人としていなかった。ローマで交渉の卓についている人々の中でさえ、この男を知っていた人はいなかったのである。


突如国際舞台に登場した感じの、そしてこれ以降は「オーストリア公ドン・ホアン」と呼ばれることになるこの人物は、その年二十六歳。スペイン王フェリペ二世の、異母弟にあたる。

ただし、先王カルロスとドイツの貴婦人との間に生れたというこの若者は、嫡子《ちゃくし》フェリペのような王宮育ちではない。十四歳になった年に、カルロスが死にフェリペがスペイン王になったときに、初めて王家の一員と認められるまでは、なぜか秘密裡《ひみつり》に育てられた。

二十三歳の年にアルジェリア攻略に送られたスペイン軍に参加し、その翌年の南スペインに残存するイスラム教徒一掃の闘いでは、一隊を指揮したという戦績しか知られていない。いずれも一応は勝利者になったが、陸上での戦闘だ。海戦となると、実績どころか経験さえもない。この人物に、しかも若い貴公子に、二百隻から成る大艦隊の指揮をまかせるのは、ヴェネツィアの海将たちには不安以外のなにものでもなかった。特使ソランツォには、このヴェネツィア側の不安を少しでも解消する任務が課される。

それでも、王弟ではあるのだ。王自らではなくてもその弟を送ってくるということは、連合艦隊にスペインが積極的になった、ということの証《あか》しでもあった。

これを理由に、特使ソランツォは、ドン・ホアンの総司令官就任に同意したのである。だが真意は、これで初めて傭兵隊長ドーリアの総司令官就任をつぶせたことにあったのはもちろんだ。

しかし、「不安」のほうは、いまだ解消されていない。ソランツォは、ドン・ホアン就任に同意する条件として、次の一項を明記することを求めた。

連合艦隊総司令官に就任後もドン・ホアンは、ヴェネツィア艦隊総司令官のヴェニエルと法王庁艦隊を率いるコロンナの二人にすべてを相談すること。そして、この三者間で同意が成立しないかぎり、いかなる決定も実行には移されないこと。

ドン・ホアンのキャリアと年齢を思えば、ソランツォの要求は当然と思われたのだろう。法王もスペイン王も、これは受け入れた。

しかし、これが決まったことによって、海戦になった場合のキリスト教側の陣容も、自然に決まったのである。

海上で行われる戦闘《バトル》では、布陣の中央には総司令官の乗る旗艦がくる。ドン・ホアン乗船のこの船を左右からはさむようにして、ヴェニエルが乗るヴェネツィアの旗艦と、コロンナが乗る法王庁の旗艦がくる。そして、この三旗艦を中心にして、本隊が編成されてくる。

こうなると、まとまった数で参戦するドーリア率いるスペイン艦隊と、最多で参戦してくるヴェネツィア艦隊とも、ごく自然に、右翼か左翼に配されることになる。どこに配されるかは戦場の状況で決まるのだが、いずれにせよ最多の船で参加するヴェネツィア海軍を実際に指揮するのは、バルバリーゴの役割になったのだった。

全軍の集結地も決まった。イタリア半島とシチリア島をへだてる狭い海峡に面したメッシーナである。だがこれも、妥協の産物と言えないこともない。古代から軍港として知られるメッシーナは大艦隊の集結港に適しているというのが理由だが、地中海の中央、つまり東でも西でもない中央に位置しているのが、スペイン側が同意した真の理由であったのだから。

集結の期日までは、決めることはできなかった。ヴェネツィア以外の国々はこのような事態に慣れていず、寄港地ごとに船と人を集めながら戦力化していくのが、この時代の海軍であったからだ。

それでもなんとか、一五七一年五月二十日には、神聖同盟連合艦隊は調印にこぎつけることはできたのである。

ローマの聖《サン》ピエトロ大聖堂で行われた法王による特別ミサで、ドン・ホアン乗船の旗艦の帆柱高くひるがえるであろう、神聖同盟旗も聖別される。

まるで難産の後の出産のような連合艦隊だったが、誕生後も、順調な育ちかたをはじめるには数ヵ月を待たねばならないことになる。

六月十八日、トルコの首都のコンスタンティノープルにいるヴェネツィア大使バルバロは、本国からの密令を受けとった。極秘裡《ごくひり》にしてもトルコとの間でつづいていた、和平の打診を中止せよ、と記されていた。

ヴェネツィア共和国は、ここにきてついに、戦争一本にしぼったのである。大使からの暗号で記された返書には、了承、とした後に、アリ・パシャ率いるトルココの大艦隊が、コンスタンティノープルを出港したことが書かれてあった。

レパントへの道　二

神聖同盟《レーガ・サンタ》がスタートした後でも、すでに万全の準備が整っているヴェネツィア艦隊を除けば、順調に活動を開始したのは、法王庁艦隊を率いるマークアントニオ・コロンナである。

六月十五日、盛大な見送りの中をローマを後にする。法王庁の領土の主要港になるチヴィタヴェッキアには、現法王の甥《おい》までふくめたローマの貴族たちが華麗な軍装で待っていた。二十五人の歩兵は、法王が貸し与えたスイス人の衛兵。いずれも、コロンナが乗る法王庁艦隊の旗艦に乗りくむ男たちである。

港には、トスカーナ大公が提供したガレー軍船十二隻《せき》も待機しており、こちらのほうは、これまた華麗な軍装姿のフィレンツェの貴族たちが整列して迎える。

六月二十四日、十三隻から成る法王庁艦隊はナポリに入港。ここでドン・ホアンの到着を待って、ともにメッシーナに向う予定になっていた。

それでコロンナは、本来ならばローマ法王が手ずからドン・ホアンに授与しなければならない聖別された同盟旗を、ナポリまで持ってきていたのだ。これを手にしないかぎり、ドン・ホアンの神聖同盟艦隊総司令官としての任務は、正式にはスタートできないのである。

ところがそのドン・ホアンが、いっこうに到着しない。スペイン王がナポリの統治を任せている副王《ヴィーチェ・レ》にたずねても、知らない、という答えが返ってくるのみ。

指導者としての能力はさて置き、人柄は誠実なコロンナは、自分たちだけでもメッシーナに向うと決める。ただし、ナポリで待っていた日々を加えて、ここまでに要した日数は三週間。ティレニア海を一路南下しメッシーナに入港したのは、七月の三十日になっていた。

メッシーナの港には、すでに一週間も前から、ヴェニエル率いるヴェネツィア艦隊が到着していた。五十八隻のガレー軍船に六隻のガレアッツァだが、これではヴェネツィア艦隊の半分でしかない。クレタ島からの六十隻が、まだ未到着だった。

いつものことながら、とするしかない、ヴェネツィア海軍の悩みが原因だ。船は不足しなくても、それに乗せる人間の不足、である。それでひとまずは海外基地に置いてある軍船で埋めることにしたのだが、これが簡単にはいかない。トルコ海軍の前衛部隊を率いる海賊ウルグ・アリによるゲリラ作戦に邪魔され、ヴェニエル率いる本隊との合流が遅れてしまうことになる。しかも、海外基地から軍船を呼び寄せるということは、海外基地の防衛が手薄になることでもあった。

それでもヴェニエルは決めたのだ。海外基地の防衛を犠牲にしても、即戦力はすべてメッシーナに集合せよ、と。

このような事情もあって、コロンナが到着する前にすでに、ヴェニエルの怒りは爆発寸前まで行っていたのである。そこに現われたコロンナは、いつもの礼儀正しさも変えずに、ナポリでドン・ホアンを待ったが消息さえもつかなかったと、遅れの理由を述べる。とたんに、ヴェニエルの怒りが爆発した。

武将よりも宮廷人を思わせるコロンナは、背は低く痩《や》せていて、まだ若いのに頭は禿《は》げあがり、眼だけがひどく大きく、虚弱児がそのまま大人《おとな》になったような印象を与える。

この三十六歳の前に、並よりは背が高く横幅も広い、白髪が逆立っている七十五歳が立ちはだかると、怒声は発しなくても、大鷲《おおわし》が小鳩《こばと》を威喝《いかつ》しているとしか見えない。

だがこの小男は、ローマでは一、二を争う有力貴族であるだけでなく、法王の信頼厚い家臣であるだけでもなく、スペインの王家とも縁の深い男なのだ。ヴェネツィアにとって、威喝して済む相手ではない。話題を変えることでその場をつくろったのは、同席していたバルバリーゴである。

バルバリーゴはコロンナに、スペイン艦隊を指揮することになっている、ドーリアのメッシーナ到着はいつになりそうかとたずねた。

ほっとした表情になってもコロンナは、自前の船だけでなくスペイン艦隊に加わる国々からの船も集める必要があるからいつになるか、としか答えられない。ヴェニエルもバルバリーゴもコロンナも、結局はすべてドン・ホアンの到着にかかっているのを、口には出さなくても痛感するしかなかったのだった。

そのドン・ホアンだが、六月六日にはすでにマドリードを発《た》ち、バルセローナに向っていたのである。バルセローナでは、従えていく軍船団も準備が完了し、いつでも出港できる状態にあった。

ところが、出港の日が、ほとんど数日の間隔で、先へ先へと延期される。スペインのハプスブルグ家訪問を終えて帰国するドイツのハプスブルグ家の二人の公子をジェノヴァまで送り届けることになっていたのだが、その二人の出発の準備が終っていないというのが理由だった。

ドン・ホアンは、夏のバルセローナで待ちつづける。ようやくマドリードから二人の公子が到着して、出港できたのが七月二十日。ドン・ホアンのバルセローナ到着からは、四十三日が過ぎていた。

一行のジェノヴァ到着は、七月二十六日。だがすぐに、ジェノヴァから出港できたわけではない。

まず、二人の公子の歓迎の宴《うたげ》のために、三日がつぶれた。そのうえ、スペイン王の支配下にあるジェノヴァでは、六千のドイツ兵と二千のイタリア兵に、一千五百のスペイン兵まで乗船させる仕事も加わる。これらすべてが終ってジェノヴァを後にできたのは、八月の五日になっていた。

ナポリ入港は八月九日。ナポリでは、法王から授けられたキリストの大軍旗と元帥《げんすい》杖《じょう》を受ける儀式などで、またも十日が費やされる。

ドン・ホアン率いる艦隊がメッシーナの沖合に姿をあらわしたのは、八月二十三日の夕暮になってからである。

ついに姿を見せた若き貴公子は、先ぶれの船も送らず、突如メッシーナの港に入ってきた。

夕陽が対岸の山なみにその日の最後の陽光を投げかけている時刻、狭い海峡は夕凪《ゆうなぎ》で静まりかえり、海は一面に黄金色に輝く中での到着である。

コロンナもヴェニエルも、迎えのための艦隊を整列させる暇もなかった。それでも陸上からは礼砲がとどろき、急ぎ迎えに出た船からは人々の眼が、近づいてくる豪華な船に集中する。船首に一人立つ青年が、ドン・ホアンにちがいなかった。

背はすらりと高く、夕陽が、青白い顔を暖かい肌色に変えている。眼はあくまでも青く、風に流れる髪の毛は輝くばかりの金髪。立ち姿からだけでも、優雅な立居振舞の青年であることは想像できた。

左右に並んで迎える形になったコロンナとヴェニエルを認めた二十六歳は、はじめて微笑を浮べる。その微笑がまた、自らの立場を自覚している人のみがかもしだす、自信と余裕と優しさにあふれていた。

港を埋めた船からも船着場で待つ人々からも、「ドン・ホアン!」「ドン・ジョヴァンニ！」と、スペイン語とイタリア語双方での呼びかけが巻き起る。その歓声は、狭い海峡を越えてイタリア半島側の岸辺にまで達するほどの勢いになった。これにも若い貴公子は、ごく自然な微笑に手をあげる姿で応《こた》えつづけた。

これは、共和政を誇りにしているヴェネツィア人には、逆立ちしたって得られないたぐいのものであった。

姿を現わしただけで人々の間にある種の感情を巻き起すという存在を、共和政という、一人よりも多数を尊重する制度を採ってきたヴェネツィアは持ったことがなかったのである。

ヴェニエルもバルバリーゴも、待たされつづけた末にようやく到着した総司令官に、ほっと安堵《あんど》の胸をなでおろすとともに、この面でのドン・ホアンの存在意義を認めざるをえない想《おも》いになっていた。

後はこの若者に、総司令官としての職務を遂行できる能力があるか否《いな》かが、問題として残る。

だが少なくとも、若々しい総司令官の登場が、船乗りや兵士たちの間に、明るい希望を呼び起したことは確かであった。

その夜はコロンナだけが、司令官の一人としてよりもスペイン王家と縁が深いという理由で、ドン・ホアンと夕食を共にした。その席で何が話し合われたかは、誰も知らない。だが、後にコロンナがローマの法王に送った手紙によれば、到着早々のドン・ホアンに、すべての決定は三人の司令官の合意によって決まるということを、確認させるための会談であったという。

おそらく、宮廷人だけに目ざといコロンナは、若き総司令官のそばから離れないレクエゾス卿《きょう》の存在が気になったのだろう。実際、このスペイン人は、ドン・ホアンの顧問として従《つ》いてきている。言ってみれば、フェリペ二世が異腹の弟につけた御目付役。この人物がいない席で、若き総司令官から確認を取りたかったのではないか。

レパントへの道 三

翌・八月二十四日、総司令官の旗艦上で、第一回の作戦会議が開かれた。

出席者は、議長役でもあるドン・ホアンに、ヴェネツィア側からはヴェニエルとバルバリーゴ。法王庁側からはコロンナに、実際に兵士たちを指揮する、コロンナ一門の一人であるプロスペロ。他には、サヴォイア、ジェノヴァ、マルタ等の、船と人の双方で参戦する国々の代表。また、フィレンツェ、ルッカ、フェラーラ、マントヴァと、人だけの参加国の代表たちも招《よ》ばれている。神聖同盟連合艦隊は、多国籍軍なのであった。

その中でもひときわ参加者たちの注目の的になったのが、ドン・ホアンの背後にぴたりとついたまま動かない、レクエゾス卿《きょう》の存在だ。スペイン王の宮廷でも有力者として知られるこの人は、フェリペ二世から、連合艦隊の出陣は可能なかぎり先に延ばし、これ以上は無理となった場合でも行き先は北アフリカに向けさせよ、という密命を与えられていたのである。

初回の作戦会議は、軍船の数や乗員数の確認に費やされた。だが、スペイン側の引きのばし作戦は、早くもヴェネツィア側に察知される。会議終了後に自船にもどる小舟に同乗したバルバリーゴに、ヴェニエルは、吐き捨てるように言った。

「生っちょろいマドリードの陰謀家ほど、彼らの王にふさわしい人種もいない」

二回目の作戦会議では、偵察船を送り出すことが決まった。敵の動静をより正確に知る必要には、誰一人異存はなかったのだ。

しかし、レクエゾス卿はその任務に、スペイン船を使うのを主張した。ヴェニエルは、これに断固反対。東地中海はわれわれのほうが知っている、というのが反対の理由。

だが、ヴェネツィア船のみを偵察行に送るのには、スペイン側が承知しない。それでコロンナが言い出しドン・ホアンも同意した、折衷案を採ることに決まった。つまり、船長はスペイン人だが乗組員たちはヴェネツィア人、という組み合わせである。彼らを乗せて発《た》つ船は、後のフリゲート艦の語源になる「フレガータ」と呼ばれるヴェネツィアの船で、帆柱は二本、船乗りは十人、漕《こ》ぎ手は三十人という小型の快速船。こうして、偵察船を送り出すことまでは実現した。

しかし、状況がこうでは、連日開かれる作戦会議も遅々とした進展にならざるをえない。しかも、ドン・ホアンの背後に控えるお目付役は二人に増えていた。レクエゾス卿に、これも王からの命令で従《つ》いてきていた、ドン・ホアン専用の聴聞僧《ちようもんそう》も加わる陣容。二人とも、若き王弟が王フェリペの意向から、離れないよう見張っているのだった。

スペインは、良きにつけ悪《あ》しきにつけ、カトリック一色の国なのである。有力者のそば近くにあってこの人々の懺悔《ざんげ》を聞くのが役目の聴聞僧の影響力は、かの国では無視できない力を持っていた。

九月に入って二日目、クィリーニ率いるヴェネツィアの海軍基地からの六十隻《せき》が、メッシーナに入港。

同じ日の夕刻、傭兵《ようへい》隊長ドーリア自前の二十二隻も入港してきた。そして翌・三日には、スペインの支配下にある南イタリア各地からの船も入港を果す。

これで、予定していた全船が到着したことになる。総司令官の旗艦上で行われる作戦会議にも、クィリーニとドーリアという、地中海ではイスラムの海賊でも知っている顔が並ぶようになった。作戦会議も、この練達の二人の海将を迎えて、具体的な事項を次々と決定できるはず、であったのだ。

だが、レクエゾス卿は、偵察船の帰りを待つことを主張してゆずらない。これは理由のないことでもなかったので、まずは帰還を待つ、ということになった。だがこのために、さらに四日間が無為に過ぎた。

ヴェネツィア艦隊では、指揮官クラスでも、いつでも出港できるようにと、メッシーナ市が提供した宿泊先は使わずに、港に錨《いかり》を降ろした船の中で寝泊まりしていたのである。それだけに、出港の日さえ決められない状態は、彼らに、いつ終るともわからない苦痛を与えつづけていた。怒りを爆発させるヴェニエルも、立場上からそれは許されない艦長クラスも、気持のうえではまったく変りはなかった。

ファマゴスタは、キプロス島最強の城塞《じようさい》都市と言われていただけに、一年を過ぎた今でも耐えつづけている。だが、これ以上の抵抗を籠城《ろうじよう》軍に求めるのは酷だった。連合艦隊にすべてを投入しているヴェネツィアは、そのキプロスに、援軍も救援物資も送れる状態にない。

それでも救いは、一つならばあった。防衛が手薄になっている海外基地なのに、イスラムの海賊には襲われなくなっていたのだ。襲撃されないだけでなく海賊船の姿さえも見ない、というのである。

メッシーナでこの知らせを受けたヴェニエルは、バルバリーゴに言った。

「海賊たちも、トルコ海軍本隊からの召集命令を受けて、合流地に向っているということだろう」

バルバリーゴにも異論はなかった。

九月七日、待ちに待った偵察船がもどってきた。ヴェネツィア側の要求で、スペイン人の船長とヴェネツィア人の船員長は、別々に報告を行うことになる。

まず、スペイン人の船長の報告だが、次の一事につきた。

二百隻の軍船と百隻の輸送船で成るトルコ艦隊は、レパントに向っていること。

作戦会議に出席している人の中で、東地中海にくわしくないスペインを始めとする国々の人は、このとき初めて「レパント」という地名を耳にしたのである。そのレパントがどこにあるかも、ヴェネツィア側が地図を見せながら説明してやらねばならなかった。

ヴェネツィア人の船員長の報告のほうは、よりくわしいものになった。

良好な状態のガレー軍船は百五十隻を数え、他に小型のガレー船は百隻前後と輸送用の帆船も百隻に迫る数。

大砲にかぎるならば、総体的に貧弱で、ヴェネツィア海軍と比べれば段ちがいに劣ること。

この本隊との合流に向いつつあるウルグ・アリの海賊船団だが、その正確な数は確かめようがなかった。また、すでにレパントに入っている先行隊の規模も、パトラス湾の中には潜入のしようもなかったがためにこれも不明。

これでは、作戦会議の大勢が、ヴェネツィアの船員長の報告のほうに信を置いたのも当然だろう。それで、ひとまずという感じではあったが、全艦の閲艦式を行うことが決まった。

翌・九月八日、メッシーナの港内を埋めて、連合艦隊のすべての船が参列しての閲艦式が挙行された。

全船が船首をそろえて整列する前を、総司令官ドン・ホアン以下の高官全員が乗る大型ガレー船が、ゆっくりと通過していく。

二百隻のガレー軍船、六隻のガレアッツァ、五十隻の小型快速船《フレガータ》、三十隻の大型帆船。

閲艦式に参列した各船には、船乗りも漕ぎ手も戦闘員も、全員が軍装姿で乗りこんでいる。船ごとにさまざまな国旗や紋章旗がひるがえり、法王の甥《おい》から一兵卒に至るまでが甲冑《かっちゅう》や胸甲で身をかため、武器を手に甲板上に整列している。

ドン・ホアンの艦が通りかかると、この人々の間からは期せずして大喚声がわき起るのだった。

染まるように蒼《あお》い南国の空の下、青《ブルー》よりは濃紺《ネイビー・ブルー》の南の海を舞台にくり広げられる一大ページェントは、参加するすべての人の心を高揚感で満たさずにはおかなかったろう。とくに若い総司令官にとっては、その日に受けた刺激は強烈だった。

少しずつにしろ変りつつあったドン・ホアンの心境の変化が、この日を境に決定的になったのに、お目付役たちは気づかなかったようである。自分たちによる影響力を、過信していたのかもしれなかった。

ところが二十六歳の心の中では、マドリードであれほども異母兄からたたきこまれ、メッシーナまでの船旅でも二人のお目付役から説かれつづけたスペインの国益よりも、自らの胸中に燃えあがってきた高揚感のほうが、勝ちを占めはじめていたのだった。

しかし、スペイン王の意向の代弁者は、お目付役の二人だけではない。王に傭《やと》われスペイン艦隊を指揮することになっている、ジェノヴァ人の海将ドーリアがいた。

肥え気味の小男で、この面では九十歳になっても「海の狼《おおかみ》」と呼ばれるほど精悍《せいかん》な男だった伯父のアンドレア・ドーリアにはまったく似ていないが、高名なこの伯父の死後に海の傭兵隊長職を継いで十二年になる。自前の軍船と船乗りと戦闘員を所有し、海運国の伝統のないスペインに傭われ、スペイン海軍の司令官を務めていた。

このドーリアにもスペイン王は、ヴェネツィアの利になる海戦は避けよ、という厳命を与えていた。作戦会議での彼の発言も、次の二点に向けられる。

一、ヴェネツィア船の戦闘員が極端に不足しており、これではトルコと対戦しても勝つ見込みは少ない。

二、もはや九月半ばでは、これから敵を求めていくのでは遅すぎる。
ヴェネツィア側の戦闘員不足は、当のヴェネツィア側も自覚していた問題だった。前年の疫病《えきびょう》の影響と、ウルグ・アリの巧妙なゲリラ戦法によって本国から動けない五千人がその直接の原因になっていたのだ。

だがその結果、スペイン船では一隻につき二百人の戦闘員が、ヴェネツィア船となると八十人という差になっていたのである。

ヴェネツィア側は、漕ぎ手も自由民のヴェネツィア船では彼らも戦闘員に変るのだと反駁《はんばく》したが、そのようなやり方には馴染《なじ》みのないスペイン人相手では、充分な説得力にはならない。

しかし、あせるヴェネツィア側は、この問題を議論し合う時間さえ惜しかった。ヴェニエルも、不承不承ながらも、ドン・ホアンの提案を受け入れるしかなかった。

スペイン船の戦闘員の一部を、ヴェネツィア船に貸し与えるという案である。

これは、ヴェネツィア共和国への忠誠心を共有している、ヴェネツィア貴族の指揮官、ヴェネツィア市民である造船技師や船乗り、さらにアドリア海の東岸のヴェネツィアの基地出身者から成る漕ぎ手だけでかためてきたヴェネツィアの軍船に、異分子が入りこんでくるということになる。ヴェニエルが最後まで抵抗したのも、士気の統

——という問題があるからだった。だが、秋は深まるばかり。背に腹は代えられなかった。

この問題が解決した後でも、ドーリアは、すでに時期遅しの意見は変えなかった。怒り心頭に発したヴェニエルは起《た》ちあがり、いかに王室用の船でも船橋の天井は低いので、群を抜いて背の高いヴェニエルが起ちあがると天井が突き抜けそうになるのだが、そんなことはかまわずヴェネツィアの老将は、周囲を圧する大声で叫ぶ。

「それなら初めから、やり直そうとでも言いたいのか」

そして、ドン・ホアンの前でも遠慮せずに、周囲をにらみまわした後で、各人の胸ぐらをつかむかのような大声で言った。

「誰かまだいるのか。この不名誉な状態をつづけたいと考えている奴《やつ》が」

皆、黙っていた。少しして、コロンナがようやく口を開く。

「ヴェニエル殿、発言は自由なのです。だから、誰でも発言はできる。ただし決定は、われわれ三人のうちの二人が合意すれば、残りの一人はそれに従うことになっているのです」

ヴェニエルは、間髪も入れずに言い返した。

「それならば、ドーリアには資格はない」

そして、つづけて強く、自分はより早くの出陣を主張する、と言った。これに押し出されるように、コロンナも出陣への同意を表明した。

全員の眼はいっせいに、中央に坐《すわ》るドン・ホアンに向けられた。いかにここでドン・ホアンが反対しようと、二対一だから出陣は決まるはずだが、これまでのスペイン側の出方から見れば、不測の動きに出る怖《おそ》れは予想できたからだ。

それに、もしもドン・ホアンが反対するようなことになったら、スペイン王室との縁を重く見るコロンナが、一転して反対側にまわる可能性すら出てくる。誰もが、若き総司令官の顔から眼が離せなくなっていた。

若者のいつもの青白い顔は、少し前から段々と赤味をおびてきていたのだが、起ちあがった時は、燃えるような色に変っていた。そして、はっきりとした口調で言った。

「出陣と決めよう」

作戦会議の空気は、このひと言でさすがにどよめいた。ついに決まったのだと、ヴェネツィア側の海将たちは、自らの想いをかみしめていた。

二十六歳の若者には、忘れることができなかったのである。二百隻を上まわる大艦隊を率いるのが自分なのだ、という想いに、それを率いてここ何十年というもの地中海を荒らしまわっていたイスラム勢を撲滅《ぼくめつ》できるかもしれないという想いが一緒になって、若者の胸を燃やしていたのだった。

このたび初めて見た、ガレアッツァと呼ばれるヴェネツィアの新型船の威容にも、胸を熱くしないではいられなかった。まるで、海に浮ぶ要塞だ。これらの船から成る大艦隊を使わないで温存するなど、許されてよいこととは思えなかった。

それに、庶出の王子という立場には、確たる保証はない。若者は、「今現在」に賭《か》けることに決めたのである。

お目付役二人が、異端裁判所の裁判官のような目つきで自分を見ていることなどは、気にならなくなっていた。聴聞僧が、懺悔《ざんげ》をなさいませ、と小声で推《すす》めるのにも、短く、「後《あと》で」と答えただけだ。その「後」は、いっこうに来なくなったのだが。

出陣と決まれば、具体的な事柄も次々と決まってくる。

出陣の日も、九月十六日と決まった。キリスト教徒にとっては聖なる日の、日曜日にあたるからだった。

シチリアのメッシーナの港から出陣する連合艦隊の規模は、次のようになる。

ガレー軍船——二〇四隻
ガレアッツァ——六隻
小型快速船《フレガータ》——五〇隻
大型帆船——三〇隻
大砲——一千八一五門
船乗り——一万三〇〇〇人
漕ぎ手——四万四〇〇〇人
戦闘員——二万八〇〇〇人

大砲の多くは、それも撃ち出す砲丸が大きくなるほど、「浮ぶ砲台」の別名をもつガレアッツァに積みこまれている。動きの自由度とスピードを身上とするガレー軍船には、重いものは積めなかった。

純戦力のガレー船とガレアッツァだけを見ても、総計二一〇隻のうち、ヴェネツィアは一一八隻での参加だ。総戦力の、半ば以上になる。

だが、戦闘員の数になると、スペイン王の領地からの参加人数は、ヴェネツィアのそれの三倍以上になる。支配下にある広大な領土から人を徴集できるスペインと、領土も狭ければ人口も少ないヴェネツィアのちがいを示していた。

総計二万八千にのぼる、敵と闘うのが専門の戦闘員だが、ドン・ホアンの提案で、戦闘員不足のヴェネツィア船にはスペイン兵も乗りこむとは決まった。だが、マルタもジェノヴァもサヴォイアも、大将が乗船する船には部下たちも乗船したがる。それで、一隻につき百人足らずのヴェネツィア船から、平均して百五十人のスペイン船、さらに百八十人を超える船までと、各船の戦闘員数には差がつかざるをえなかった。

自国のガレー軍船にさえもスペイン兵の乗船は飲むしかなかったヴェネツィアだが、海戦の鍵《かぎ》をにぎる主力船は、ヴェネツィア人のみでかためる伝統は貫く。六隻のガレアッツァにも他国の兵は一人も乗っていなかったし、総司令官ヴェニエルと参謀長バルバリーゴの乗る船はもとより、参謀クィリーニとカナーレの船も純血主義を通した。

作戦会議は出港日が決まった後も連日開かれていたのだが、そこで決まった諸事項は次のとおり。

まず、予想されるレパント近海での戦闘にそなえて、陣型が決まった。

左翼、本隊、右翼に三分され、その他に予備の船団も置かれる。

キリスト教徒の国々が参加する連合艦隊である以上、聖別された軍旗と指揮杖《しきじよう》をローマ法王から授けられたドン・ホアン乗船の旗艦の位置が最初に決まった。陣型の中央になる。

この艦の左隣りには、ヴェネツィア海軍の総司令官ヴェニエルの艦がきて、右隣りには法王庁艦隊のコロンナの船。

スペイン側は当初、王弟にもしものことが起ってはと、ドン・ホアンの鑑の両わきにはスペイン船を配することを主張したのだが、これは、ヴェニエルからの、海戦に不慣れなスペイン船に囲まれていてはかえって王弟の身には危険になるという反対に会ってしまう。このときもコロンナの調停で、両わきではなく背後ではどうか、ということで妥協が成りたった。

本陣をかかえる「本隊」は計六十二隻のガレー軍船で構成され、スペイン、ヴェネツィア、法王庁の最高位者が乗船する旗艦が集中する中央部以外にも、参加各国の旗艦が目白押しに舳先《へさき》を並べる隊になる。マルタの騎士団もジェノヴァ共和国もサヴォイア侯国も、旗艦はこの本隊に配置されると決まった。

本隊所属の船を、他と区別する旗の色は空色。ちなみに、左翼は黄色で右翼は緑色。後衛になる予備船隊の旗の色は白。

各船とも船首に黄色の旗をかかげる左翼は、五十五隻のガレー軍船で成り、この隊の総指揮は、ヴェネツィア艦隊の参謀長バルバリーゴにゆだねられる。だが、バルバリーゴの乗る旗艦の位置は、左翼の中央ではない。左翼でも最も左端におかれる。バルバリーゴには、連合艦隊全体の中でも最左翼を固める、重要な役割が与えられたのであった。

このバルバリーゴの船のすぐ右隣りには、クレタ島警備が長くバルバリーゴとは親友の仲でもある、参謀カナーレの船がくる。また、この左翼の右端を固めるのも、同じくクレタ島駐在が長いことからイスラム相手ではベテランの、もう一人の参謀クィリーニの船。

本隊も左翼も右翼も、そこに配属された軍船は、同じ国の船だけでかたまらず、各国の船が入り混じることも決まっていた。キリストの名の下に異教徒と闘う、神聖同盟の連合艦隊なのである。参戦する者は全員、所属する国家や騎士団も忘れ、一体となって闘うために考えられた案であった。だが、船ならばヴェネツィア共和国が圧倒的に多い。それで、本隊と右翼では混合は実現したが、左翼は、事実上のヴェネツィア艦隊になってしまう。この左翼では、五十五隻中のほとんどが、ヴェネツィア船で占められていた。

一方、五十七隻のガレー軍船で成る右翼は、スペイン海軍司令官のドーリアが指揮する。この隊にも二十五隻のヴェネツィア船が配属されたが、戦闘となれば彼らも、傭兵隊長だからと軽蔑《けいべつ》してきたこの人の指揮に服すことになる。だが、傭兵業、つまり戦争請負い業で生きてきた男だけに、ドーリアとて練達の海将ではある。それに、スペイン海軍の総司令官だ。このドーリア乗船の船も、右翼でも最も右端に置かれたから、彼もまた、全軍の最右翼を固める役割を課されたわけだった。

予備でもある後衛だが、ガレー軍船三十隻から成るこの隊の指揮は、ナポリの貴族でスペイン王の家臣でもあるサンタ・クルス侯が受けもつ。ここではスペイン支配下のイタリア南部からの船が十六隻を数え、十二隻のヴェネツィア勢を初めて陵駕《りょうが》することになった。

この陣型を見るだけでも、海戦に慣れたヴェネツィアとジェノヴァの船が、要所要所を固める役を負わされていたことがわかる。

トルコとは戦い慣れたマルタ騎士団の三隻が、本隊の右端に配置されたのも同じ理由によった。

そして、ドン・ホアンの艦の周囲を、軍備が充実し、船自体の造りも頑丈な大型の旗艦の群れでかためたことと、連合艦隊全体の最左翼と最右翼を、ヴェネツィア人のバルバリーゴとジェノヴァ人のドーリアにまかせたことは、この連合艦隊に、敵と一戦を交える意思がはっきりとあることを示していた。

レパントへの道　四

多くの人にとっては、決まったからには早く実行に移したいと思うのは当然だ。スペイン王の重臣たちを除けば、九月十六日は、待ちに待った出陣の日になった。

港の出入り口をかためる要塞《ようさい》から次々と鳴りひびく祝砲の中を、まず、前衛のガレー船八隻《せき》が出港する。ガレー軍船六隻に小型の快速船《フレガータ》が二隻。これらの船には、日中は三十海里四方の偵察の任務が課され、夜は、友軍とは六海里の距離を置いて航行するよう指示が与えられていた。戦闘開始ともなれば、小型快速船以外の六隻は、本隊内の所定の位置にもぐりこむことになっている。

前衛隊の後には、六隻のガレアッツァが出港する。早朝とて風は凪《な》いでいるので、帆は使わずに櫂《かい》だけで行く。

この六隻の「浮ぶ要塞《ようさい》」には、敵軍と対するや最前線に出る義務がある。この六隻の任務が砲撃を浴びせることで敵の陣型を撹乱《かくらん》することにあるからで、それによって、主戦力であるガレー軍船の戦線入りを準備するためでもあった。

この後に、六海里の距離を置いて、ドーリアの船を先頭にした右翼艦隊が出港する。いずれも船首に緑色の旗をかかげた五十七隻は、三列縦隊になって港を出ていった。

前衛にまわした六隻を除く五十六隻から成る本隊の出港は、各国の旗艦が集中するだけにひときわ華やか。ドン・ホアンの艦と、その左右をかためるヴェニエルとコロンナの艦は、いずれもが舳先《へさき》を一直線に並べて進む。

ドン・ホアン乗船の船の櫂は白色に輝き、ヴェニエルの船の櫂は真紅の一色。全船が、空色の旗をかかげた船首を、波に切りこむようにして出港していった。

左翼を守る五十五隻が、その後につづく。先頭を切るのは、櫂までが真紅に塗られたヴェネツィア海軍の旗艦で、左翼の総指揮を一任されたバルバリーゴ乗船の船。この五十五隻の最後に出ていくのは参謀クィリーニの船で、敵に出会い海上で陣型を整えるときには、バルバリーゴの船は留まって待ち、クィリーニの船が右からまわりこむことによって、この二船が両脇《りようわき》をかためる左翼の陣型が完成するようになっている。

黄色の旗が、全船の船首にひるがえる中での出港。
サンタ・クルス侯率いる後衛が出港したのは、すでに正午に近い時刻になっていた。白色の旗をかかげた三十隻は、風の出てきた時刻とて、全速力で先を行く友軍を追う。ダヴァロス侯の率いる三十隻の大型帆船も、風の恩恵を十二分に活用しての出港だ。ガレー船に曳《ひ》いてもらう必要もなく、大型の帆を全開にしての、まるで白い水鳥の群れが遠ざかるように美しい、メッシーナからの出陣であった。

ことの意外な展開に激怒したスペイン王フェリペ二世が、ドン・ホアンに即時の帰国を命じた手紙を送ってきたのだが、それがメッシーナに届いたのは、艦隊が出港した五日後であった。十八歳年下の異母弟ならばコントロールも容易と見ていたフェリペ二世の想《おも》いは、裏切られたことになった。

九月十八日、メッシーナ出港から二日後、艦隊は、イタリア半島の南の端、長靴の形をしたつま先、をまわってイオニア海に入る。
天候は、いまだ快晴。二百隻を超える船が一団となって航行する光景は、何と言おうが壮観の一語につきる。だが海岸には、それを見物する人影もない。長年にわたるイスラムの海賊の襲撃で、住民たちは安全な山間の地に逃げていたからだ。

トルコ海軍で花々しい戦果をあげているウルグ・アリも、この近くの漁村の生れなのに、少年の頃に海賊に拉致《らち》され奴隷《どれい》にされていた前歴をもつ。イタリア半島がルネサンスに彩《いろど》られていたと同じ時代であるにかかわらず、南伊では、イスラムの海賊による被害を受けなかった地はない、と言われる状態にあったのだった。

連合艦隊は、長靴のつま先から土ふまずに向う感じで、この南イタリアの海岸にそって北東に進む。船乗りたちが「円柱の岬《カーポ・ディ・コロンナ》」と呼ぶ地の沖合いに来たのが九月二十日。メッシーナを出てから四日目だから、ここまでの航行は順調そのものであったことになる。

順調な航海が余裕を与えたのか、ドン・ホアンは、ここでの全船休息を命じた。海を知る男たちからは、空の様子が怪しいという反対が起ったのだが、二十六歳は聴き入れない。全艦隊は、山陰に錨《いかり》を降ろして休むことになった。

ドン・ホアンは伝令をヴェニエルに送り、この近くのクロトーネにいる六百の兵を、ヴェネツィア船の戦闘員の補充にあててはどうか、と言ってきた。

ヴェニエルは、次席のバルバリーゴにも相談せずに、即座に断わる。六百兵を乗船させる、時間さえも惜しかったのだ。

一刻も早くキプロスに駆けつけたい想いのヴェニエルは、ドン・ホアンからの提案を持ってきた伝令に、反対に彼からの提案を渡した。ここから一気にザンテの島を目指してイオニア海を横断する、という案である。だが、これに二十六歳が回答を与える前に、天候のほうが一変していたのだった。

その夜、すさまじい暴風雨が襲ってきた。北からの強風は海をふくらませ、船は大波をもろにかぶり、海水が船底にまでなだれこむ。これには、陸の上では無敵の観だった貴族や騎士たちも完全に意気をそがれ、海の上にいる恐怖に打ちのめされる始末。翌日になっても、海はいっこうに収まらない。船同士は鎖で互いにつなぎ合い、漂流を避けるのに懸命だった。

夜半を過ぎた頃になって、ようやく海は穏やかさをとりもどした。だが、このときの海の荒れようは、ここからは寄港の可能性もない開かれた海の真中に乗り出し、東に向って一気にイオニア海を横断するという、ヴェニエルの案を完全につぶしてしまった。

貴族や騎士たちは口々に、陸地にそっての航行を総司令官に訴える。海も、帆走に適した程度には、静けさをとりもどしていた。

九月二十三日、艦隊はサンタ・マリア・ディ・レウカの岬が見えるところまできた。ここからは、どんなに海を怖《おそ》れる者でも、陸地を常に視界に入れながら航行したい、などとは言っていられない。アドリア海の出口になるこの海域は、コルフ島に着くまでは、海に乗り出し東に進むしかないのである。

九月二十四日の朝、水平線にコルフの島影が見えるところまできた。ギリシア側に渡ったことになる。

コルフの近海には島がいくつか散在しているのだが、そのうちの一つの島の近くで遅れてくる友船を待ち、その後でコルフの港に入ると決まった。

ヴェニエルの船だけは、一足先にコルフに向う。コルフ島はヴェネツィア共和国の最重要基地なので、ヴェネツィアとしては総司令官のドン・ホアンを、礼をつくして迎える必要があった。ヴェニエルは、その準備のために先行したのだ。

ところが、この島の近海での全船集合が、順調どころではなくなってしまう。海が再び荒れ模様に変ったのだ。北西の冷たい風が吹きつけ、海深の浅いこの辺りでは、波はただちに風の影響を受ける。おかげで全船のコルフ島入りが完了したのは、九月二十六日になってからだった。

港の入口にそびえ立つ城塞から鳴りひびく礼砲の中を、連合艦隊は次々と入港を果す。コルフでは、商船用の港まで開放して、この大艦隊を迎え入れた。

さすがにヴェネツィア共和国が、「ヴェネツィアの湾《ゴルフォ・ディ・ヴェネツィア》」と呼ぶアドリア海の出口をまかせているだけのことはある。海中に突き出た岬にそびえ立つ城塞の威容は、海の防衛というものを知らない人々を驚嘆させるに充分だった。

それにこのコルフからは、対岸の陸地が、近接しているところならば眼前に迫る感じで、紫色に煙って眺めることができる。そこはもう、トルコ帝国の領土なのであった。

そしてこのコルフでは、トルコ艦隊についての最新で正確な情報にも接することができた。

アリ・パシャ率いるトルコの大艦隊は、いまだパトラス湾内にいることがわかる。規模は三百隻に迫り、ウルグ・アリの艦隊も合流したようであった。コルフとそのパトラス湾内の港レパントの間は、数日の航程がへだてるのみ。にわかに敵が、身近に感じられるようになった。

コルフ島で開かれた作戦会議では、スペイン側から新案が出された。トルコ艦隊はわれわれの二倍近くの規模で、海戦をしても勝利は危ういから、ひとまずギリシアのネグロポンテまで行き、あの地を占領しようではないか、というのである。

これにはまたも、ヴェニエルの怒声が鳴りひびいた。敵はすぐ近くにいるというのに、その前を通り過ぎてエーゲ海まで行ってどうなる、というわけである。スペイン側とヴェネツィア人の間の空気は、険悪になる一方であった。

それでも、コルフのすぐ対岸にある港、イグメニッツまでは行くと決めて、コルフからの出港は実現したのである。九月は終り、十月がはじまっていた。

事件が起きたのは、そのイグメニッツを出て、パクソス島も過ぎ、サンタ・マウラの島に向って南下中の一日だった。

首脳陣同士が険悪になれば、その空気は、配下の兵たちにまで波及せずにはすまない。いや、兵士たちは日頃の不満に理由を与えられた想いになって、大将たちが口であらわす気持を、腕であらわしてしまうものなのだ。

メッシーナにいた頃から、スペイン人とヴェネツィア人の間はうまく行っていなかった。とくにドン・ホアンの提案で、戦闘員不足のヴェネツィア船にスペイン兵が配属された頃から、その想いは露骨になっていたのである。

地中海世界でのスペインは、大国ではあっても新興の国である。一方のヴェネツィアは、大国ではあったがそれは過去のこと。この連合艦隊に総力を投入している事実がいみじくも示すように、これに国の存亡を賭《か》ける想いでいたのはヴェネツィアのほうで、スペインではなかった。

また、新興の民はえてして、過去に栄光を浴びた国の民に対して、横柄《おうへい》な態度で接しがちになる。とくに、自分たちの存在が相手方にとって必要なことが明らかな場合には、相手方にすれば耐えがたい振舞いに出ることが多い。ヴェネツィア船の一隻で起ったのも、これに類する事故であった。

航行中の船では、船をあやつる役の船乗りたちが、一番の重要人物になる。三角帆のガレー船では、風の向きや強さが変わるたびに帆桁《ほげた》をおろし、その風に適した向きに変えたり別の帆につけ替えたりした後で、あの長く重い帆桁を、再び帆柱にそって引きあげる作業を欠くわけにはいかない。そのたびに、両側の舷《げん》にそって並ぶ漕《こ》ぎ手たちの列の間の通路は、この作業を敏速に手ぎわよくやるための戦場と化す。

もちろん、船乗りたちは慣れており、とくに軍船に配属される彼らの技能は優れていたが、一メートル前後の幅しかない中央の通路に、手もちぶさたの人間がウロウロされるのは迷惑きわまりない。このあたりの事情を、海運国の伝統のないスペイン人は知らなかった。

それに、航行中の軍船に乗っている戦闘員くらい、手もちぶさたな人種もいない。彼らの仕事は、敵船に接近したときからはじまるのだ。将官クラスだと戦術を練ったりして暇をつぶすこともできるが、それ以下の兵となると、順調に航行中ならばなおのこと、暇をつぶすのも容易ではなかった。

ヴェネツィアの船だと慣れていて、戦闘員として乗船していても、船乗りの仕事を手伝う人も多い。また、これまでの経験から、船乗りに転職してもかまわないくらいの熟練者も少なくなかった。

だが、海運国でもなく、そのうえ武器を使う階級に属す誇りがことのほか強いスペイン人には、船乗りの仕事に手を貸すなどははじめから頭にない。また、未熟者に手を出されては、手伝われるほうも迷惑する。それでヴェネツィア船に乗っているスペイン兵たちは、船首に行ってみたり船尾にもどったりで、船の中央の通路が混み合う原因になってしまったのである。

これだけでも頭にきていたヴェネツィア人に、メッシーナ出港以来我慢してきた、スペイン兵の横柄さへの怒りが加わる。その状況の中で、忙しい作業中にもかかわらず漫然と通路を散歩中のスペイン兵に、船乗りの一人から罵声《ばせい》がとんだ。それを聴き捨てにしなかった兵士と同僚三人が、たちまちその船乗りをとりかこむ。囲みが解けた後には、船乗りの死体が横たわっていた。

これには、他の船乗りだけでなく、漕ぎ手たちまでが騒然となった。同船していたヴェネツィア人の戦闘員も駆けつけてくる。それを知ったヴェニエルの小舟が、船腹に横づけされた。

ヴェニエルは、ただちに、この船の艦長から事情を聴き、四人のスペイン兵を連れてこさせた。

そして、即決で、彼らに死罪を言いわたした。ヴェネツィア船上にある者は、たとえ他国人であろうと、ヴェネツィア海軍総司令官の監督下にある、という理由だ。死罪も、戦闘に向う途上で秩序を乱した者に科される罪で、理論的にはこれも合法だった。

ヴェニエルのくだした判決は、待っていたとばかりに、漕ぎ手たちによって実行された。四人のスペイン兵は、帆桁に並んでつるされた。

しかし、これを知ったドン・ホアンが激怒したのである。

スペインの公子は、連合艦隊の総司令官という立場を、ますます強く意識するようになっていた。だからこそ、異母兄が喜ばないとわかっていながら、王からつけられた顧問たちの意見に反してまで、敵を求めて航行中だったのである。

その自分にひと言の相談もなく、ヴェニエルは独断でスペイン人を処罰したのだ。ドン・ホアンは、ヴェニエルのこの行為を、越権を越えた冒瀆《ぼうとく》行為とさえ感じていた。

ドン・ホアンは、ヴェニエルは呼びつけもしなかった。呼びつけられたのは、バルバリーゴである。怒りで蒼白《そうはく》になった二十六歳は、そのバルバリーゴに向って言った。

「ヴェニエルは、帆桁につるされた四人と同じ刑に処される」

これに、バルバリーゴは、いつもの静かな口調ながら、きっぱりと言い返した。

「殿下、そのようなことが実施されでもしたら、ヴェネツィアの全船は、以後独自の行動を取らざるをえなくなるでしょう」

これは、ドン・ホアンの次の言葉を封ずるに充分だった。その間を、同席していたコロンナは無駄にしなかった。ヴェニエルを作戦会議からはずすということではどうか、と提案する。

ドン・ホアンは、少し考えた後で同意した。バルバリーゴも受け入れる。作戦会議でのヴェネツィア側の主席は、以後はバルバリーゴがつとめることになった。

これを聴かされてもヴェニエルは、「フン」と言っただけである。バルバリーゴへの信頼は、ここに至るまでの間に完璧《かんぺき》になっていたのだった。

連合艦隊は、南下を再開した。

ところがこの二日後にとどいた一つの知らせが、決裂寸前にまで行っていた連合艦隊を、再び統合するのに役立つことになる。その知らせは、キプロスからヴェネツィア本国に向けて航行中だった、一隻の小型ガレー船によってもたらされたのだった。

「ファマゴスタ陥落」の知らせは、艦隊全体を、驚きと怒りで満たさずにはおかなかった。

陥落はなんと、八月の二十四日に起っていたのである。ドン・ホアンがメッシーナに到着した日の翌日に、すでに起っていたのだった。

その知らせのこれほどの遅れは、知らせを本国にもたらす人もいないほどに、籠城《ろうじょう》軍が皆殺しになっていたからである。

ファマゴスタの近海は、攻防戦が激しさを増した五月以降、トルコ海軍による厳重な封鎖作戦によって、近づけた船は、クレタ島からのものでも一隻もなかった。それでもファマゴスタからは反対側にあたるキプロスの南岸からは、クレタ在住のヴェネツィア人の数人が、情報を得るだけにしても潜入に成功していた。一年間にわたる攻防戦の最後にきたファマゴスタ陥落の知らせも、この人々によってもたらされたのである。彼らの中には、ギリシア人の農民に変装して、陥落直後のファマゴスタに潜入した者もいた。

トルコ軍の司令官ムスタファ・パシャは、一年にもおよんだ籠城戦の果て、食糧もつき武器も弾薬もなく、援軍の到着にも絶望した籠城軍に、無事に島を去らせることを条件に、開城を推《すす》めたのである。

籠城軍を率いていたブラガディンは、配下のヴェネツィア人はもとよりそれ以外のギリシア人全員の身の安全はアッラーに誓って保証するというスルタンの誓約まで見せられて、ついに開城の推めを受け入れたのだった。

しかし、ムスタファ・パシャは、スルタン・セリムからの密命も受けていたのだ。そしてセリムは、スレイマンではなかった。

誓約は破られる。開城後、まずヴェネツィア人が、貴族であろうと商人であろうと農園経営者であろうと関係なく、残忍なやり方でいたぶられた末に、全員が首を斬《き》られた。籠城軍に加わっていたギリシア人も、老齢者と幼ない子供たちは殺され、それ以外の人々は奴隷に売りとばされた。

このすべての場に同席させられたブラガディンには、一年間もトルコに抵抗した罰として、特別な死が用意されていた。

ヴェネツィアの武将は、まず、生きたままで全身の皮膚をはぎとられた。そして、そのままの状態で、幾度となく海中に突き落とされる。それでもまだ息があったブラガディンに休息がもたらされたのは、首が斬り落とされたときだった。

トルコ人たちは、はぎとった皮膚を縫い合わせてその中にわらを詰めこみ、切り落とした頭部を縫いつける。この、人間の皮膚をかぶったわら人形はトルコの首都コンスタンティノープルに送られ、広場でさらしものにされた後、見世物にするために、広大なトルコ帝国の各地を巡回する旅に出たということだった。

もはや、スペイン人もヴェネツィア人もなかった。誰もが悲痛な面持で、異教徒トルコの蛮行に怒り、復讐《ふくしゅう》を誓った。

だがやはり、ヴェネツィア船上でのそれは、より強くより深かった。窃盗の罪で牢《ろう》に入っていたのを、海戦に参加すれば自由の身にすると約束され、漕ぎ手として参加していた男たちまでが、こぶしで胸をたたき、くいしばった歯の間から怒りのうめきをもらすほど、トルコへの憎しみに燃えたのである。

もう誰も、引き返そうと言う者はいなかった。

非常な手ぎわのよさで、全船の点検が終った。砲兵たちの位置も決まり、石弓兵の配置も終る。各船の航行の順序も、再確認された。敵といつ出会っても戦端を切れる状態にしたままで、南下は再開されたのである。

レパントの海

風は弱かった。櫂《かい》でのみ走る船が多かった。夜間も、航行停止の命令は出されない。星が美しくまたたくのにあらためて気づき、それを賞《め》でるほどの静かな雰囲気が支配していたが、これらの星は、夜間航行にとっては賞でる対象ではない。船乗りたちは真剣に星を見あげ、方角を計算し、各船の船首と船尾にかかげられた大型のカンテラの灯を目印に、友船との距離を計るのである。

プレヴェザの湾の前を通り過ぎ、サンタ・マウラの島の西岸にそって南下する。その南にはまもなく、古代の英雄オデュッセウスの領国であったことで知られる、イタカの島が見えてくるはずだ。

この辺一帯に浮ぶ島々は、今なおヴェネツィア共和国の領土。また、コルフからはじまってチェファロニアにいたるこれらの島は、今ではトルコ領になっているギリシアの陸地に近接していることから、ヴェネツィアの最前線基地でもあるわけだった。トルコ側の偵察の眼を、島陰という島陰に意識しなければならない海域に入ったのだ。

全船に、静粛の厳命が出された。櫂のきしむ音と舳先《へさき》が波を切る音だけが、静かな海上に流れていく。いつもは灯の明るい船橋も、余計な明りで船同士の間隔を誤らないようにと消されていた。

それでも、二百隻《せき》を超える大船団ともなれば、船首と船尾につけられた大カンテラの灯は、周辺の海全体を明るく浮びあがらせずにはおかない。トルコ側の偵察船は、音を消したこの大艦隊の接近に、実際の規模以上の敵を感じてしまったのである。

レパントは、ギリシア語ならばナウパクトゥスという。レパントとは、西欧の人々の呼び名で、トルコ領になるまでは長年にわたってヴェネツィアが領有しており、船の避難港として活用してきた。

ギリシア本土とペロポネソス半島を分けるパトラス湾の中に位置する港で、そのまま東に進めばコリントにぶつかる。ヴェネツィアが避難港として使っていただけに完全に安全で、その中に入られてしまうと、西に開いたイオニア海におびき出すのはほとんど絶望的。

しかも、季節は十月に入っている。海戦はおろか通常の航海でも、冬越しのためにそろそろ帰国の途につく時期に入っていた。レパントとその周辺の海ならば、三百隻であろうと冬越しは充分に可能だ。

これが、この海域ならばイスラムの海賊にも負けないくらいに熟知している、ヴェネツィアの海将たちの唯一《ゆいいつ》の心配になっていた。

実際、レパントでは、トルコ側の諸将たちの意見も分裂していたのである。放ってあった偵察船の報告では、接近しつつあるキリスト教諸国の艦隊は、自分たちと同程度かそれ以上の大艦隊だという。

ここは、レパントから出ずに今秋の対決はやり過ごしたほうが適策だ、と主張する者が少なくなかった。とくに、参加する船の数ならば少数派でも、航行術と戦闘能力ではトルコ海軍の主戦力を担《にな》う海賊たちに、延期を主張する者が多かった。

トルコ側は、西欧の不統一も知っていた。前年が好《よ》い例だった。今年はなにやら一致したようだが、来年はわからない。秋も深まりつつあるというのに、なにもここで一戦を交えることはないというのが、延期派の意見だった。

このままやり過ごすほうが得策と主張したのは、海賊の首領ばかりではない。総司令官アリ・パシャに随行しているトルコ宮廷の高官たちも、海賊の頭目であるシャルークやウルグ・アリと同意見だったのだ。

彼らの多くは先のスルタン・スレイマンの頃からの廷臣で、トルコの宮廷では、宰相ソコーリが代表していた、対キリストでは穏健派を形成している。キプロス島を攻略したことで戦争の目的は達成されたのだから、ここであえて、キリスト教徒たちの挑戦に乗る必要はないというのが、この人々の意見だった。

しかし、総司令官のアリ・パシャは、これに同意しない。この男は、実はトルコの宮廷内では少数派の、純血トルコ人なのである。トルコでは、領国内のキリスト教徒から供出させた少年のうちで頭の良いのは官僚に育成し、身体《からだ》が良いのはイェニチェリ軍団に入れて近衛兵《このえへい》にする方式を採用している。

ゆえに高官たちの多くは元キリスト教徒で、海賊も、シャルークはトルコに征服されたギリシア人、ウルグ・アリにいたっては、拉致《らち》されたイタリア人だった。つまり、純血トルコ人から見れば、一段下の人間なのだ。自分たちと同じ血が流れている、人間ではないのだった。

純血トルコ人だけに、アリ・パシャは、イスラム教への信仰心も厚い。出陣前にスルタン・セリムより授与された、聖地メッカで聖別されたコーランの文字を縫いとりした大軍旗が、頭から離れたことはなかった。

この聖旗がひるがえる場所は、大艦隊を率いる彼が乗る、旗艦の帆柱の上以外にはない。この聖旗を一度も風にあてないで帰国するなど、この純血トルコ人には屈辱にすら思えた。それにスルタンのセリムからも、何ごとが起ろうともキリスト教徒をたたきつぶせ、との厳命を受けている。

アリ・パシャは、重臣や海賊の首領たちの全員を前にして言った。偵察船の報告によれば、敵艦隊の総数は、輸送用の帆船まで加えても二百五十隻は越えないという。われわれのほうが優勢だ、と言った。

これに、ウルグ・アリが反論した。

優勢かどうかは、数によるのではない。装備の水準も無視できない。トルコ船は総じて小型で、砲器となれば敵方に確実に劣る。とくにあの六隻の怪物は、とウルグ・

アリは言った。あの六隻をガレー軍船と同じと考えると、致命的な誤りを犯すことになるだろう。

それにヴェネツィア海軍を率いているのは、セバスティアーノ・ヴェニエル。あの男に率いられたヴェネツィア艦隊では、われわれに出会うやいなや総力でぶつかってくるのは確実。これが、ウルグ・アリがあげた、即開戦への反対の理由だった。

アリ・パシャは、自分とほぼ同年のイタリア生れの海賊を、軽蔑《けいべつ》の眼差《まなざ》しで見やった。そして、厳しい口調で言った。

おまえたちの一時代前の海賊バルバロッサには、ときのスペイン王カルロスからの買収の手がのびていたという。今のスペイン王フェリペも、誰やらもとキリスト教徒の海賊に、キリスト教徒にもどるよう勧誘しているという噂《うわさ》を耳にしたが、おまえの慎重さが、それへの証拠でないことを祈る。

ウルグ・アリは、黙ってしまった。それに力を得たのか、トルコ艦隊総司令官は、最後の一太刀という感じでつけ加えた。

キリスト教諸国の艦隊を率いるのは、スペインの王弟であるという。わざわざ王弟まで出馬してきたというのに、こちらとしては旗を巻いて引きさがるわけにはいかない。堂々と対決してこそ、トルコ帝国にふさわしい振舞いと考える。

もはやこのアリ・パシャに、反対を唱える者は一人もいなかった。トルコ艦隊も、レパントの港を後に、近づきつつあるキリスト教徒の艦隊との対決に向うことに決めたのである。

これは、陸の上ではなく海の上で行われるということだけがちがう、会戦なのであった。それに適した陣型も決まった。

スペインの王弟率いる敵の本隊には、アリ・パシャが自ら指揮するトルコ艦隊の本隊があたる。九十六隻のガレー軍船で構成され、アリ・パシャの乗る旗艦には、特別に戦闘要員として、四百人のイェニチェリの精鋭が乗りこむことになった。旗艦の左右は、重臣たちの乗る船でかためる。

キリスト教艦隊の左翼と対決すること必至の右翼には、五十六隻のガレー軍船が配され、指揮は、エジプトのアレクサンドリアの総督でもあるシャルーク。地中海では、南東からの風を意味する「シロッコ」の綽名《あだな》のほうで有名な、海賊の頭目である。

敵の右翼とぶつかるであろう左翼には、九十四隻のガレー軍船が配され、指揮は、公式にはアルジェの総督になっている、ウルグ・アリに託された。

シロッコの乗る船もウルグ・アリの乗る船も、陣容全体の最右翼と最左翼に位置を与えられる。トルコ側も、全軍を固める位置は左右とも、歴戦の海将を配したことになった。

後衛には、三十隻が控える。六年前のマルタ島攻防戦では戦死したが、当時は有名な海賊だったドラグーの息子に、指揮が一任された。

総司令官アリ・パシャは、十月七日の早朝を期して、全艦隊はレパントを後にパトラス湾を出て、そこで敵を迎え撃つ、と公式に発表する。この日より二日の後にくる、出陣であった。

イタカとチェファロニアは、おそらく太古の時代は一つの島であったのだろう。二つの島を合わせるとうまくかみ合う形で、間に三百メートルしかない狭い海峡をはさんで向い合っている。

イタカの海峡側は、ホメロスの『オデュッセイア』に出てくるイタカの枕言葉《まくらことば》の「岩多き」を思い出させるように、切り立った崖《がけ》が船を寄せつけない。それにこの狭い海峡は、これまたホメロス作のイタカの枕言葉である「風強き」を思い出さないではいられないほど、強い風が吹きつけることでも知られていた。

ヴェネツィアの船乗りたちは、なぜかこの海峡を「アレクサンドリアの谷間」と呼んでいた。連合艦隊が最後と思って放った偵察船の帰りを待ちわびていたのは、この「谷間」に入る前の海上である。

もどってきた偵察船がもたらした情報は、レパントの前を埋めていた敵艦隊に、陣型を組むかのようなあわただしい動きが見られる、というものだった。

「敵は塒《ねぐら》から出てくる」

作戦会議の席上では、皆、残されていた唯一の心配が消えたのを感じていた。後はこちらも、出ていくだけであった。

「アレクサンドリアの谷間」では、他では風のないときでも風が吹く。すぐ近くの海上が微風ならば、この狭い海峡では強風に変わる。だが、利点もあった。イタカもチェファロニアもヴェネツィア領であり、チェファロニア側には、避難可能な良港があったのだ。そして、その年の十月六日の海峡は、微風が吹くだけだった。

ガレー船やガレアッツァは、帆をすべて巻きあげ、櫂を使って南下しはじめる。帆船は、ガレー船に引かれての通過だ。その日のうちに、全船の海峡通過が完了した。

「アレクサンドリアの谷間」を抜けると、そこでは東からの風が吹いていた。

その風に吹き払われるように、東の方角から少しずつ、夜が明けはじめていた。

西暦一五七一年の十月七日が訪れつつあった。

船上で仮眠をとっていた者も、眼覚めたばかりの視線をまず東に向け、それから、明け方の寒気に身ぶるいをした後で起《た》ちあがっていた。

最大にして最後の大海戦

パトラス湾の出口で待ちうけるのだから、弓型の陣容をつくる必要がある。東の方角の海を埋めはじめているのは、トルコの艦隊にちがいない。キリスト教側も動き始める。

まず、輸送用の大型帆船の三十隻《せき》が、チェファロニアの港での待機のため、西に向って離れて行った。後は、「アレクサンドリアの谷間」を通過した順に、北から南に、左翼、本隊、右翼と並ぶのだが、逆風に邪魔されてこれが思うようにいかない。

だが、パトラス湾の狭い出口を抜け出るのに、トルコ艦隊のほうも手間どっていた。こちらは順風に恵まれ帆をあげての帆走だが、なにしろ三百隻に迫る大艦隊である。それに、キリスト教側は西の方角にいるため、東の空が明るくなりつつある時点では、イスラム側には、西にいる敵艦隊の姿ははっきりと見えない。それによる不安と、多量の味方同士の船がいっせいに同方向に進むことで起る混乱に苦労しながらも、イスラム艦隊の湾から出る行動はつづけられた。

一方、キリスト教艦隊のほうでは、いち早く敵船を認めていた。明るくなりはじめた東の空を背にして、まるで影絵のように、帆をあげた船が近づいてくる。だがなぜか、はじめに視界に入ってきたのは一隻だけ。だがすぐに、一隻は二隻に分れ、さらに四隻に分れるような感じで、視界いっぱいに広がってきたのである。

海軍史上、ガレー船同士の海戦としては、最大の規模で闘われ、かつ最後の海戦となる「レパントの海戦」も、陸海を問わず大会戦が常にそうであるように、敵を認めるやただちに戦端が切って落とされる、というようなことにはならない。

キリスト教側の船二一〇隻、イスラム側は二七六隻。両軍合わせれば、五百隻に迫る数の軍船に十七万の人間が、正面から激突しようとしているのである。戦列を整えるだけでも、容易なことではなかった。

太陽がのぼってきた。快晴で雲ひとつない。風は、「レヴァンテ」と呼ばれる東風が吹きつける。トルコ艦隊もようやく、パトラス湾を後にしつつあった。

連合艦隊が待ちかまえているその海域は、北は浅瀬で閉じられているが、南はペロポネソス半島の西端に沿った開けた海になる。

その開いた海域が、連合艦隊の右翼をまかされた傭兵《ようへい》隊長ドーリアの、責任海域であった。

少しずつ数を増して眼前に広がってくるトルコ艦隊の左翼の先頭には、ドーリアには見慣れた旗印がひるがえる船がいく。アルジェの総督としてよりもその名のほうで知られた、海賊ウルグ・アリの船である。ドーリアは、このときはじめて、自分と相《あい》対する敵が誰であるかを知った。海賊のほうも、相手がドーリアであるのを知ったにちがいなかった。

ドーリアは、全軍の最右翼を固める役を負った自分の船を、ぐっと右方に移しはじめた。海は開いている。そして敵はウルグ・アリだ。ドーリアは、ウルグ・アリを右方からまわって囲みこむ戦術をとろうと考えたのだった。

司令官ドーリアの船が移動したので、右翼に配属されていた五十七隻も、いっせいに右方への移動を開始した。おかげでキリスト教艦隊では、右翼と本隊との間が異常に開いてしまう。またそれによって、左翼、本隊、右翼の各陣型の前に二隻ずつ配置されることになっていた六隻のガレアッツァのうち、右翼の前線向けの二隻が、ガレー船のように移動が容易でないこともあって、右翼の前線に位置するよりも、右翼と本隊の間の海上に留まることになってしまった。

弓型の陣型になるのだから、本隊は、左翼からも右翼からも少しばかり後方にさがっている。その本隊でも、六十二隻が戦線を整えつつあった。

中央には、ドン・ホアンの旗艦がくる。その左にはヴェニエルが乗るヴェネツィア艦隊の旗艦、右にはコロンナ乗船の法王庁の旗艦。サヴォイア、ジェノヴァと各国の旗艦が集中するこの本隊では、両端をかためるのも旗艦になる。本隊の右端は、マルタから来た聖ヨハネ騎士団の団長自らが指揮する旗艦。左端をまかされたのは、ジェノヴァの貴族スピノーザが指揮するジェノヴァ共和国の旗艦。

陣型全体の最左翼と最右翼を練達の海将で固めることでは、キリスト教艦隊でもイスラム艦隊でも同じだったが、キリスト教側では左翼、本隊、右翼のいずれも、その両端を海を熟知する海将の船で押さえるよう配置したのがちがっていた。レパントの海戦とは、イタリアの海軍とイスラムの海賊との対決でもあったのだ。

ドン・ホアンの船の船尾には、まるでそれと船首が接するように、スペイン王の側近たちが乗る二隻がひかえる。

また、サンタ・クルス侯率いる後衛の三十隻も、本隊援護専用とでもいうように、本隊のすぐ背後から動かなかった。実際、スペイン王の家臣でもあるこのナポリの貴族は、ドン・ホアンの船の護衛しか考えていなかったのである。

この本隊の前面にも、二隻のガレアッツァが配置を終っていた。そのうちの一隻には、全体では六隻になるガレアッツァの総指揮を一任されたドードが乗っている。機械部隊でもあるこれらガレアッツァに存分に力を発揮させる役割を課されたのは、ヴェネツィアでは中産階級に属す男たちで、彼らは、海戦に向うガレー軍船には一隻につき一人が乗りこむことになっている造船技師とともに、ヴェネツィア共和国のエンジニア階級を代表していた。

浅瀬を左に見る海域に陣型をつくりつつあった左翼では、その最も左端に真紅のバルバリーゴの艦がまわる。そのすぐ右には、歴戦の海将カナーレの船が、そしてこの左翼船団の右端を固めるのが、これまたトルコ人ですら知らない者はいないクィリーニが乗る船。

ヴェネツィア勢でかためた観のあるこの左翼は、近づいてくる旗印から、対する敵が海賊のシロッコであるのを知った。

バルバリーゴにとっては、二年にわたったキプロス島駐在時代に、幾度となく海上で睨《にら》み合った仲である。海戦の同意語である、「櫂《かい》をかみ合わせた」には至らなかったが、離れた状態で睨み合ったことは多かった。クレタ島駐在が長いカナーレもクィリーニも、「シロッコ」の綽名《あだな》で有名な海賊の頭目シャルークには、悩まされつづけたことでは同じだ。右端を固めるために遠ざかっていく船の上から、クィリーニが、左端を固めるために停船して待つバルバリーゴに向って、ヴェネツィアの方言で叫んだ。

「敵を得た！」バルバリーゴも、手をあげてそれに答える。

だが、そのときのバルバリーゴの頭には、ある戦術が、今やはっきりとした形になっていたのである。

戦場は、浅い海の上。そして、相手は海賊。海賊は、本能的に自分や配下たちが乗る船の損傷を嫌う。ここに勝機がひそんでいる、と。

キリスト教側は陣型を整えるのに手間どっていたが、これも計算ずみの行動であった。

太陽は、東から昇ってくる。ということは、西に布陣する連合艦隊では、陽光を正面から浴びることになる。しかも、風は東風。陽光と風の双方ともを正面から受けるのでは、不利になるのは当然。トルコ側が、順風に恵まれたがためにかえって陣型を整えるのに苦労してすぐに戦闘に入れないでいるのが、まずはその不利を救った。だが、より大きな救いは、正午近くになってから訪れる。

太陽が中央に達した時刻、なぜか突如、風が止《や》んだのだ。トルコ船の帆柱高く張られていた帆が、いっせいにだらりとたれさがる。連合艦隊の船上ではほとんどの人が、これからは自分たちが有利だ、と感じた。

陣型も成り全船が船首をそろえて並んだ前を、総司令官ドン・ホアンの乗った小型の快速船が通過していく。二十六歳の若者にしてみれば、最後の点検というよりも、戦士たちへの激励の想《おも》いのほうが強かった。

銀色に輝く甲冑《かっちゅう》を身にまとった総司令官は、元帥杖《げんすいじょう》を持つはずの右手に、銀色の十字架をかかげ持っている。その姿のままで、若き総司令官は、声を張りあげて兵たちを激励しつづけた。船上に並んだ貴族も騎士も兵士たちも、そして漕《こ》ぎ手の間からも、大喚声がまきおこる。その歓呼の波は、左翼から右翼に向って流れて行った。

ドン・ホアンは、ヴェニエルの船の前まできたとき、この老将の姿を認め、顔も見たくない、と言っていたのも忘れて、イタリア語で叫んだ。

「なんのために闘われる！」

鎧《よろい》は着けていたがかぶとは着けていないヴェニエルは、大石弓を左手にかまえ、白髪を海風になびかせながら、これも大声で答えた。

「必要だからです、殿下。それ以外はなにもない！」

全艦隊を一巡し終ったドン・ホアンは、それまでは各船にひるがえっていた国旗や貴族たちの紋章旗を、すべて降ろさせた。総司令官の旗艦の帆柱高く、聖別された同盟旗が舞いあがる。空色の絹地に銀糸で、中央には磔刑《たつけい》のキリストの像が、その足許《あしもと》には、神聖同盟の主要参加国である、スペイン王国と法王庁とヴェネツィア共和国の紋章が縫いとりされたものである。総司令官の旗艦の帆柱高くひるがえるこの大軍旗は、陣容のどこからも見ることができた。

船上では、華麗な軍装に身をこらした高名な貴族や騎士たちも、石弓や小銃を手にした戦闘員たちも、舵《かじ》に手をかけた船乗りも、櫂をひとまず台に固定した漕ぎ手たちも、いっせいにひざまずいて神に祈りを捧《ささ》げる。

これは、十字軍なのであった。主キリストの名誉のために闘う、戦闘《バトル》なのである。全員の心の中では、それまでのあらゆる想いは消え、残ったのは、無心に敵に向う気持だけであった。

男たちは、それぞれの位置にもどった。漕ぎ手たちは櫂を手にし、船乗りも、帆を巻きあげた帆柱の下と船尾にある舵とりの場所にもどる。砲手は、大砲のまわりにひかえ、小銃兵と石弓手は、右舷《うげん》と左舷に並ぶ。剣や槍《やり》を手にした騎士たちも、中央の通路に立つ。

ヴェネツィア船では、指揮官でもある艦長は船首に立つ。陣頭指揮のかまえだ。他の国の船では普通、指揮官は船尾にある船橋の前が正位置。舵手《だしゅ》に近いからでもある。舵手と遠く離れた船首で指揮するヴェネツィアの艦長たちは、中央の通路ぞいに、命令を後尾に伝える伝令手を配していた。

全員の祈りが終った後は、各船とも船橋の上には再び国旗や紋章旗をかかげるのは許された。だが、中央の帆柱の上高くかかげられたのは、銀色の十字架のみ。船首には、黄色、空色、緑色の三角旗がはためくが、これも、所属国家を忘れさせ、キリスト教徒であることだけを意識させるためであった。

準備はすべて終ったのだ。キリスト教側ではすべての男たちが、戦いの合図を待ちかまえていた。

一方、この時刻には、イスラム艦隊のほうも準備が完了していた。

こちらも、半月を思わせる弓型の陣型。ギリシアからもシリアからもエジプトからも北アフリカからも参加しているのだが、今ではすべてはトルコ領なのだから、国別の軍旗はない。いずれも赤地、白地、緑地に、白、赤、白の半月を染めぬいた旗印をかかげている。これ以外の旗印は、海賊の頭目たちのもの。

総司令官アリ・パシャの旗艦の帆柱高く、白の絹地に金糸でコーランの一行を縫いとりした大軍旗がはためいている。この機会のためにわざわざメッカから取りよせた聖旗で、次の一行を読むことができた。

「神と預言者マホメッドに捧げるこの偉業に参加する信徒たちに、神の吉兆とイスラムの誇りを贈る」

イスラム教徒にとっても、聖戦なのである。二百十隻の「十字」と二百七十六隻の「半月」が正面から激突する、ジハードなのであった。

正午を少しまわった時刻、アリ・パシャの旗艦から砲音がとどろいた。ただちにドン・ホアンの船からも、砲音が返される。戦闘開始の合図であった。

その直後、最前線に並ぶ六隻のガレアッツァの砲台が、ほとんど同時に火を噴いた。すさまじい号音だった。それが、櫂を使って前進してきたトルコ船の列を直撃する。六隻の「浮ぶ砲台」は、第一撃発射後も砲撃をやめなかった。それによって、敵の数隻が命中弾を受けて大きく傾き、燃えあがる船もあった。半月形の布陣は各所で断ち切られ、一列になって接近しつつあったトルコの陣型が乱れるのが、ガレアッツァの後方にひかえる連合艦隊の士気を、いやがうえにもあおる。

トルコ船は、このやっかいものをなるべく早くやり過ごそうとしているようだった。トルコ船の甲板下で鎖につながれながら櫂を漕ぐキリスト教徒たちの背に、奴隷頭の鞭《むち》が気狂いのように振りおろされているにちがいなかった。

全速力を出したトルコ船は、なだれを打ってガレアッツァの両わきを通り抜けようとする。だが「浮ぶ砲台」には、左舷にも右舷にも砲口が口を開けている。船自体の動きは鈍くても、これらの砲口が黙ってはいなかった。

トルコ艦隊は、完全に陣型を乱されていた。だが、彼らの船が比較的にしろ小型であったのが、「浮ぶ砲台」の餌食《えじき》にされつくすのから救う。ガレアッツァのわきを通り抜けられた船は、一丸となって、こちらも前進をはじめていた連合艦隊に突っこんでいった。

通り過ぎられたガレアッツァが、向きを変えるには時間がかかる。その間に、突撃戦がはじまっていた。ガレー軍船が、主役の座についたのであった。

海上戦というよりも、もはや陸上での戦闘に近かった。

左翼、本隊を問わず、両軍の船の櫂は互いにかみ合い、接近できた船からは、先を争って敵船に乗り移ろうとする男たちが、漕ぎ手の頭ごしにでも跳びこむ姿勢でひかえる。

本隊では、ドン・ホアンの船めがけて突進してくるアリ・パシャの船の船首には、勇猛果敢と評判のスルタンの近衛《このえ》兵《へい》のイェニチェリの四百が、今にも跳び移る態勢でかたまっていた。

船の舳先《へさき》が正面からぶつかる鈍い音が、あたりを圧する。総司令官の船同士が、舳先が折れるのもかまわず激突したのである。

これを見たヴェニエルの船は、アリ・パシャの船の右横を進んでいたトルコ船に近づき、わざと櫂をかみ合わせた。それに押されてこのトルコ船の櫂は、アリ・パシャの船の櫂と深くかみ合ってしまう。

トルコの総司令官の船は、こうして、友船とともに動きのとれない状態になってしまった。

だがこれも、イェニチェリ兵の闘志をそぐことにはならなかった。それどころか、妻帯も許されないこれらの純戦士たちは、一段と闘志を燃やして、スペインの貴族や騎士たちに襲いかかって行った。

そこ以外の本隊の各所でも、似たような戦況が展開していた。ヴェニエルの船は一隻だけで、敵の三隻を相手にしていた。コロンナの船でも、ローマ貴族たちの奮闘がめざましかった。戦線は完全に崩れ、今やいくつかの海域で、渦巻きを思わせる激闘がくり広げられていた。

左翼での戦況は、さらに激しかった。

パトラス湾を出てすぐならば、海深は四十から五十メートルはある。だが、バルバリーゴが指揮する左翼が陣型を敷いた海域となると、二十から三十メートルはごく一部で、その左に行けばただちに、海深は十五メートルを切る。しかも、これで終りではない。とたんに三メートルの近さに海底がせりあがってくるので、慣れている船乗りでもびくりとするほどだ。そして、その左側からは、海深一メートルからゼロの浅瀬がはじまるのであった。

バルバリーゴは、前夜のうちに考えていた戦術を、いっさい何も考えずにつらぬくと決めていた。右方からまわりこむことによって、敵を浅瀬に追いあげるという戦術だ。だが、敵を指揮しているのは海賊シロッコ。

ヴェネツィアの海将たちがこの海域の特色を熟知しているならば、同じ海を職場にしている海賊の首領が知らないはずはない。そのシロッコが、やすやすとこちらの策に乗ってくるとは思えなかった。

だが、勝つには、敵を浅瀬に追いあげるしかない。これに失敗すれば、自分たちのほうが追いあげられてしまう。

ここはもはや、自らの肉体もろとも敵にぶつかって行くしかない、とバルバリーゴは決めた。自分の船の損傷を気にせず、味方の船を道連れにすることも怖《おそ》れず、一丸となって敵に襲いかかるしかない。海賊には、無意識にしても自船の安全だけは期す性向がある。一方のヴェネツィア船は、ヴェネツィア共和国のためだけを考えて闘えばよかった。

戦端が切って落とされたと同時に、バルバリーゴの左翼でも二隻のガレアッツァの砲口が火を噴いていた。シロッコ率いるトルコの右翼が、降りそそぐ砲弾を浴びて陣型が乱れるのも見た。

だがこの海域でもトルコ側は、緒戦の不利から立ちなおるのに、さほどの時を要しなかった。二隻の「浮ぶ砲台」の両わきを通り抜けたトルコの右翼は、全速力で、これも前進をはじめていた連合艦隊の左翼めがけて突進してきたのだ。

しかし、バルバリーゴから戦術を告げられていたクィリーニは、このトルコをやりすごすような形で右方にまわる。左翼の半ばがこれにつづいた。

この戦術は成功する。敵の注意が、人間の心情からして当然でもあるのだが、真紅に塗られたバルバリーゴの旗艦に集中していたからだ。その旗艦は、びくとも動かない。その間に、右端のクィリーニの船は、敵右翼の背後にまわっていた。

クィリーニの船とバルバリーゴの船が両端をかためた左翼船団は、こうして、トルコの右翼を半月形に囲みこむことに成功したのである。後は、その輪をちぢめていくだけだった。

敵を浅瀬に追いあげる目的は、敵船の動きを封じることにある。だが、離れて追いあげるのでは、海賊船の多いトルコの右翼が相手では、容易な成功は望めない。追いあげるほうも、自船の動きの自由を犠牲にする覚悟でなければ、成功はおぼつかない。バルバリーゴも、右隣りの船を指揮しているカナーレも、また最右端をまかされているクィリーニも迷わなかった。

このガレー船団への援護射撃は、緒戦以後は主役の座を降りた観のあった、ガレアッツァから発せられる。とくに、六隻の中でも最も左に位置していたアンブロージオ・ブラガディン指揮のガレアッツァが、再び「浮ぶ砲台」の威力を発揮しはじめた。キプロスで生きたまま皮膚をはがれて殺されたマーカントニオ・ブラガディンの弟であるこの人は、大型船の向きを、他のガレアッツァよりは早く変えるのに成功していたのだ。そして、敵右翼めがけて、砲丸を浴びせはじめたのである。

これは、輪をちぢめつつあるヴェネツィアの左翼を迎え撃つ気がまえでいたトルコ側に、物理的にも精神的にも打撃を与えずにはおかなかった。イスラム側は、陸上ならばともかく、海の上での砲撃には慣れていないのだ。帆柱は吹きとばされ、甲板には大穴が開くのを眼にしながら、その砲丸がいつどこから降ってくるのかわからない。敵側に、はっきりとひるみが見えた。

しかし、友船からの援護射撃は、敵側にばかり被害を与えたのではなかった。射程距離を定めるのも、さして正確ではない。しかも、輪をちぢめつつあるヴェネツィアの各船は動いている。ヴェネツィア船の頭上にも、砲丸は降らないではすまなかった。だが、ブラガディンは、それがわかっていながら砲撃をつづけた。

海深が五メートルを切り、これ以上浅くなるとガレー船でも動きが止まるというとき、突如、真紅のバルバリーゴの船が、それまでの左端の位置を捨て、半円の真只中《まっただなか》に突入してきた。それに、カナーレの船がつづく。この二船はただちに、互いの船腹を鉄鎖でつなぎ合い、そのままの形でトルコ船隊に突っこんで行った。すぐ後に、これまた鉄鎖でつなぎ合った左翼の全船がつづく。

これによって、いずれも動きの自由を失った敵味方の船の櫂は、互いに深くかみ合い、動かない戦場が海上にできる。敵船に乗り移るには距離がありすぎれば、かみ合った櫂を伝わって降りてはよじ登るのだ。ヴェネツィア船では、漕ぎ手も櫂を捨て、常に身につけている胸甲だけで、先端には鉄釘《かなくぎ》が一面についている棍棒《こんぼう》を手に戦線に加わっていった。

キリスト教徒の兵とイスラムの兵を、この混戦の中でも見分けるのは簡単だった。イスラム教徒は、色とりどりのターバンをかぶり、手には鈍い光を放つ半月刀をにぎりしめていたからだ。

もはや、そこに展開するのは白兵戦だった。バルバリーゴは、敵船隊の真只中に突入した自船の船首から、一歩も動かなかった。鋼鉄製の甲冑に身をつつみ、左手には抜き身の剣を持っていたが、右手に持つ指揮仗をふるって指揮するほうが忙しかった。ふと、かぶとをかぶったままだと声の通りが悪くなるのではないかという怖れが、彼の頭をよぎった。一瞬後、ヴェネツィアの海将はかぶとを捨てていた。

そのバルバリーゴの眼の端に、すぐ隣りの船を指揮していたカナーレが、彼独特の白熊《しろくま》のような戦闘服の全身に、一面に矢を浴びて倒れたのが見えた。時刻は、午後の三時をまわっていた。

この左翼からは遠く離れた右翼では、まったくちがう戦況がくり広げられていた。海賊ウルグ・アリと傭兵隊長ドーリアの二人は、技能の粋をつくした戦闘を展開中であったのだ。ドーリアはスペイン海軍の司令官だが、実際の彼の仕事は、新大陸の金銀を積んでジブラルタル海峡から地中海に入ってくるスペイン船を襲うイスラムの海賊を、撃退することのほうが多い。それで、アルジェを本拠にする海賊の頭目ウルグ・アリとは、海の上で相対《あい》したことが多かった。

ただし、プロ中のプロと言ってもよいドーリアの誤算は、自分の指揮下にある右翼の五十七隻の中に、二十五隻ものヴェネツィア船が加わっていることを、計算に入れていなかったことにある。ヴェネツィア人は、技能ではプロであっても、祖国のためという気持が先行する、ある意味ではシロウトの集団であった。

反対にウルグ・アリは、彼配下の海賊船に加え、技能ではシロウトと言ってもよいトルコ船を率いている。これは、望むと望まないにかかわらず、彼の指揮どおりに従《つ》いてくる船隊を率いている、ということでもあった。

海深が五十メートルもある開けた海が戦場のこの海域では、風も、強くはなかったが吹いている。マエストラーレ、フランス語だとミストラル、と呼ばれる北西風で、これは、ドーリアのほうに不利だった。

戦端が切って落とされる前にすでに、ウルグ・アリ率いるトルコの左翼に対し、ドーリア率いる連合艦隊の右翼は、予定よりもずっと南に陣型を移動させていた。ウルグ・アリの動きを右方からまわって封じようとしたからだが、そのためにこの右翼の前に配されていた二隻のガレアッツァが、ドーリアの突然の移動に従いていけず、右翼と本隊の中間に留まる形になっていた。このために二隻の「浮ぶ砲台」の威力は、敵の左翼に対してではなく、もっぱら敵の本隊に向ってふるわれることになってしまう。つまり、ウルグ・アリ率いる左翼の九十四隻は、ガレアッツァからの砲撃による被害を、相当な程度に免《まぬが》れることができたということだ。

ほぼ無傷で突進してくるウルグ・アリの船隊を見たドーリアは、自分の船をさらに南に移動させた。これによって、彼率いる右翼の各船の間隔は、この度重なる予定にはない移動によって、開く一方になる。そして、ウルグ・アリの戦術の変更に気づいたときは、もとにもどすなど不可能なほどの、一本の糸にも似た細長い船列になっていたのだった。

実を言えば、ウルグ・アリは、戦術を変更したのではない。彼の考えはもともと、左からドーリアの船隊のわきをまわり、ドン・ホアンの本隊を背後から突くことにあったのだ。

それに気づいたドーリアが、わきをまわらせまいとして船隊を移動させたのだが、少年の頃までは南伊の漁港で育ったこの海賊は、ドーリアと正面からぶつかる愚を犯さなかった。

南西に向けていた自分の船の舳先を、実に巧みな操縦で、北西に方向転換したのである。ドーリアの南への移動で開いてしまった、ドーリアの右翼とドン・ホアンの本隊との間にできた空間に眼をつけたのだ。その間を通り抜け、ドン・ホアンの本隊を背後から襲う。これが、一見変ったように見えながら本質的には変っていない、ウルグ・アリの戦術だった。

このウルグ・アリの考えをいち早く見抜いたのが、ドーリア率いる右翼に配属されていた、ヴェネツィアの二十五隻である。彼らは、ドーリアの船に従っての南への移動をやめた。

自分たちの眼前を通り過ぎていくウルグ・アリの船隊に、二十五隻のうちの十五隻が、一丸となって突っこんでいった。誰かが命じたからではない。ほとんど反射行動のように、ヴェネツィア船団は突入していったのである。

しかし、ウルグ・アリ率いるトルコの左翼は、小型船が多かったとはいえ九十四隻で成っている。縦隊で行くその敵めがけて突入したといっても、突入はその中の数ヵ所にかぎられる。たちまちヴェネツィアの十五隻は、一隻につき六隻以上の敵を相手に闘う羽目になった。

それはもう、海戦ではなく海上での殺戮《さつりく》だった。群がるピラニアが、ずっと大きな魚を喰い散らすよう。それでも魚は、死ぬ前に相当な数のピラニアを殺しはしたのである。だが敵は、後から後から攻めてくる。

ヴェネツィア船の一隻の艦長のベネデット・ソランツォは、自分の船の乗組員の大半が、すでに動かなくなっているのを見た。同時に、彼の船の四方八方から、船によじ登ろうとしている多数のトルコ兵を見た。そして、まわりには味方の船の姿はなく、六隻のトルコ船だけが囲んでいるのも見た。

このヴェネツィアの貴族は、わずかに残っていた漕ぎ手たちに、海にとびこめと命じた。そして船倉に降りていき、火薬に火を点《つ》けた。敵船六隻を道連れに、自爆したのである。

ローマでは法王相手の外交に身も削る日々を過ごしていた大使ソランツォの弟にあたるこの人の遺体は、戦い終了後も見つからなかった。

自爆まではしなくても、この海域でのヴェネツィア船の被害はすさまじかった。艦長で戦死した人の数は、白兵戦を展開中の左翼に匹敵するほど多かったのだ。

それでいて、ヴェネツィア船団を血祭りにあげたウルグ・アリは、ドーリアが方向を変えないうちに、ドン・ホアンの本隊の右端に達していたのである。驚嘆すべき、操船術の妙であった。

敵味方ともガレー軍船同士が櫂をかみ合わせてしまえば、そこには固定した戦場が出現する。戦闘も、この戦場では白兵戦しかありえない。

こうなってしまうと、「浮ぶ砲台」も力のふるいようがなくなってくる。敵船の帆柱を砲撃によって倒すことは可能でも、落下してくる帆柱や帆桁《ほげた》が、その下で闘う味方の兵士まで殺しかねないからであった。

そのため、やむをえないとはいえ、戦闘の中盤以降のガレアッツァは、格好の観戦場になってしまう。六隻から成るそれらの総指揮をまかされていた艦長ドードは、本国政府への報告の中で次のように書いている。

「キリスト教徒もイスラム教徒も、まるで狩場での狩人《かりうど》のようだった。狩場ではよく起ることだが、狩猟に熱中している狩人は、狩場の別の場所で何が起っているかには、関心を払うことができなくなる。眼前の獲物にだけ、注意を集中せざるをえなくなるからだ。同じような状況が、レパントの海上でもくり広げられていた」

トルコ陸軍の背骨ともいわれるイェニチェリの勇猛さは、混戦になるやいかんなく発揮された。無敵を誇るこの戦士たちは、アリ・パシャの本隊に配属されている。キリスト教側の本隊にも各国の旗艦が集中していたが、イスラム側でも、トルコ支配下の各地方の有力者たちの乗る船が、総司令官アリ・パシャの旗艦を守るかのように、この本隊に集まっていた。当然、これらの船の戦闘員には、イェニチェリ軍団を始めとする陸軍国トルコの精鋭が配属されている。この戦士たちが、雲霞《うんか》のごとく、キリスト教側に襲いかかってきたのだった。

しかし、ドン・ホアン、ヴェニエル、コロンナの旗艦を中心とする連合艦隊の本隊に配属されている戦士たちも、勇敢さではひけをとらなかった。

小銃のはじける音が耳をろうし、石弓の放つ矢が無気味に大気を切る。ときの声となると、敵味方とも区別がつかない。ゆれ動く海の上ではどうしようもない気持のスペインの騎士も、足許が確かとなれば不安も消える。

総司令官のドン・ホアンも副司令官コロンナも、味方の兵士に囲まれているとはいえ、船橋の前から一歩も退《ひ》かなかった。

ヴェニエルにいたっては、味方さえも寄せつけなかった。七十五歳の「ミスター砦《とりで》」は、老齢による動きの鈍さを逆手にとって、槍や剣は使わず、指揮のための大声を張りあげる以外は、石弓を手に的確に敵兵を倒すのをやめなかった。

ヴェニエルのかたわらには二人の兵が控え、総大将の石弓から矢が放たれるや、すぐさま矢をつがえた別の石弓を手渡す。

老将は、戦闘開始からずっと、かぶとをつけていなかった。風になびく白髪は、怒り狂う馬のたてがみのよう。敵の誰かが放った矢が太股《ふともも》に命中したが、それも「砦」を崩すことはできなかった。自らの手で、肉片のへばりついた矢じりともども引き抜いたヴェニエルは、何ごともなかったように矢を放ちつづけた。

イェニチェリ軍団の兵士たちは、ドン・ホアンの旗艦にも襲いかかっていた。だが、この船の防衛に駆り出されていたサルデーニャ島出身の兵士たちは勇敢だった。彼らは、小銃を使えなくなれば、懐刀《ふところがたな》を手にぶつかって行った。倒れたら、後続の船から新しい血がつぎこまれた。

キリスト教側の後衛の三十隻は、この本隊に全船が投入された。そのうちの二隻のヴェネツィア船は、ドン・ホアンの船危うしと見るやその前面に船を進め、イェニチェリの攻撃を一手に引きうける。すさまじい激闘は、この二隻の艦長が戦死した後も終らなかった。

しかし、戦況は、少しずつにしても確実に、キリスト教側に有利に展開しはじめていたのである。

緒戦での砲撃が敵側に、やはりあなどりがたい打撃を与えていたのだ。

また、トルコ船を一隻でも占拠するや、その船につながれていたキリスト教徒の漕ぎ手たちを、次々と解放していったことも大きかった。自由を回復した彼らは、今度は背後から、イスラムの兵士たちに襲いかかって行ったのである。

バルバリーゴが指揮する左翼でも、戦況は明らかに、キリスト教側が優勢になりつつあった。

ここでは敵は、混じり気なしの海賊の集団だ。イェニチェリがトルコ陸軍の背骨ならば、イスラム教徒の海賊は、トルコ海軍の実戦力になっている。闘い慣れた戦士ということならば、遜色《そんしょく》はまったくなかった。

しかし、五十五隻のほとんどは、ヴェネツィア船で占められている。彼らには、年来の敵であるトルコに対する、耐えに耐えつづけた想いがあった。しかも、今やキプロスは奪われ、同胞《どうほう》の多くは、残虐《ざんぎゃく》このうえもないやり方で殺されたばかりだ。

このヴェネツィアの戦士たちの戦法は、もはや戦法と呼べるものではなかった。武器よりも先に手が、手よりも先に身体《からだ》が、敵めがけてぶつかって行ったのである。

だが、犠牲も大きかった。「クレタの海の狼《おおかみ》」と綽名《あだな》されていたアントニオ・ダ・カナーレは、彼独特の白いキルティング地の戦闘服を朱に染めて、自船の船首で動かなくなっている。この船の指揮は、戦死した艦長に代わって副官がとっていた。

しかし、この左翼戦線で最も大きな犠牲を払うことになったのは、やはり、バルバリーゴの船になる。

浅瀬に追いあげる戦法の、最前線にいたのがこの旗艦だ。これとカナーレの船が互いに鉄鎖でつなぎ合って、敵船隊にぶつかって行ったのだった。

とくにバルバリーゴの船は、全船が真紅に塗られた旗艦だけに敵の注意が集中し、この船一隻だけで八隻を敵にまわして闘っていた。帆柱も帆桁も、敵の放つ火矢で燃えあがった帆のあおりをくって火だるまと化し、真紅の櫂も、大半が折れたり流されたりしていた。

それでも誰一人、船を捨てた者はいなかった。造船技師から調理人まで、敵兵に立ち向っていた。ここでも敵船を占拠するや、キリスト教徒の奴隷たちは鎖を解かれ、背後から敵に襲いかかる。

バルバリーゴは劣勢になった敵を見、勝機をわがものにするのは今だ、と悟った。彼は、船首の最上段に立ちながら、配下の戦士たちへの激励にいっそうの力をこめた。と、そのとき、敵の誰かが放った銃弾が彼の右眼に命中した。頭全体に何か鉄の大きな球が当ったような衝撃を受けたが、かろうじて踏みとどまることだけはできた。

その彼の眼の前で、激闘の相手であった敵将シロッコの船が、泥水の中に沈みはじめていた。負傷したシロッコが、海にとびこむのも見た。だがこれはすぐに、味方の兵を救うために出ていたヴェネツィアの小舟によって、泥海の中から引きあげられる。エジプトのアレクサンドリアの総督でもあった海賊の首領シャルークは、この二日後に傷がもとで死んだ。

敵将の戦線脱落を眼にした後ではじめて、バルバリーゴの身体は、足許から徐々に、甲板の上に崩れ落ちていったのである。副官ナーニが、ただちに指揮を代わった。

バルバリーゴは、甲板下の船倉に運びこまれた。船橋にある艦長用の船室に運びこもうにも、船尾にあるそこは燃えつきてしまっていたからだ。

駆けつけた船医によって、バルバリーゴの受けた傷は、右眼だけではないことが判明する。鎧《よろい》が組み合わされるところにできるわずかなすき間に、深々と矢がくいこんでいたのだ。矢は引き抜かれていたが、傷から流れ出た血が、鎧の裏側にまでべっとりとついたまま固まっていた。相当な量の血が、流れ出てしまったにちがいなかった。

そのうえ、形もなくなった右眼から流れ出る新しい血は、医師でも止める方法はなかった。バルバリーゴの顔は、そばにいる人までが驚くような早さで色を失いはじめていた。

そのとき、あわただしく木の階段を駆けおりてきた伝令が告げた。

敵の全船は、沈没するか炎上するか捕獲されるかして全滅し、この左翼では今、勝利を告げるのろしがあげられた、と。

アゴスティーノ・バルバリーゴの青白い顔に、この日はじめてのさわやかな微笑が浮んだ。

勝利ののろしは、左翼であがったそのすぐ後に、本隊でもあがる。すさまじい戦闘もついに決着がつき、アリ・パシャの旗艦は、無防備な状態で、ドン・ホアンの前にひかれてきた。船尾にしつらえられた豪華な内装の船室の中には、石弓の矢に胸深くえぐられて息もない、アリ・パシャの遺体があった。彼が連れてきていた二人の息子も、それぞれの船上で捕虜になっていた。

ドン・ホアンの命令で、トルコの総司令官の遺体からは頭部だけが切り離され、槍先に突き刺された首級は、キリスト教艦隊総司令官の船の帆柱高くかかげられた。

この本隊でも、バルバリーゴの左翼と同じに、戦場から逃げおおせた船は一隻もなかった。

一方、キリスト教艦隊の右翼とイスラムの左翼が対決中の海域では、戦況は、まったくちがう様相で終ろうとしていた。

互いに離れてにらみ合う戦法をとったドーリアとウルグ・アリは、いずれも自分の船は戦線の先頭を切ってはいたのだが、ついに一度も櫂をかみ合わせることなく終始しようとしていたのだ。

相手の出方をうかがうだけでいっこうにぶつかっていこうとしないドーリアに反旗をひるがえしたのが、この人の指揮に従う義務を課されていたヴェネツィア船団である。彼らは、ウルグ・アリ率いる敵に、命じられたわけでもないのに闘いを挑み、ソランツォの自爆の後も壮絶な戦闘をやめなかった。

ここ右翼でのヴェネツィア人の艦長の戦死者は、二十五人中六人におよぶ。これは、バルバリーゴの左翼にさえも迫る比率。この海域でも、激戦は行われないわけではなかったのだ。

しかし、両軍の指揮官の動きを追っていくならば、この右翼では、後年のトラファルガー海戦のネルソンか、そのまた後年の日本海海戦の東郷平八郎にまで想いを馳《は》せることもできるような、近代的な海戦が展開されていた、と言えなくもない。

向ってくるヴェネツィア船隊を、たたける船はたたき、かわせる船はかわして進んでいたウルグ・アリ率いるトルコの左翼は、ドーリアが駆けつけようにも容易には駆けつけられない海域にまで達していた。ドン・ホアンの本隊への接近に、成功したことになる。

その本隊の右端をかためていたのは、マルタ島を本拠にする聖ヨハネ騎士団の三隻。とくに最も右端にいたのは、団長乗船の騎士団の旗艦。当然この船には、異教徒と闘うことのみに神に身を捧げた、騎士たちが多数乗船している。彼らは、この騎士団の規定からも、ヨーロッパ有数の貴族の子弟たちだった。

これほど、もとキリスト教徒で今はイスラムの海賊のウルグ・アリにとって、闘志を燃やす相手もない。しかも彼は、トルコのスルタンによってアルジェの総督に任命された身でもある。アルジェに本拠を置く彼と、マルタ島を要塞《ようさい》化した騎士団とは、宿命的としてもよい敵対関係にあった。そのマルタの三隻を襲った、ウルグ・アリはすさまじかった。

本隊同士の戦闘に参加していたマルタの三隻は、不意に背後を突かれた形になる。マルタの旗艦上では、騎士たちの奮闘にもかかわらず、倒れていく者は、ターバンに半月刀の海賊ではなく、華麗な甲冑姿の騎士に多かった。

まず、船橋上にひるがえっていた騎士団旗が奪われた。次いで、まだ闘っている騎士団長や騎士たちを乗せたままで、旗艦そのものが捕獲されてしまったのである。

だが、ウルグ・アリは、狩場での狩人ではなかった。はじめは左翼で、すぐつづいて本隊であがった、勝利を告げるのろしを見逃さなかった。

もとキリスト教徒の海賊は、再度、船の向きを変える。今度は、百八十度の方向転換をして、再びドーリアの舳先《へさき》をかわす戦法に出た。マルタ騎士団の旗艦まで引きずりながら、であった。

しかし、今やはっきりと戦場から逃げようとしているウルグ・アリを、今度も、ドーリア指揮下のヴェネツィア船団が見逃さなかった。自爆や撃沈されてもまだ残っていた船が一丸となって、船腹を見せながら逃げていく、トルコの左翼に襲いかかったのだ。

この機にいたって、この右翼に配置されていた他の船も黙ってはいなかった。南伊からの船も北伊からの船も、戦線に加わってくる。指揮官ドーリアも、マルタの旗艦がひかれていくのを座視はしなかった。

右翼の全船が、敵にぶつかっていったのだ。見るまにトルコ船が、次々と血祭りにあげられていく。マルタの旗艦も、捕囚から解放される。騎士団旗は海賊に奪われたままだったが、海戦開始以来はじめての全域戦闘が、ここ右翼でも、ついに闘われたのであった。

だが、わずか四隻とはいえ、ウルグ・アリを逃がしてしまったのだ。

逃げた海賊は、ペロポネソス半島の南端においてあった二十七隻を加えて、トルコの首都コンスタンティノープルまで逃げのびることに成功する。哀れなのは、同胞が解放されるのを眼前にしながら、鞭《むち》の下で櫂を漕ぐしかなかった、これらの船のキリスト教徒たちであったろう。ウルグ・アリは、四十日以上もの逃走のあと、奪った騎士団旗を海面に流しながら、金角湾に入港するのである。

しかし、逃がしてしまったのはわずかに四隻。二七六隻中の四隻である。「レパントの海戦」は、キリスト教連合艦隊の圧倒的な勝利で終わったのだった。

レパントの海は、敵味方の戦士たちの死体で埋めつくされていた。そのあちこちで燃えあがる船が、つい先ほどまでの激戦海域がどこであったかを、無言のうちに示していた。大きくかたむいた船の間を、生きのびようとして泳ぎあえぐトルコ兵が、動く唯一《ゆいいつ》の物体だった。

蒼《あお》く深かった海も、男たちの流した大量の血によって、赤葡萄酒《あかぶどうしゅ》を流しこんだような色に変っていた。その海を、西の方角から少しずつ、夕陽が金色に染めはじめていた。

勝者たちも、勝利の歓声をあげることさえ忘れてしまったかのようであった。不可思議な静寂が、世紀の海戦が終了したばかりの海を支配していた。

夕闇《ゆうやみ》が海上をおおいはじめると、風は強さを増し、波も高まってくる。夜の訪れとともに風と波が強さを増してくるのは誰にも予想できた。これ以上、海上にとどまるのは危険だった。

北西の方角に六海里ほど行ったところに、ペタラスという名の小さな島がある。ギリシア本土に近接した島だが、小島だけにまだトルコの支配はおよんでいない。その島の湾内で、ひとまず夜を越すことになった。

敵の船でも使えそうな船はみな、引綱をつけて引いていく。後には、死体と、放置していくしかない焼けただれた船だけが、波間に残った。

ペタラスの島に着いてから、ドン・ホアンの船に、司令官たちが祝いを述べに集まってきた。

二十六歳の総司令官は、はじめて手にした大勝利に興奮し、包帯に血をにじませながらも元気な姿をあらわしたヴェニエルを見るや、駆け寄って行ってかたく抱擁した。これまでのたび重なる確執《かくしゅう》などは忘れてしまったかのようであった。ヴェネツィアの老将も、まるで息子と勝利の喜びをともにするように、暖かくそれに応《こた》えていた。コロンナも、法王の甥《おい》やローマの貴族たちを従えてやってきた。声高な祝いの応答が、狭い船室を張りさけんばかりに満たした。

だが、右翼の司令官ドーリアが船室に入ってきたとき、それまでの喜ばしい活気が、冷たい大気を浴びたかのように静まりかえった。

誰もが、返り血ひとつ浴びていないドーリアの甲冑姿を、異様なものでも見るように眺めた。血のりで全身が彩《いろど》られたようなヴェニエルは別としても、ドン・ホアンもコロンナも、返り血で汚れた軍装姿であったのだ。

ドン・ホアンの前に進んだドーリアは、他人事《ひとごと》でもあるかのような冷静な声で、戦勝の祝いを述べた。総司令官は、この右翼の責任者にだけは、ひどく冷たい声音で短く応ずる。ヴェネツィアの海将たちは、自制しなければつかみかかっていたにちがいない憤怒《ふんぬ》の形相で、このジェノヴァ人を見ていた。

すでにその頃には、人々は知っていたのだ。右翼でのドーリアの指揮が、どのような経過を経てどのような結果につながったかを、知っていたのである。後に法王ピオ五世が言った言葉が、その場にいた人々の心中をあらわしていたのかもしれない。

「神よ、哀れみたまえ。海将としてよりも傭兵として終始した、あの哀れな男を」

これは、ドーリアにとっては、酷すぎる批判であったろう。だが、レパントで闘われた海戦は、ガレー船同士のものである。トラファルガーのように、帆船による海戦ではないのだった。

それにしても、人々の喜びは天井を知らなかった。

無敵と思われてきたトルコ軍が、無敵ではないことが実証されたのである。それも、一四五三年のコンスタンティノープルの陥落からはじまった、トルコの攻勢に次ぐ攻勢の前に、全力を投じての反撃となるとほとんどしてこなかったキリスト教勢が、実に百十八年後に手にした真物《ほんもの》の勝利であった。

しかも、二七六隻を向うにまわして、二一〇隻で勝ったのだ。ウルグ・アリの四隻は逃がしてしまった。だが、逃がしたのは、二七六隻中の四隻である。圧勝としてもよい勝利。それは、参戦した人々に共通していた想いであった。

二十六歳の勝利者は、この喜びを誰とでも分ちあいたい想いでいっぱいで、ドーリアに対しても、非難がましいことは一言も言わなかった。

その若い公子の頭に、ただ一人、これまでは首脳会議の常連でありながら今夜の喜びの席には欠けている顔が浮んだ。コロンナとヴェニエルの二人だけをともなったドン・ホアンは、船室を出、小舟を横づけするよう命じた。

二人の副司令官を両わきに、甲板の上で小舟が到着するのを待っていた若い総司令官の姿に、周囲の船にいた人々が早くも気づき、わきあがる歓声がたちまち彼をつつんだ。

騎士も石弓兵も砲兵もいた。船乗りも漕ぎ手も、大歓声に加わった。とくに、イスラム船の鎖から自由になった人々のあげる声が、ひときわ大きかった。もはや敵の眼を気にすることもなくなり、誰はばかることなく燃えさかるたいまつの火が、小さな湾を埋めている大船団を、昼のような明るさで照らしていた。

三人の司令官が乗った小舟は、あまりの損傷のひどさに自力では航行できず、友船に引かれてこの湾までたどりついていたバルバリーゴの旗艦に横づけになった。真紅に塗られた帆柱は中途で折れ、帆桁は焼け落ち、これも真紅の櫂は半数も残っていない。船上にあがった三人は、バルバリーゴが横たわる甲板下の船倉に降りていった。

戦闘終了と同時に自分の副官の重傷を知らされたヴェニエルは、急ぎ小舟で駆けつけたのである。血の気のないバルバリーゴのかたわらには、彼とともに闘った参謀クィリーニの姿があった。だが、駆けつけたものの、もはや打つ手はないことを、二人のヴェネツィアの海将は、医師から告げられていたのだった。

訪れたドン・ホアンにも、症状はすでに知らされていた。若い公子もコロンナも、慰めの言葉などは一言も口にしなかった。

総司令官を認めたバルバリーゴは、それまで横たわっていた担架の上から身体を起そうとしたが、その力はもうなかった。ドン・ホアンは、バルバリーゴのかたわらにひざをつき、ヴェネツィアの海将の氷のような右手に、そっと自分の手を重ねた。そして、ささやくように、イタリア語とスペイン語を混ぜながら、勝ったことを話しはじめた。

スペインの王弟は、メッシーナで会った当初から、このヴェネツィア人に好意を感じていたのである。ヴェニエルとは言い争った時期でも、バルバリーゴとならば喜んで会ったのだ。

バルバリーゴの、静かで押しつけがましくない振舞いが、それでいて必要となれば断固として譲らない姿勢が、敬愛の念さえいだかせていたのである。それに、キリスト教連合軍の首脳陣ではただ一人の犠牲者になる哀れが、若い貴公子の胸をいっぱいにしていたのだった。

バルバリーゴは、しかし、自分に優しく話しかける総司令官に、ほのかな微笑で応えるしかできなかった。ドン・ホアンは、再度バルバリーゴの右手を、今度は両の手の平でつつむようにした後ではじめて立ちあがり、コロンナとともに船倉を出ていった。

あとには、ヴェニエルだけが残った。七十五歳の老将は、先ほどまでドン・ホアンがいた場所に立った。ひざをつこうにも、太ももに傷を負っていて、曲げることができなかったのだ。立ったままのこの上司を見上げて、バルバリーゴは再びほのかな微笑を浮べた。その後は静かに眼を閉じた部下の顔をしばらく眺めた後で、ヴェニエルも去っていった。

従卒が船倉に入ってきたとき、ヴェネツィアの海将は、すでに息をしていなかった。

政府に送る報告書の最後に、ヴェニエルは次の一行を書き加えた。

「参謀長《プロヴェディトーレ・ジェネラーレ》アゴスティーノ・バルバリーゴは、自ら望んだ死を、最高の幸福の中で迎えた」

この報告書が元老院で読みあげられるのを聴きながら、マルコ・ダンドロは胸の内で考えていた。「静かなる責任感が肉体化した男」という形容があるとすれば、それは、圧勝であってこそ意味がある、と言ったマルコに、眼で答えたあのバルバリーゴであったと思いながら。

ヴェネツィア領のコルフ島までもどってはじめて、連合艦隊は戦果の全容を知ることができた。

捕獲した敵側の船の総計——一三七隻

戦闘中ないしその直後に炎上し沈没した敵船の総計——一三五隻

ウルグ・アリが率いて逃げおおせた船——四隻

敵側の戦死者——八千人以上

捕虜になった敵兵の数——一万人以上

戦死者の中には、総司令官アリ・パシャ以外にも、イェニチェリ軍団の団長、レスボス、キオス、ネグロポンテ、ロードスの島々の総督たちもふくまれている。シロッコやウルグ・アリの一世代前の海賊であったバルバロッサの二人の息子も、もちろん二日後に死んだシロッコも、戦死者名簿に名をつらねていた。トルコ海軍の主だった人々が、ウルグ・アリを除けば、全員がレパントで戦死したことになる。

捕虜になった人の中には、ドン・ホアンがスペイン王への贈物として選んだ、アリ・パシャの二人の遺児もいた。また、従軍していたトルコ宮廷の高官たちの多くも捕虜になっていた。

解放されたキリスト教徒の奴隷——約一万五千人。この人々には、故郷に帰ることが認められた。

戦利品は、この海戦に参加した国のすべてに分配された。

スペイン王は、五十七隻のガレー船を得る。捕虜も三千人以上を取り、トルコ船内で見つかった貴金属の大半も手中にした。

ヴェネツィア共和国も、四十三隻のガレー船に一千百六十二人の捕虜を。自前の軍船は一隻も持っていなかった法王庁も十七隻を所有する身になり、捕虜の分け前は五百四十一人になった。

しかし、キリスト教側の払った犠牲も、少ないとは誰も言えない数にのぼる。

戦死者――七五〇〇人
負傷者――八〇〇〇人

戦死者と負傷者の数を主要三ヵ国に分ければ、次のようになる。

	戦死者数	負傷者数
スペイン	二〇〇〇人	一二〇〇人
法王庁	八〇〇人	二〇〇〇人
ヴェネツィア	四八三六人	四五八四人

ヴェネツィアの数字だけがくわしいのは、正確な統計重視が伝統になっている国柄だからだが、人間を資源と考える国民性も示している。反対にスペインや法王庁は、船の戦力化のために兵士を乗船させたときからすでに、正確な数を知らなかったからで、海戦終了後に点呼に答えなかった者が戦死者とされたのだった。

それにしても、兵力提供の比率を思えば、ヴェネツィアの払った犠牲がいかに多大であったかがわかる。

とくに、指揮官クラスの戦死者が目立つ。それも、地位の高い武将となると、法王庁の旗艦に乗っていたオルシーニ家の二人を除けば、戦死者の大半がヴェネツィア貴族であった。

各軍船の艦長クラスの犠牲者は、これはもう、十八人の全員がヴェネツィア共和国の市民である。

バルバリーゴ一門からは、艦長三人をふくむ四人。コンタリーニとダンドロの一門からは、それぞれ二人ずつ。ソランツォやヴェニエル一門でも、艦長の犠牲者だけでも一人ずつ出している。ヴェネツィア一千年の歴史を彩《いろど》った名門中の名門が、レパントの海戦でも犠牲者名簿を彩ったのだ。

ヴェネツィア共和国は、レパントの海で、総力戦を闘ったのである。それは、犠牲者の職能別でも明らかだった。

	戦死者数	負傷者数
艦長（貴族）	一二	五
艦長（平民）	六	二〇
副艦長	六	四
戦闘員隊長	五	二〇

戦闘員	一三三三	一〇八七
船員長	七	一〇
船乗り	一二四	一一八
漕ぎ手の長	九二一	六八一
漕ぎ手	二二七二	二四七九
砲手	一一三	七九
造船技師	三二	七八
調理人	五	三
計	四八三六人	四五八四人

全力を投入して闘ったのは、貴族だけではなかったのだ。総力戦であったと言われても、コックまでがうなずいたろう。

戦没者の遺族には、遺族年金が与えられる。年に二十五ドゥカートという、家賃を考えなければ暮らしていける額にすぎないが、この遺族年金は、ヴェネツィアが地中海の覇者になって以来の三百年もの間、つづけられてきた制度であった。ただし、貴族にはその権利はない。これも、伝統になっていた。

ヴェニエルが、コルフに着いた夜に早くも送り出した勝利を告げる快速船が、トルコの軍旗を海面に流しながら入港した日、ヴェネツィア市民の間に爆発した歓喜は、とどまることを知らないかのようであった。

犠牲が多大であったことは、誰でもわかっていた。だが、家族の一人を失って涙にくれる人も、これまでの戦いのときとはちがう。百年以上にわたってトルコは、水平線に半月旗を見ただけで逃げる他の国々とはちがっても、ヴェネツィアの人々にとっては、常に頭から離れない存在であったのだ。

そのトルコを、完膚《かんぷ》なきまでに破ったのである。日頃から醒《さ》めた性向で知られるヴェネツィア人も、この日ばかりは熱狂した。夜が更《ふ》けても家々の窓からは灯が消えず、広場は興奮した市民で埋まり、一杯飲み屋は入口の扉を開け放したままで朝を迎える。

元首官邸も、涙を流すほどの喜びで勝利の報を受けたことでは、広場とまったく変りはなかった。だがその中でも、マルコ・ダンドロの提言は受け入れた。市内に住むトルコやアラブの商人たちを一箇所に隔離する、とした提言だ。勝利に酔った市民たちがこの人々を襲うような事態が起らないよう、ユダヤ人居留区の近くにある屋敷の

パオロ・ヴェロネーゼ
「戦死した海将バルバリーゴを天上で迎える聖母マリア」
アカデミア美術館蔵（ヴェネツィア）

一つにまとめて収容すると決まり、それはただちに実行された。

次いで、マルコも委員の一人にもどっていた「十人委員会」は、もう一つのことも決める。レパントの海戦が闘われた日である十月七日を国の祝日と決め、以後は毎年祝うとしたことだった。

それでいて、この一五七一年の秋ですら、凱旋《がいせん》将軍を迎えての華やかな祝いの行事は、いっさい行われなかった。

レパントの海戦では勝った。しかし、ヴェネツィア共和国が直面していた課題が、それによってすべて解決したわけではなかったからである。

血を流さない戦争　一

ヴェニエルは、すぐにも東の海に引き返したかった。今ならば、地中海は明け放たれたも同然。トルコ海軍は無きにひとしく、海賊の首領たちもほとんどが、レパントの海で死んでいる。今ならば、かつてはヴェネツィアの領土でありながらその後はトルコに奪われた、ペロポネソス半島のいくつかの基地も再復できるだろうし、攻略直後で占領体制も不備なキプロスだって、再び奪い返せるかもしれないのだった。連合艦隊がコルフに留まる間、ヴェニエルはドン・ホアンに、それを説いてやまなかったのだ。

しかし、若き勝利者は、手にしたばかりの華麗な勝利に酔っていた。長い時間をかけての周到な準備の結果ではなく、予期していなかったのにころがりこんできたような勝利であったから、なおのことそれに酔い痴《し》れてしまったのかもしれない。

レパントでの勝利には、彼の力が、というより彼の意志が大きく貢献したのは確かだが、それを次の勝利につなげていくに不可欠な、冷徹さまでは持っていなかった。

また、スペイン王のフェリペには、これ以上の名声を異母弟に与える気はまったくなかった。しかも、今度こそは勝手なまねは許さない、とも決めていた。

この王の意向を受けたスペイン人の顧問たちは、懺悔僧《ざんげそう》まで動員して、王の意向に反する行動は神の御意志に反することだと責めたてる。ドン・ホアンの、二十六歳という若さのマイナス面が現われ始めていた。コロンナも、早くローマにもどって法王に報告し、ピオ五世から与えられる褒賞《ほうしょう》を思えば、再び海に乗り出す気にはなれない。

ヴェニエルは孤立した。ドン・ホアンも日が経《た》つにつれて、戦い終了直後の熱い友情は忘れてしまったようだった。それどころか、総司令官の自分に許可も乞《こ》わずに、ヴェニエルが勝手にヴェネツィア本国へ勝報を乗せた快速船を出発させたと言って、怒り狂っていた。

再び、総司令官とヴェネツィア艦隊司令官の間は険悪になる。そして、自国の立場は守りながらもドン・ホアンの気分を別の方向に導いていくことのできた、バルバリーゴはいなかった。

それでも、ひとまず、翌一五七二年の集結は決まった。集結地は、シチリアのメッシーナではなく、コルフ島になる。

これだけを決めた後で、ドン・ホアンは、配下の船だけを率いてメッシーナにもどって行った。コロンナも、十七隻になる分捕り船を連れて、アドリア海にある法王庁領内の港のアンコーナに向って発《た》つ。アンコーナからローマまでは、フラミニア街道一筋の陸路。ローマでは、法王自らが主催する壮麗な凱旋式《がいせんしき》が待っているはずだった。他の国々の船も、自国の港に向って発つ。ドーリアも、彼の根拠地のジェノヴァ目指して帆をあげた。

ヴェネツィア艦隊だけは、コルフ島に留まる。彼らだけでは東地中海への遠征は無理でも、アドリア海の要《かなめ》コルフと、エーゲ海に浮ぶ〝航空母艦〟クレタを守ることは充分に可能だ。それに、翌年の春に予定された連合艦隊の集結地はコルフ島。集結地に半年も前から居つづけると決めたのも、ヴェネツィアが、連合艦隊に望みを託していたなによりの証拠であった。

ドン・ホアンがメッシーナに入港したのは、十一月に入ってからである。スペイン領でもある南国シチリアで、勝利の美酒に酔いながら、艦隊ともども来春まで、越冬することになっていた。

ヴェニエルだけは、数週間後、ヴェネツィアに向う。凱旋式出席のためではない。政府からの召還状を受けたからであった。

実は、ヴェネツィアではマルコ・ダンドロが、十人委員会の席で一つの提案を行っていたのだ。

彼は、届いたばかりの暗号文書を手にしていた。トルコの首都駐在のヴェネツィア大使からの至急便で、それを示しながらマルコは話す。

十一月十八日、コンスタンティノープルの金角湾に、ウルグ・アリが三十一隻《せき》を率いて帰港したこと。ただしそのうちの二十七隻は途中で調達した船で、残りの四隻だけがレパントから逃げおおせた船であるのは、四隻の損傷のひどさで明らかなこと。そしてつづけて、宰相ソコーリから会談の申し出があり、受けるつもりでいる、とも書いてあった。

マルコ・ダンドロが提案したのは、トルコとの極秘裡《ごくひり》での講和交渉の再開、である。今ならば有利な状況で交渉できる、とマルコは言った。

だがこの提案は、元首モチェニーゴを始めとする他の委員たちの反対に会ってしまう。「十人委員会」の大勢は、翌春に望みを託す、にあり、マルコ・ダンドロに賛同する者は少数派になっていた。

しかも「十人委員会」の多数派は、翌年の春に望みを託す、だけでなく、望みなるものを確実にするための人選まで考えていたのである。ドン・ホアンとの関係が良好でないことで知られるヴェニエルを解任し、その彼に代えて、温厚な紳士としてならば衆目一致のフォスカリーニを、ヴェネツィア海軍を率いる「海の総司令官《カピターノ・ジエネラーレ・ダ・マール》」に任命しようというのである。ヴェニエルを帰国させたのも、そのためであった。「火《ひ》」は残すべき、とマルコは反対したが、無駄に終る。国のためと思ってここは退いてくれ、と言われての解任ではあった。とはいえ、海の上にそびえ立っていた「ミスター砦《とりで》」は、陸に上げられてしまったのである。

国家間の真意の探り合いと、しかし同時に、ここまで来た以上は後には退《ひ》けないという想《おも》いで進んだ一五七一年に比べれば、翌・一五七二年はよほど順調にことが運ぶはずであった。実際、ことは順調に運び始めていたのである。

レパントの海戦の勝利によって好転した状況に、なおも追い討ちをかけて確実なものにするのは、誰もが考えていたことであった。

対トルコを目標にした神聖同盟連合艦隊の主要参加国が、スペイン、ヴェネツィア、法王庁の三ヵ国で充分ということも、前年の戦果が証明していた。

ローマ法王も、イギリスやフランスやドイツの王侯まで引きこもうとは、もはや考えなくなっていた。法王の親書をふところにした特使たちが、早春の北ヨーロッパの泥道を馬で行く苦労もなくなったのである。

また、連合艦隊の総司令官の人選で争うことも、もはや必要なかった。ドン・ホアンを他の誰かに代えようと考えた国はなかったし、副司令官も、コロンナに反対する者はいなかった。

そしてヴェネツィアからは、解任されたヴェニエルに代わって、フォスカリーニの就任が決まっている。戦死したバルバリーゴの後任には、前年まではローマで外交に専念していた、ジョヴァンニ・ソランツォが就くことも決まった。何となく、ミリタリーは後退させてシビリアンを前面に出してきた、のに似ていなくもない。

経費分担については、初めから問題は存在しなかった。捕獲したトルコ船や捕虜たちは分配されていたので、各国とも鷹揚《おうよう》になっていたのか、細かい額まで決めるのに執着した、前年のようなめんどうはなかった。各国とも可能な数の船と人を参加させる、ということで落ちついたのである。

実際、各国とも分配された船の修理に忙しく、新造船を作る時間も、その必要もなかった。前年には自前の船もなく、トスカーナ大公メディチに、大公の地位の正式な承認と引き替えに船も人も提供してもらった法王庁も、捕獲したトルコ船十七隻を得て一応の海軍国になっている。

ヴェネツィア共和国も、人集めに苦労することもなくなっていた。前年には、疫病《えきびょう》に悩まされたり集めた五千人が本国に足どめになったりして苦労が絶えなかったが、今年はその五千がすぐに使える。さらに、千人ほどのトルコの捕虜を漕《こ》ぎ手に転用できるという、持ったこともなかった利点まで得ていた。

使ってみれば、鎖つきの奴隷《どれい》の漕ぎ手は、けっこう効率の良いこともわかる。当時の艦長の一人は、最高はアドリア海東岸一帯とヴェネツィアの海外基地からの志願者、次いでは奴隷にした捕虜たち。海に慣れていない北イタリアの山岳地方からの志願者より使いやすい、と言っている。志願兵の場合は、遺族年金の対象になった。捕虜には、給料さえも払う必要はない。戦死しても、遺族年金の必要もない。とはいえヴェネツィアはこの人々に、全船の櫂《かい》を持たせるわけにはいかなかった。

ヴェネツィア船の特色の一つは、ガレアッツァを除けば、漕ぎ手の位置は甲板の上、と決まっている。接近戦が通常のガレー船同士の戦闘では、船をあやつる必要のなくなった後にくる白兵戦に、漕ぎ手まで戦闘員として活用するためであった。人的資源に恵まれないイタリアの海洋都市国家は、いずれもこの方式を採用している。中でも大量の船の常備が常態化しているヴェネツィアでは、このシステムはより徹底していた。

にもかかわらずヴェネツィアは、一五七二年に入るにあたって、二つの重大な過ちを犯していたのである。

第一に、ヴェニエルを陸《おか》に上げ、バルバリーゴとカナーレを失い、野戦型の指揮官となるとクィリーニ一人になったヴェネツィア海軍の総指揮を、人格円満なだけが取り柄のフォスカリーニに託してしまったこと。

第二は、外交上の大失策。所詮《しょせん》は部屋住みの身分のドン・ホアンに、連合艦隊が獲得できた後、という条件はつけたにしろ、ペロポネソス半島南部のモレアの王にすると、秘《ひそ》かにしても約束していたこと。

これは、大失策としか言いようのない失策になる。まず、攻略もしていない地の王にするなどと約束すること自体が、信義にもとる行為になる。そのうえ、政治的能力はあっても心は開かないタイプの君主であるフェリペ二世の異母弟に対する猜疑心《さいぎしん》を、いやがうえにも高めてしまうことになったのだから。しかも当のドン・ホアンが、強大な権力を持つ異母兄の疑念を正面から受け、それをはね返すほどの強い性格の持ち主でもなかった。

一見、何もかも順調にすべり出したかに見えた一五七二年の連合艦隊も、このような諸々《もろもろ》の不安の種をかかえこんでいたのである。

そのうえ、五月、ローマ法王ピオ五世が崩御する。新法王になったグレゴリオ十三世は、ピオ五世のように狂信的なところはなかった代わりに、連合艦隊への熱意も少なかった。

ヴェネツィア側は五月中にすでに、百隻を超えるガレー軍船と七隻のガレアッツァの、コルフ島集結を終えている。しかも、ドン・ホアンのコルフ到着が遅れるのを心配して、新参謀長のソランツォに二十五隻のガレー船を率いさせ、メッシーナまで総司令官を迎えに送り出すことまでしていた。

ところが、ソランツォが着いたメッシーナでは、予期しない問題が起っていたのだ。メッシーナで冬越しした後は集結地と決まったコルフに来るはずのスペイン海軍の内部で、この年の連合艦隊の目的地は北アフリカのアルジェリアとする動きが支配的になっていたのである。スペイン王フェリペ二世の意向が、前面に出てきたのだった。迎えに行くだけと思っていたソランツォは、動揺し始めたドン・ホアンの説得役をする羽目になる。王弟に対し、前年と同じく東地中海に向い、トルコの海軍を壊滅すべきと説いたのだが、その年のドン・ホアンは、どう決めてよいかの判断もつかない若者にもどっていた。

そこに、ウルグ・アリ率いるトルコ艦隊が、コンスタンティノープルで出港の準備中、という情報が入ってくる。

レパントから四隻だけで逃げてきたウルグ・アリに、スルタン・セリムは罰を与えるどころか、トルコ海軍の再建を命じていたのである。もとキリスト教徒であったこの海賊は、一五七一年の冬から翌年の春までに、この命令を現実にした。コンスタンティノープルにいるヴェネツィア大使の報告では、総計二百隻にもなる規模。これでは、レパントの海戦前と同じ規模になる。そしてこの二百ですら、これ以上の増加も充分に可能、ということだった。

しかし、海軍の力とは、数だけでは決まらない。レパント以前にもどったといっても、その実力となるとどれほどのものかは、ウルグ・アリにはわかっていただろう。レパントの海戦でのトルコ海軍の主戦力は海賊集団で、その頭目たちは、ウルグ・アリ以外の全員がレパントで死んでいた。

だがセリムには、それが見えていない。見ようとする気持がないから、見えないのである。彼には、二百という数字しか見えない。だからこそ派手に宣伝し、それが地中海を渡ってメッシーナにまで伝わってきたのだった。

二百という数字が、その実情を知らない人々を不安にする。そしてもっと悪いことには、不安になった人々を説得して決定にもっていく地位にいたドン・ホアンが、誰よりも不安に駆られていたことだ。コロンナもメッシーナ入りしていたが、この人にも情況を変える力まではなかった。

どう気迷ったのか、二十七歳はマドリードにいる異母兄に手紙を書いた。まずは連合艦隊を東地中海に出し、キプロスに代わるどこかを攻略するのにスペインも協力してはどうか、と書いたのだが、マドリードからは返事もこない。

それで若き総司令官は再び王に、スペイン艦隊だけでアルジェを攻めてウルグ・アリ配下の海賊たちをたたき、その後で東地中海に向っているヴェネツィア艦隊に合流するのではどうか、と書き送ったのだが、これにも王からの回答はなかった。

それでもひとまずは、出港の日を六月十四日と決めることはしたのである。ところがドン・ホアンは、出港と決まった日の二日前になって、出港の無期延期を発表した。ここから、ドン・ホアンの二転三転がはじまる。

法王庁とヴェネツィアの艦隊だけで東地中海に行ってくれ、自分たちはメッシーナに残ってアルジェ攻略の準備をする、と告げた数日後には、今からスペイン艦隊を率いてコルフに向う、と言ってくる。コルフに到着すれば、なぜ自分を待っていなかったのか、と怒り出す。

結局、コルフ島から出たり入ったりをくり返しているうちに、夏が過ぎ秋に入っていた。

その間キリスト教艦隊がトルコ艦隊との間で行ったのは、海上での睨《にら》み合いをくり返しただけで、櫂をかみ合わせたことは一度もなかった。数では再建したもののその実力は熟知しているウルグ・アリが、正面切っての激突まではもって行かせなかったのである。

コルフ島にもどった連合艦隊が解散したのは、十月二十日。

ドン・ホアンはスペイン船を率いてメッシーナに帰ってしまい、コロンナもローマに発って行った。ドーリアはもともと、この年の連合艦隊に参加していない。フェリペ二世が禁じていたからだ。

そのスペイン王フェリペ二世は、ローマの法王に親書を送り、来年にはより強力な艦隊を派遣すると約束してきたが、ヴェネツィアはもはや信じなかった。

血を流さない戦争 二

ヴェネツィア本国の「十人委員会《コンシーリオ・デイ・ディエチ》」でも、マルコ・ダンドロの考えが多数派にもどっていた。それもわずか、一年後の変化である。

常ならば「十人委員会」は、元首と元首補佐官六人と十人の委員の計十七名で構成されているが、最重要事の決定に際しては、この十七人に、経験豊富な人という感じで、さらに二十人の元老院議員が加わって三十七人に増やされる。その三十七名全員が、もはやスペインは頼るに値《あたい》せず、で一致したのだ。トルコとの間に単独講和を結ぶのに、賛成したのである。

ただし交渉は、絶対に極秘裡《ごくひり》に進めねばならない。

ヴェネツィアとスペインと法王庁を主要参加国として発足した神聖同盟《レーガ・サンタ》では、その条文中に、加盟国は他の参加国にはからうことなしに敵方と講和してはならない、という一項がある。ヴェネツィア共和国は、条約違反を犯そうとしているのだった。

もちろん、マルコ・ダンドロも、その彼の考えに賛同した元首以下の三十六人も、この一事は認識している。だが、彼らもヴェネツィア人。相手との非難の応酬に時間を費やすよりも、どうすれば現状を打開できるかを考える、ヴェネツィアのエリートたちであった。

総力を投入したレパントでは勝った。

レパントでの勝利は、トルコのスルタンに、これ以上の西進に際しては慎重になることを教える役には立つだろう。

しかし、それによって利益を得るのはスペインで、ヴェネツィアではない。

なぜなら、今やトルコ海軍の総司令官に昇格したウルグ・アリの任地はトルコの首都のコンスタンティノープルになったのも当然で、能力ある部下たちもその彼に従《つ》いて行ったにちがいない。となれば、これまで彼が本拠にしていたアルジェの、海賊たちの母港としての重要度も減少してくる。

結果として、新大陸の金銀を満載してジブラルタル海峡を通って地中海に入ってくる、スペインの船団を襲って奪うのをもっぱらとしていた、アルジェリアやモロッコの海賊たちの襲撃力も落ちてくる。

これくらい、スペイン王のフェリペ二世にとって、好都合な展開もなかったのだ。レパント以後はさらに連合艦隊への熱意を失ったのも、彼の立場に立てばわからないでもない、のであった。

しかし、ヴェネツィアの置かれている状況はちがう。

陸上でトルコの西進にストップをかけたのは、トルコの大軍を二度にわたって撃退した、オーストリアのハプスブルグ王家の健闘によった。だが、そのオーストリアには、トルコとの間に経済関係はない。つまり、撃破し撤退に持っていけばそれで目的は達成したので、その後のトルコとの関係改善までは考える必要はなかった。

一方、海上でのトルコの西進にストップをかけたのはレパントの海戦だが、それに勝ったヴェネツィアは、トルコとの間に広く深い経済関係を持っている。しかも、イスラム世界の中での重要な基地であったキプロス島を、トルコに奪われていた。

「十人委員会」でも、夜を徹しての討議が重ねられた。次の日の朝、極秘裡での交渉再開を命じた大使への暗号文書が、コンスタンティノープルに向けて発った。

大使バルバロにとっては、キプロスへの攻撃を断念させようと努めていたときの交渉も難事だったが、今度の交渉の難度はそれをはるかに超えていた。なにしろ、レパントの海戦からはすでに、一年が過ぎている。この一年の間にトルコは、数の上とはいえ、海軍は再建していた。

交渉の相手の宰相ソコーリも、背後の壁のカーテンの向うが気になるのか、発言も強気一方になる。

「レパントでは、トルコはひげを切られた。だが、勝ったとはいえヴェネツィアは、片腕を斬《き》られたのだ。ひげは生《は》えてくるが、腕は再び生えてはこない」

大使バルバロと宰相ソコーリとの会談は、経済上の論理でもぶつかっていた。

大使は宰相に、トルコがキプロス攻略を明らかにして以来、コンスタンティノープルからヴェネツィア商人の姿が消えている現状への注意の喚起を求める。その結果としての、首都の活気の衰えも指摘する。また、五十年前に騎士団を追い出して以後のロードス島が、今では漁村でしかなくなった状況も説いた。そして、ヴェネツィア人を完全に追放した後のキプロス島も同じ運命をたどると、説得しつづけたのである。

さすがに大使も、トルコ宮廷の高官を前にして、あなた方には経済感覚が欠けている、とまでは言えなかった。イスラム世界で経済センスが豊かなのは、ペルシア人やアラブ人であってトルコ人ではない。

トルコ人にとっては、寂《さび》れようが寂れまいが重要な問題ではない。領土を広げさえすればそれが力を増したことになるのである。

そして、いかにレパントでは勝ったとはいえ、キプロス島は事実上、トルコに征服されたのだった。しかも、二年も前に。

鶴《つる》のよう、といわれるほど痩《や》せていた大使バルバロは、なおも痩せる想《おも》いであったろう。だが、このような状態でも交渉はつづけるのが、外交官の責務である。大使と十人委員会の間で暗号文書が激しく行き交う中で、極秘裡の交渉はつづけられた。

その間ヴェネツィア本国では、「国営造船所《アルセナーレ》」はフル回転し、アドリア海の東岸一帯からは、ガレー軍船に乗る漕《こ》ぎ手を志願するスラブ人を乗せた船が、「スラブ人の船着場《リヴァ・デリ・スキアヴォーニ》」に次々と到着する。

ヴェネツィアの市民たちも、共和国は以後も戦争一本でいくと思いこんでいた。

ヨーロッパの国々も、トルコとの間でヴェネツィアが、講和を目指しての交渉中とは、まったく知らなかったのである。

一五七三年と年が変った三月七日、半年もかかった交渉はようやく実を結ぶ。宰相ソコーリと大使バルバロの間で、調印も終った。

だが、その内実は、これがレパントでの勝者が得たものかと唖然《あぜん》とするほど、厳しいものになる。

キプロス島は、公式にトルコの領土になった。しかもヴェネツィアは、関税という名目ではあっても、三十万ドゥカートもの大金を、向う三年の間にスルタンに払うとも決まる。

その代わりにヴェネツィアが得たのは、次の四つ。

没収されていた、トルコ領内のヴェネツィア人の資産の完全な返還。

トルコ帝国内での経済活動の、これまた完全な自由とそれに従事するヴェネツィア市民の、身の安全の保証。こうと決まれば当然だが、トルコ帝国内でのヴェネツィア人の経済活動の拠点になる、「商館《フォンダコ》」の開設の自由。

そして、その結果ではあったにせよ、一六四五年までの七十年余りの平和。

レパントで流されたヴェネツィア人の血は、少なくともヴェネツィアに、経済の一層の繁栄と七十二年間の平和はもたらすことはできたのであった。

血を流さない戦争　三

ヴェネツィアとトルコの間の講和は、調印後にはじめて公表された。元老院でさえ、知らされたのは公表の前日である。

マルコ・ダンドロも、七十代の半ばは越えていたが、「十人委員会」を代表して、この講和の内容を元老院で説明し、その可決を願う役割を、自ら進んで受けた。

これまでに彼が、このような役割を引き受けたことはなかった。政府の中枢《ちゅうすう》に加わってからの三十五年余りもの歳月の中で、初めてのことだった。その間のマルコは、重要な委員会をたらいまわしにされる感じで常に政府の中枢にいたが、元老院という表舞台には立ったことはなかったのである。だが今度ばかりは、自らが表面に出ることで、責任の所在を明らかにすべきと考えたのだった。

そうと決めたマルコの頭の中には、レパントの海戦で戦死したアゴスティーノ・バルバリーゴが、生前に言った言葉が浮かんでいた。

初めて、この海将と二人だけで話したときのことだ。海将という肩書きでひとくくりにできない感じのこの男の静かな立居振舞と話し方に、思わずマルコは言った。

「軍船の上から大声で号令するあなたは想像できない」

それにバルバリーゴは、微笑しながら答えた。

「必要とあれば、声などは自然に出てくるものですよ」

マルコは、自分にもその「必要なとき」が来たことを、胸に深くたたきこんだ後で席を起《た》ち、議場の中央に出て行った。


元老院議場の中央に立ったマルコ・ダンドロは、冷静な口調でトルコとの間で締結した講和条約の内容を報告し終った後で、沈痛な面持《おもも》ちの元老院議員たちに向って、静かに、しかし広い会場のすみずみにまでとどく声でつづけた。

ヴェネツィア共和国の持つ真の力《パワー》は、海軍に結実した軍事力であり、もはや交易だけでなく産業国にもなっている、技術力と経済力にあること。

そして、それらの堅持こそが、われらが共和国にとって、政治上の独立を維持する唯一《ゆいいつ》の道である、と説く。だから、この内容でも可決してもらいたい、と。

講和の締結を告げられた当初は呆然《ぼうぜん》とし、次いで内容を知って愕然《がくぜん》となり、沈痛な面持ちに変っていた男たちも、三十歳を越えた貴族にしか資格のない、元老院《セナート》に議席を持つ男たちである。レパントでは最前線に立って闘い死んだ、家族や親族がいる人々であった。

少数の反対票はあったが、満票に近い数で可決された。

だが、その日の元老院は、これで散会にはならなかった。マルコ・ダンドロが、新たな提議の可決を求めたからである。

再び議場の中央に歩み出たマルコは、何ごとかという面持ちの議員たちに向って話しはじめた。

「地図だけを見るならば、われらが共和国は海外領土を次々と失ってきた。それだけを見る人ならば、ヴェネツィア共和国も衰退の一途をたどっていると思うだろう。

しかし、古《いにしえ》のギリシア人は、危機とは蘇生《そせい》と背中合わせになっている、と考えていた。

古《いにしえ》のローマ人も、そう考えるところまでは同じだったが、その後がちがう。危機からは蘇《よみがえ》るが、その蘇生のしかたは、危機の性質やまたそれが起った時代によって変ってくるべきだ、と考えたところがちがった。

われらの先祖がこのラグーナ（潟《かた》）に住みはじめてから、一千年以上が過ぎている。その一千年の間に、幾度危機に見舞われたことか。そのたびにヴェネツィア人はそれを乗り越え、蘇ってきたではないか。

今現在にまず考えねばならないことは、現在の情勢に応じた商館網の再編成であるのは当然だ。しかし、それでもいつかは、この種の対応策だけでは、充分でなくなる時代がくるだろう。

だが、絶望することはない。ヴェネツィア人が望む商館のネットワーク作りが他国では困難になったら、他国の人にヴェネツィアに来てもらえばよい。

大運河《カナル・グランデ》の中ほどにかかるリアルト橋の右岸には、昔から『ドイツ商館《フォンダコ・ディ・テデスキ》』がある。あれもヴェネツィア政府が土地と建物を提供したのだが、すでに三百年にわたって、ドイツ人にかぎらずアルプスの北の商人たちに、彼らのための拠点を与える働きを果してきた。

その大運河《カナル・グランデ》の対岸に、『トルコ商館《フォンダコ・ディ・トゥルキ》』を開設するのだ。オリエントからの交易業者たちに、彼らの経済活動の拠点を提供するために。

『ドイツ商館』がこうも長年にわたって機能してきたのだから、『トルコ商館』も機能していくにちがいない。

大運河の上流の左岸に、以前はフェラーラ公の屋敷があり、今は人手に渡って使われていない土地があるが、あの地に建てるのが最適と思う。

『ドイツ商館《フォンダコ・ディ・テデスキ》』と『トルコ商館《フォンダコ・ディ・トゥルキ》』は、大運河の右岸と左岸に向い合って立つわけではない。大運河の中ほどとそれより上流に、ゴンドラでも一息という距離に、離れて存立することになる。大運河《カナル・グランデ》というヴェネツィアの一等地に、拠点をかまえることでは同じだ。都心中の都心に拠点を提供されれば、オリエントの人々も喜んでヴェネツィアにやってくるだろう。

西洋《オチデンテ》と東洋《オリエンテ》の間に立って仲をとり持つのは、ヴェネツィアの建国以来の伝統である。ゆえに、ヴェネツィア人の『アニマ』(魂)であり、『スピリト』(精神)である。

それも失っては、ヴェネツィアではなくなる。

そして、今われわれが考え実行しなければならない『蘇生』とは、地中海の覇者であった時代の国力にもどることではない。長期的な利益の維持を最重要事と考えての、ものでなければならない」

並いる議員たちの、それまでは下を向いていた視線が、中でもとくに若い世代の議員たちの視線が、上向きに変っていくのがマルコにもわかった。

その日、二百人の元老院議員《セナトーレ》たちは、文字どおりの満票で「トルコ商館」の開設を可決したのである。後は、土地の買収とか建設とかの実務に着手するだけだった。

これも終った後でマルコは、同じ元首官邸《パラッツォ・ドウカーレ》内にある元首の部屋に向った。すべての公務からの辞意を申し出るためだ。元首モチェニーゴは翻意を推《すす》めたが、マルコの辞意は動かなかった。

ヴェネツィアとトルコの間で結ばれた講和は、ヴェネツィアの元老院ですら前日に知らされたくらいだから、連合艦隊の他の参加国が知ったのは、当然ながらその後になる。

ごうごうたる非難が巻き起った。ヴェネツィアが行った講和は、キリスト教世界に対する裏切り行為である、として。

しかし、ヴェネツィアがトルコとの間で結んだのは友好条約であって、軍事条約ではない。ヴェネツィアはトルコに対して、軍事上の義務は負っていない。といって、講和を結んだからには、対トルコを目標にかかげた神聖同盟の連合艦隊からは脱けたことにはなる。それは、スペインや法王庁と組んでトルコに対決する義務からも、脱けたことを意味した。

それでいながらヴェネツィア共和国は、どちらか一方につくかによって、戦争の行方を左右するだけの力は持つ、海軍は維持しつづけるのだ。

実際、スペイン王もローマ法王も、講和締結を知ってヴェネツィアに非難を浴びせはしたが、そのヴェネツィア無しでも連合艦隊を結成してトルコに当ろう、とは言わなかった。

対トルコを目標に結成された「神聖同盟《レーガ・サンタ》」は、レパントの海で実現した一年のみで、霧散してしまったのである。

隠退《いんたい》

すべての公職から退《ひ》いた後のマルコの日常は、同世代の他の人に似た穏やかなものに変った。

ダンドロ本家の家督《かとく》は、すでに伯父の息子の一人に譲ってある。大運河に面する屋敷も、この後継ぎに明けわたした。この甥《おい》は、マルコが後継ぎにしただけに考え方もマルコに似ており、トルコ商館の開設にも情熱的にとりくんでくれている。

そして、貴族と平民の階級差を越えて尊重し合っていたラムージオ、かつては十人委員会の秘書官としてマルコとは密接な協力関係にあったラムージオも、『旅行記全集』六巻の刊行を見た後で世を去っていた。

ユダヤ人の医師ダニエルのほうは、東洋の医学を学ぶと言って、バグダードに去って久しい。

ユダヤ人の音楽家ダヴィデとの愛を貫いたリヴィアも、ヴィオリーノとヴィオラの合奏者として、夫婦ともども忙しくしているとのこと。

独身生活をささえてくれた老夫婦も、とっくの昔にあの世に行っている。

隠退の地と決めたブラーノの島には、もう四十年も仕えてくれている従僕一人を連れていくことにした。


ブラーノの島を隠退の地と決めたのには、いくつかの理由があった。

まず、潟《ラグーナ》に浮ぶ島の中でもヴェネツィアの市街地からは遠く離れているので、旧知の人々もそうは簡単には来られない。

また、島ではあるのだから、周囲をめぐるのは海にきまっている。マルコとてヴェネツィア男だ。湖や川よりも海の近くにいるほうが、よほど自然で安らかな気分になれるのだった。

それにこの島は、ダンドロ家とは昔から縁が深かった。ずっと漁師の島できたブラーノだったが、漁師の妻や娘たちにレース編みを教えたのは、まだマルコが生れていなかった時代のダンドロ家の奥方たちである。レース編みは島の女たちの間に広まって産業になり、今では高級レースとしてヴェネツィアの花形商品の一つになっている。

ダンドロ家の男たちも、島の経済の振興には遅れはとらなかった。長くギリシアの島々の原産であったマルヴァジア種の葡萄酒《ぶどうしゆ》を、ヴェネツィアでも醸造できるようにしたのは彼らである。古代のギリシア人が「神々からの手紙」と名づけていた芳醇《ほうじゆん》な葡萄酒も、今ではヨーロッパ各国に輸出される、高級酒になっていた。

といってブラーノの島全体が、ダンドロ家の領地であったわけではない。ヴェネツィアの貴族は、同時代の他国の貴族とちがって、いかに小島でも島全体を領する者はいなかった。

このブラーノでダンドロ家が所有しているのは、葡萄酒醸造工場の株と、ヴェネツィアは一般市民からの投資を集めた株式会社制度を確立した最初の国でもあるのだが、その「株」と、葡萄畑と海辺の間に立つ小ぶりの別荘だけだった。

完全に隠退したのだから、訪問客もことわっている。唯一《ゆいいつ》の例外は、彼が後継者にしていた甥で、その甥も、つい最近「十人委員会」入りを果していた。

ある一日、その甥が訪ねてきて言った。トルコとの講和を締結して五年ぶりに帰国した大使バルバロが、元老院で行った帰任演説をお知りになりたいですか、と。マルコはうなずく。

任地から帰国した大使が元老院で報告するのは、ヴェネツィアでは恒例になっている。駐在国の現状の報告で終始するのが普通だが、バルバロのときはそうではなかったらしい。

甥は、マルコが、要点をかいつまんでまとめた二次資料よりも、原文そのままの一次資料を重んずることがわかっているので、大使の報告演説の全文を読みあげていく。その最後を大使バルバロは、次の一文で締めくくっていた。

「国家の安全と永続をもたらすのは、軍事力のみでは充分ではない。他国はわれわれをどう評価しているか、も重要になる。

ここ数年、トルコ人は、われわれヴェネツィアが、結局は妥協に逃げるということを察知していた。それは、彼らに対するわれわれの態度が、外交上の必要以上に卑屈であったからである。

ヴェネツィアは、トルコの弱みを指摘することを控え、ヴェネツィアの強みを明らかにするのを怠った。

結果として、トルコ人本来の傲慢《ごうまん》と尊大と無知に歯どめをかけることができなくなり、彼らを、不合理な情熱に駆ることになってしまったのである。

被征服民であり下級の役人でしかないギリシア人に持たせてよこした一片の通告だけで、キプロスを手中にできると思わせた一事に至っては、ヴェネツィア外交の恥とするしかない」

聴き終った後で、マルコは言った。

「まったくだ。大使の言うとおりなのだ」だが、すぐつづけて言う。

「だからといって、他に方策があったと言うのかね」甥は、そのマルコに言う。

「回想録を、お書きになる気はないのですか。伯父上が国政に積極的にかかわった三十年以上の歳月は、ヴェネツィア共和国にとっては激動の時代でした。それだけに、舵取《かじと》り役の苦労も並大抵のものではなかったと思うのですが」

マルコは、甥の、というよりこれからのヴェネツィアを背負っていく次の世代の同僚の顔を、じっと見た後で言った。

「自己弁明《アポロジア》はしたくない。いや、実際に国政にかかわった者には、それをする機会が与えられたことに感謝すべきで、それ以上のことは望んではならないと思っている」

そしてつづけた。

「文書庫《アルキーヴィオ》には、すべての記録が残されている。だが、個人よりは国家が優先するのがヴェネツィアなので、一つ一つの政策も、誰の発案によるかまでは記録されない。しかし、実現したかしないかにかかわらず、政策のすべては記録に残っている。ヴェネツィアは、自分たちが行ったことを隠しはしないのだ。だから、誰でもそれを見ることはできるし、それらに基づいてわが国の歴史を書こうとする人には、それは、いつでも誰にでも充分に可能だ。所詮は、歴史の裁きにまかせる、ということだね」

そして、立ち去る甥に、マルヴァジア酒の赤と白の二本を託した。大使バルバロに、渡してくれるように頼んで。それには、ダンドロ家の紋章が印刷されたカードがそえられ、マルコ自筆の一文が記されてあった。

「五年もの間の敵国での御苦労への、ささやかな感謝としてお受けくださるよう。キプロス島の名産であったマルヴァジア酒も、今ではヴェネツィアでも作れるようになりました」

ブラーノでの隠退生活は、静かに穏やかに過ぎていた。島に生活の場を移したのだから、島の男たちとも道でしばしば行き合う。

そのようなとき男たちは、帽子を脱いで手に持ち道ばたに立って、ダンドロ家の当主に無言で挨拶《あいさつ》する。マルコも、帽子に軽く手をふれるやり方で、無言の挨拶を返す。そのままで通り過ぎていくマルコの後ろ姿を見ながら、年かさの男のほうが、マルコの若い頃を知らない若手に言いきかせるようにつぶやくのだった。

「インヴェッキアート・ベーネ（invecchiato bene）」

直訳すれば「良く老いた」としかならないが、イタリア語の「良く《ベーネ》」には、この場合はもう少し深い意味がある。

若い頃の良さはそのまま残しながら年齢だけは重ねた、という意味になるのだ。

マルコ・ダンドロも、「佇《たたず》まいの美しさ」（gentile aspetto）は昔のままで、年だけは重ねた老人になっていたのだった。こうして、春が終り、夏も過ぎ、秋に入ろうとしていた。

イタリア半島では北に位置するブラーノの島でも、秋に入ると葡萄の摘《つ》み取りが始まる。背後に広がる葡萄畑から漂ってくるこの季節特有の香りと穏やかな秋の陽光を、砂浜に持ってこさせた坐《すわ》り心地の良い椅子《いす》に身を沈めながら味わうのが、秋に入ってからのマルコの日常になっていたのである。

とそのとき、馴染《なじ》み深い香水の香りが漂ってきた。同時に、陽光をさえぎるかのように、誰かが彼の前に立った。眼を開けたマルコは、声にならない叫びをあげていた。

「オリンピア!」

女は、フィレンツェで、そしてその後はローマで、マルコと暮らしていた頃と変らない年頃のままで、少しばかりからかう笑みをたたえるのもあの当時と変らない。坐ったままのマルコを優しく抱擁した後で、抱き合ったままで男を立ちあがらせる。女に手をとられて立ちあがりながら、マルコは、自分の身体《からだ》もあの頃にもどっているのに気がついた。

オリンピアと同じにマルコも、四十歳にはまだ間があったあの頃の肉体にもどっていたのだ。二人が離れていた三十五年以上もの歳月も、海風に乗って消え去っていた。女は、抱き合ったままで男を浜辺に誘う。波打ちぎわまで来たとき、ふわっと浮きあがったような気がした。眼の下に見える海が遠ざかっていくのを眼にしたのが、最後になった。

夕暮が迫ってきたので迎えに来た従僕は、椅子のそばの砂の上に、主人がマルヴァジア酒を飲むときには常に使う、金糸が織りこまれたムラーノ産のグラスが落ちているのを見た。

椅子に身を沈めたままで、マルコ・ダンドロは、すでに息をしていなかった。

その後のヴェネツィア

ヴェネツィアとトルコの間で講和が成立した翌年、トルコのスルタンのセリム二世は死んだ。酔払った後で向った浴室ですべって頭を打ったのが、死因であったという。代わってスルタンに即位したのは、ムラード三世。母は、チェチリア・バッホ。ヴェネツィアの血が半分流れるこのスルタンの二十年の治世の間、ヴェネツィアとトルコの間には戦争は起らなかった。

ただ、その間の一五八八年、レパントの海戦からわずか十七年後、北大西洋でイギリス対スペインの海戦が行われる。無敵艦隊とは名ばかりであったことを示して、スペイン海軍は、ドレーク率いるイギリス海軍に完敗した。この海戦には、ヴェネツィアは参戦していない。

陸か海かにはかかわらず、時代を画す大戦闘がどこで闘われたかで、時代の中心がどこに移りつつあるかがわかる。

一五七一年には、地中海が戦場になった。

一五八八年には、戦場は大西洋になる。

十七世紀に入ってからは、一六四五年からの二十年、ヴェネツィアとトルコは再び対決する。クレタ島をめぐる攻防戦だ。ヴェネツィアは死力をつくして防衛に努めたが、結果は敗退。しかし、それはもう、ヨーロッパの歴史では局地戦でしかなかった。

これ以後ヴェネツィア共和国は、総力をあげての戦争はしていない。

マルコ・ダンドロの最後の仕事になった「トルコ商館《フォンダコ・デイ・トウルキ》」だが、土地の買収や建物の建設を経て本格的に活動が始まったのは、マルコの死後二十年が過ぎてからになる。だが、その後の経過は順調で、オリエント全域からの交易業者たちの、ヴェネツィアでの拠点として機能しつづけた。

一七九七年、ナポレオンによってヴェネツィア共和国が滅亡した後も、つまり元首官邸《パラッツォ・ドゥカーレ》がヴェネツィアの頭脳でなくなった後も、「トルコ商館」は機能しつづける。最終的に閉鎖されたのは一八三八年、二百五十年つづいた活動の後に訪れた、終《しゅう》焉《えん》であった。

それにしても、ヴェネツィア共和国も長生きした、と言わねばならないだろう。共和国としては、イタリア・ルネサンスのもう一つの「雄」であったフィレンツェ共和国が、共和国としては姿を消した後も、三百年近くも生きつづけたのだから。共和政を変えることなく、しかもイタリア半島内の、唯一《ゆいいつ》の独立国として。

それも単に、「生きていた」のではない。

カナレットが活躍した美術。ヴィヴァルディを生んだ音楽。ゴルドーニによって、コメディが国際語になった演劇。そして、これらの活動をささえた、豊かな経済力。ヴェネツィアは、これだけのものを創《つく》り出したのである。単に「生きていた」だけではないのだった。

ナポレオンが、ひと突き、という感じで簡単にヴェネツィアを征服した後に、戦利品という名目で没収しフランスに持ち帰ったのは、大量のドゥカート金貨と大量の芸術品であった。ヴェネツィアの古文書庫には、そのときにフランス側が作成した、〃戦利品〃の総目録が残っている。

ナポレオンの失脚後にフランス政府はいくらかは返してくれたが、多くは返還されなかった。それらは、ルーヴル美術館で見ることができる。

ちなみに、フランスの若き勝利者が関心を示したのはそれだけで、国営造船所《アルセナーレ》は閉鎖させている。

「アルセナーレ」を残しておいては、ヴェネツィアが再び蘇《よみがえ》るのを心配してか。それとも、陸上戦では天才的であったこの人でも、海軍の重要性は理解できなかったのか。

ナポレオンの最終的な退場後はオーストリアの支配下に入ったヴェネツィアは、一八六六年、統一成った国家イタリアに編入される。そしてその後は、観光都市としての道をたどることになる。一千五百年もの間の努力と犠牲の歴史を知らない人には、「ゴンドラの都」でしかない今のヴェネツィアに。

だが、中にはいるかもしれない。

これほどの文化文明を生み育てた力は、なぜヴェネツィアにあったのか。

その担《にな》い手であったヴェネツィア人とは、どんな人たちであったのか。

に想《おも》いを馳《は》せる人が、大勢の観光客の中にはいるかもしれないではないか。この四巻目はとくに、そう想《おも》う人に捧《ささ》げたい。

二〇二〇年・秋、ローマにて

塩野七生

撮影　奈良原一高

図版出典一覧

巻頭口絵

p. 1　© By LTCE

p. 2　ヤコポ・デ・バルバリ画、コレール美術館蔵（ヴェネツィア）©Lifestyle pictures / Alamy Stock Photo

p. 4右　ウィーン美術史美術館蔵

p. 4左　ルーヴル美術館蔵（パリ）© Masterpics / Alamy Stock Photo

p. 5右　アルテ・ピナコテーク蔵（ミュンヘン）© Artepics / Alamy Stock Photo

p. 5左　プラド美術館蔵（マドリード）© INTERFOTO / Alamy Stock Photo

巻中口絵

p. 2　カポ・ディ・モンテ美術館蔵（ナポリ）© Art Collection 4 / Alamy Stock Photo

p. 3右　プラド美術館蔵 © Pictures Now / Alamy Stock Photo

p. 3左　プラド美術館蔵 © incamerastock / Alamy Stock Photo

p. 4　ルーヴル美術館蔵 © incamerastock / Alamy Stock Photo

p. 5　アカデミア美術館蔵（ヴェネツィア）

p. 6　スクオーラ・グランデ・ディ・サン・ロッコ蔵（ヴェネツィア）© Historic Images / Alamy Stock Photo

p. 7　アカデミア美術館蔵 © The History Collection / Alamy Stock Photo

p. 8　スクオーラ・グランデ・ディ・サン・ロッコ蔵 © ART Collection / Alamy Stock Photo

巻末口絵

アカデミア美術館蔵 © The Picture Art Collection / Alamy Stock Photo

本文

p. 119　© INTERFOTO / Alamy Stock Photo

p. 497　奈良原一高撮影、『ヴェネツィアの夜』（岩波書店刊、1985年）所収 © Narahara Ikko Archives

この作品は文庫書き下ろしです。

塩野七生著
ローマ人の物語 17・18・19・20
悪名高き皇帝たち
（一・二・三・四）
アウグストゥスの後に続いた四皇帝は、同時代の人々から「悪帝」と断罪される。その一人はネロ。後に暴君の代名詞となったが……。

塩野七生著
ローマ人の物語 21・22・23
危機と克服
（上・中・下）
一年に三人もの皇帝が次々と倒れ、帝国内の異民族が反乱を起こす——帝政では初の危機、だがそれがローマの底力をも明らかにする。

塩野七生著
ローマ人の物語 24・25・26
賢帝の世紀
（上・中・下）
彼らはなぜ「賢帝」たりえたのか——紀元二世紀、ローマに「黄金の世紀」と呼ばれる絶頂期をもたらした、三皇帝の実像に迫る。

塩野七生著
ローマ人の物語 27・28
すべての道はローマに通ず
（上・下）
街道、橋、水道——ローマ一千年の繁栄を支えた陰の主役、インフラにスポットをあてる。豊富なカラー図版で古代ローマが蘇る！

塩野七生著
ローマ人の物語 29・30・31
終わりの始まり
（上・中・下）
空前絶後の帝国の繁栄に翳りが生じたのは、賢帝中の賢帝として名高い哲人皇帝の時代だった——新たな「衰亡史」がここから始まる。

塩野七生著
ローマ人の物語 32・33・34
迷走する帝国
（上・中・下）
皇帝が敵国に捕囚されるという前代未聞の不祥事がローマを襲う——。紀元三世紀、ローマ帝国は「危機の世紀」を迎えた。

塩野七生著
ローマ人の物語 35・36・37
最後の努力
（上・中・下）
ディオクレティアヌス帝は「四頭政」を導入。複数の皇帝による防衛体制を構築するも、帝国はまったく別の形に変容してしまった――。

塩野七生著
ローマ人の物語 38・39・40
キリストの勝利
（上・中・下）
ローマ帝国はついにキリスト教に呑込まれる。帝国繁栄の基礎だった「寛容の精神」は消え、異教を認めぬキリスト教が国教となる――。

塩野七生著
ローマ人の物語 41・42・43
ローマ世界の終焉
（上・中・下）
ローマ帝国は東西に分割され、「永遠の都」は蛮族に蹂躙される。空前絶後の大帝国はいつ、どのように滅亡の時を迎えたのか――。

塩野七生著
ローマ亡き後の地中海世界
―海賊、そして海軍―
（1〜4）
ローマ帝国滅亡後の地中海は、北アフリカの海賊に支配される「パクス」なき世界だった！　大作『ローマ人の物語』の衝撃的続編。

塩野七生著
十字軍物語
（1〜4）
中世ヨーロッパ史最大の事件「十字軍」。それは侵略だったのか、進出だったのか。信仰の「大義」を正面から問う傑作歴史長編。

塩野七生著
皇帝フリードリッヒ二世の生涯
（上・下）
法王の権威を恐れず、聖地を手中にし、学芸を愛した――時代を二百年先取りした「はやすぎた男」の生涯を描いた傑作歴史巨編。

塩野七生著　わが友マキアヴェッリ
―フィレンツェ存亡―
（1～3）

権力を間近で見つめ、自由な精神で政治と統治の本質を考え続けた政治思想家の実像に迫る。塩野ルネサンス文学の最高峰、全三巻。

塩野七生著　ルネサンスの女たち

ルネサンス、それは政治もまた偉大な芸術であった時代。戦乱の世を見事に生き抜いた女性たちを描き出す、塩野文学の出発点！

塩野七生著　神の代理人

信仰と権力の頂点から見えたものは何だったのか――。個性的な四人のローマ法王をとりあげた、塩野ルネサンス文学初期の傑作。

塩野七生著　想いの軌跡

地中海の陽光に導かれ、ヨーロッパに渡ってから半世紀――。愛すべき祖国に宛てた手紙ともいうべき珠玉のエッセイ、その集大成。

塩野七生著　チェーザレ・ボルジア
あるいは優雅なる冷酷
毎日出版文化賞受賞

ルネサンス期、初めてイタリア統一の野望をいだいた一人の若者――〈毒を盛る男〉としてその名を歴史に残した男の栄光と悲劇。

塩野七生著　コンスタンティノープル
の陥落

一千年余りもの間独自の文化を誇った古都も、トルコ軍の攻撃の前についに最期の時を迎えた――。甘美でスリリングな歴史絵巻。

塩野七生著

ロードス島攻防記

一五二二年、トルコ帝国は遂に「喉元のトゲ」ロードス島の攻略を開始した。島を守る騎士団との壮烈な攻防戦を描く歴史絵巻第二弾。

塩野七生著

レパントの海戦

一五七一年、無敵トルコは西欧連合艦隊の前に、ついに破れた。文明の交代期に生きた男たちを壮大に描いた三部作、ここに完結！

塩野七生著

マキアヴェッリ語録

浅薄な倫理や道徳を排し、現実の社会のみを直視した中世イタリアの思想家・マキアヴェッリ。その真髄を一冊にまとめた箴言集。

塩野七生著

サイレント・マイノリティ

「声なき少数派」の代表として、皮相で浅薄な価値観に捉われることなく、「多数派」の安直な〝正義〟を排し、その真髄と美学を綴る。

塩野七生著

イタリア遺聞

生身の人間が作り出した地中海世界の歴史。そこにまつわるエピソードを、著者一流のエスプリを交えて読み解いた好エッセイ。

塩野七生著

イタリアからの手紙

ここ、イタリアの風光は飽くまで美しく、その歴史はとりわけ奥深く、人間は複雑微妙だ。——人生の豊かな味わいに誘う24のエセー。

塩野七生著　サロメの乳母の話

オデュッセウス、サロメ、キリスト、ネロ、カリグラ、ダンテの裏の顔は？「ローマ人の物語」の作者が想像力豊かに描く傑作短編集。

塩野七生著　海の都の物語
―ヴェネツィア共和国の一千年―
サントリー学芸賞（1～6）

外交と貿易、軍事力を武器に、自由と独立を守り続けた「地中海の女王」ヴェネツィア共和国。その一千年の興亡史を描いた歴史大作。

新潮社編　塩野七生『ローマ人の物語』スペシャル・ガイドブック

ローマ帝国の栄光と衰亡を描いた大ヒット歴史巨編のビジュアル・ダイジェストが登場。『ローマ人の物語』をここから始めよう！

小林秀雄著　Xへの手紙・私小説論

批評家としての最初の揺るぎない立場を確立した「様々なる意匠」、人生観、現代芸術論などを鋭く捉えた「Xへの手紙」など多彩な一巻。

小林秀雄著　作家の顔

書かれたものの内側に必ず作者の人間があるという信念のもとに、鋭い直感を働かせて到達した作家の秘密、文学者の相貌を伝える。

小林秀雄著　ドストエフスキイの生活
文学界賞受賞

ペトラシェフスキイ事件連座、シベリヤ流謫、恋愛、結婚、賭博――不世出の文豪の魂に迫り、漂泊の人生を的確に捉えた不滅の労作。

新潮文庫最新刊

仁木英之著
神仙の告白
旅路の果てに―僕僕先生―

突然眠りについた王弁のため、薬丹を求める僕僕。だがその行く手を神仙たちが阻む。じれじれ師弟の最後の旅、終章突入の第十弾。

仁木英之著
師弟の祈り
旅路の果てに―僕僕先生―

人間を滅ぼそうとする神仙、祈りによって神仙に抗おうとする人間。そして僕僕、王弁の時を超えた旅の終わりとは。感動の最終巻！

石井光太著
43回の殺意
―川崎中1男子生徒殺害事件の深層―

全身を四十三カ所も刺され全裸で息絶えた少年。冬の冷たい闇に閉ざされた多摩川の河川敷で何が起きたのか。事件の深層を追究する。

藤井青銅著
「日本の伝統」の正体

「初詣」「重箱おせち」「土下座」……その伝統、本当に昔からある!? 知れば知るほど面白い。「伝統」の「？」や「！」を楽しむ本。

白河三兎著
冬の朝、そっと担任を突き落とす

校舎の窓から飛び降り自殺した担任教師。追い詰めたのは、このクラスの誰？ 痛みを乗り越え成長する高校生たちの罪と贖罪の物語。

乾くるみ著
物件探偵

格安、駅近など好条件でも実は危険が。事故物件のチェックでは見抜けない「謎」を不動産のプロが解明する物件ミステリー6話収録。

小説《しょうせつ》 イタリア・ルネサンス4
再び、ヴェネツィア

新潮文庫　し-12-24

令和三年一月一日発行

著者　塩《しお》野《の》七《なな》生《み》

発行者　佐藤隆信

発行所　株式会社 新潮社

郵便番号　一六二―八七一一
東京都新宿区矢来町七一
電話　編集部(〇三)三二六六―五四四〇
　　　読者係(〇三)三二六六―五一一一
https://www.shinchosha.co.jp

価格はカバーに表示してあります。

乱丁・落丁本は、ご面倒ですが小社読者係宛ご送付ください。送料小社負担にてお取替えいたします。

印刷・錦明印刷株式会社　製本・錦明印刷株式会社

ISBN978-4-10-118124-0 C0193